GINA

ISBN : 978-2-9563071-8-1
ISBN-13 : 9 782 956 307 181

DÉDICACE

Je vous remercie de vous être offert mon nouveau livre.

Son écriture est antérieure aux événements se déroulant lors de sa sortie. La réalité ayant commencé à rattraper la fiction lors du processus d'édition, j'ai dû adapter quelques lignes à la fin du manuscrit d'origine. Les dates initialement choisies n'ont pas changé.

Vous souhaitant une bonne lecture.

Prenez soin de vous,

Jérôme Doe

JÉRÔME DOE

GINA

JFE

REMERCIEMENTS

À mes soutiens de toujours.
Une pensée particulière pour les lectrices et lecteurs de la première
heure et à celles et ceux qui les ont rejoints en chemin.

Merci à mon épouse pour le temps précieux qu'elle accorde à
chacun de mes écrits.

Merci à Patrice Palacio, artiste peintre et ami, pour ses conseils
durant l'élaboration de cette couverture.

GINA

1
17 OCTOBRE, STRIP BAR LE DÉJA VU, SAN FRANCISCO

Les vendredis soir, Gina se devait d'être éblouissante, parce que les clients étaient plus généreux qu'en semaine. Pourtant, à cet instant, le cœur n'y était pas. Au petit matin, sa mère était en effet partie travailler au magasin alors qu'elle avait vomi toute la nuit. Sans nouvelles d'elle, Gina s'inquiétait. Pour couronner le tout, aux informations, ils venaient d'annoncer un carambolage sur l'*Interstate* 5 et elle n'avait pas vu son ami Doowy en pointant. Le barman en question empruntait cette route quotidiennement à cet horaire. Il n'était jamais en retard. Elle était persuadée qu'il avait péri dans cette « apocalypse routière », dixit le journaliste.

Une larme perla sur sa joue gauche alors qu'elle enfilait son micro short. Gina s'en agaça et tenta de se convaincre que cela ne devait pas avoir autant d'impact sur son humeur. « Après tout, ce n'est pas comme s'il faisait partie de la famille… Et maman est une dure à cuire. » se rassura-t-elle en réajustant sa perruque rouge. Son eye-liner avait coulé sous ses beaux yeux noisette dont les iris étaient rehaussés de touches d'or. Alors qu'elle se remaquillait machinalement, Gina eut hâte de rentrer à l'appartement pour retrouver sa mère qui aurait certainement terminé ses heures de ménage, son second emploi. Elle s'inspecta dans le miroir, son reflet lui déplut. C'était outrancier. Le métier l'exigeait. Ses admirateurs aimaient ça... Remontant sa poitrine une dernière fois dans son *push-up*, elle se motiva : « Bref... *The show must go on* ». Sa musique résonna dans les haut-parleurs. Gina poussa les rideaux d'un geste décidé, elle afficha son attitude la plus hautaine, se cambra et fit claquer ses talons aiguilles sur la scène.

Les clients du bar la sifflèrent immédiatement. Des cris, des encouragements graveleux fusèrent des quatre coins de la salle. Il s'agissait exclusivement d'hommes, aux yeux écarquillés, fantasmant sur ce corps parfait, n'attendant que son effeuillage final. En bout de scène, devant la barre de pole dance, du haut de son mètre soixante-quatre, forte de ses 43 kilos, et avec l'insolence de ses dix-huit ans, la mine boudeuse, Gina prit le soin de fixer chacun d'eux droit dans les yeux. Les autres filles, de cet établissement ou des bars voisins, préféraient éviter tout contact visuel. Elle était donc la seule à faire cela et ça les rendait dingues. Certains, appâtés par des récits de mâles à mâles, venaient d'ailleurs de loin pour assister à son *show*.

Gina dansait langoureusement depuis quelques minutes, jouant la pudeur puis l'effronterie. Elle se déhanchait doucement puis plus vite, se baissait de temps à autre vers l'un d'entre eux faisant mine de s'intéresser à lui pour lui soutirer un jeton ou deux.

Brusquement, elle fit claquer ses mains sur ses fesses, histoire d'attirer l'attention de rares étourdis. Son ventre plat juste dessiné, au nombril étiré, se tendit. Sa poitrine engoncée dans son bikini pigeonnant semblait fière. Son regard en amande était félin. Elle était à cet instant le point de mire de tous et même de ses collègues en coulisses. Il était temps de les provoquer un peu. Elle descendit gracieusement de l'estrade, pour jouer avec certains, pas les plus beaux, seulement ceux qui avaient l'air moins vicieux que les autres. Approchant tour à tour ses seins et ses fesses à quelques millimètres de leur visage sous le regard vigilant du videur, elle laissa ces messieurs glisser quelques jetons dans la poche de son short.

Soudain, elle sentit des doigts qui tentaient de s'insinuer ! Dans la seconde, d'une pirouette, elle enserra le cou du malheureux entre son mollet et sa cuisse et le fit délicatement tomber de sa chaise sous les rires et les applaudissements. « Peut-être un nouveau… Il doit avoir mon âge ou à peine plus… » pensa-t-elle en lui prenant les jetons qu'il tenait dans sa main tendue.

— Tu voulais voir mes fesses de près, chéri ? Eh bien, embrasse-les maintenant !

— Désolé ! Je ne le ferai plus, fit-il penaud, à quelques centimètres de cette croupe juvénile qu'il convoitait pourtant quelques instants plus tôt.

Gina, ancienne gymnaste, se releva sensuellement sous les sifflets d'encouragement et fit un flip avant, une sorte de roue qu'elle avait adaptée à cette scène. Cambrant son dos pour retomber sur ses talons au pied de la barre, elle la saisit immédiatement et, d'un geste vif, elle arracha les scratchs de son micro short sous les sifflets. Son numéro était lancé. La partie plaisante, car technique, allait commencer.

Presque nue, elle tournoyait, enchaînait des figures qui, sans sa grâce, n'auraient été que provocantes. Ses longs cheveux rouges ondulaient, frôlant tantôt le sol, tantôt ses seins. Après trois minutes de cet échauffement, la musique changea. C'était le signal. Elle monta délicatement à quatre mètres de hauteur et se positionna en grand écart, la tête en bas. Gina lâcha la barre des mains ! La salle retint son souffle, comme à chaque fois. Juste avant l'impact, Gina plia son genou pour stopper sa chute. La figure était douloureuse et dangereuse, mais lucrative. Comme par magie, elle était à présent entièrement nue pour le plus grand plaisir des clients du bar. Une pluie de rondelles bicolores s'abattit sur la scène et, jouant de sa nudité, Gina prolongea leur euphorie quelques instants encore afin d'empocher quelques dizaines de libras[1] de plus en jetons.

Sous les « encore » et quelques applaudissements du public, pendant que le robot collecteur aspirait les précieuses rondelles de plastique qui seraient converties en libras par le patron, Gina ramassa ses vêtements. Elle se tourna de trois quarts pour un dernier au revoir souriant et un baiser envoyé du bout des lèvres. Ce petit rituel accompli, elle se rendit en coulisses en trottant. Gina enleva immédiatement sa perruque et la jeta sur la coiffeuse avant même de s'asseoir. Ébouriffant son carré brun, elle lança dans son miroir un regard interrogateur à

---

[1] Libra : monnaie privée mondiale initialement proposée par Facebook sous forme de cryptomonnaie, gérée par une fondation suisse, seul pays encore non unifié. Projet à l'origine soutenu par 28 grandes entreprises et multinationales. Elle s'est imposée par une adhésion massive des consommateurs en quelques années face aux monnaies officielles étatiques ou supra-étatiques. En réponse, les grandes familles bancaires ont tout mis en œuvre pour récupérer la main sur le système et en ont profité pour décréter, en plus de cet étalon mondial, la fin de l'usage des pièces et des billets.

Fiona, une danseuse exotique « confirmée », devenue son amie.

— J'étais un cran en dessous ce soir ? Tu m'as trouvée moins bien ?

— Non, c'était parfait comme d'habitude. Mais pourquoi tu t'imposes ça, Gigi ? Si tu n'aimes pas te mettre toute nue, garde un string !

— Tu sais pourquoi, Fi. Si je veux engranger un maximum, il n'y a que le *strip* ou le *deal*… Je refuse d'être responsable de la mort d'innocents… Au moins, là, je leur donne de la joie, et eux… ils me paient pour ça. Tout le monde est gagnant.

— Tu n'as pas l'air d'une gagnante. Tu as l'air d'une gamine de "vingt" ans qui gâche sa vie depuis deux ans dans ce taudis au lieu de tenter de percer au vrai Broadway ou de se trouver un gentil mari.

— Fiona ! On n'est pas dans un conte de fées, je dois aider ma mère. D'ailleurs, ce matin, cela n'allait pas fort. Je dois rentrer.

— La pauvre, si elle savait… Avec tous les sacrifices… Oh, c'est à moi ! Souhaite-moi bonne chance.

— Fonce Fi !

Gina se rhabilla. En enfilant son pantalon, elle remarqua que son téléphone social[2] clignotait. Elle pensa que son compte avait déjà été crédité, mais non. C'était

---

[2] Téléphone social, ou *Charity Phone* : téléphone que les services sociaux fournissent aux indigents, y compris à tous les sans domicile fixe, afin qu'ils puissent se payer à manger ou faire la manche depuis que les pièces et les billets ont disparu.

un message vocal. Derrière elle, les sifflets restaient plus discrets, Fiona devait être dans un jour sans. Ou peut-être était-ce sa cote qui baissait avec l'âge. « Dur. J'espère qu'elle va faire un peu de fric aujourd'hui. » Se démaquillant à grand renfort de lingettes synthétiques, Gina regarda le numéro appelant sans le reconnaître. Jetant sa perruque dans son sac de danse, elle consulta sa messagerie et fit un petit signe complice à Joe avant de sortir du bar. Cette armoire à glace l'avait prise en affection. Il était tatoué comme un marin, coiffé à la banane avec des rouflaquettes fournies et affichait en permanence un air sévère.

— Gigi, trois cent cinquante-deux pour ce soir ! Bravo !

Elle lui sourit tout en écoutant son répondeur.

« Madame Gina Harris, nous nous permettons de vous appeler sur ce numéro, car vous êtes la personne que Stacey Harris a désignée comme contact prioritaire en cas d'urgence. Nous vous attendons au SFGH au plus vite. »

Le sang de Gina lui sembla se figer dans ses veines pourtant, son cœur battait très fort. Elle mit quelques secondes à encaisser ce message. Immobile sur le trottoir, elle devait se rendre immédiatement à l'hôpital ! Pétrifiée, elle pressentait un grand malheur.

Quand Gina finit par reprendre vraiment ses esprits, elle courut donc jusqu'à *Battery Street* et héla un taxi. Sans résultat. Il lui fallait agir. Se postant au milieu de la route à l'approche de nouveaux jaunes, d'un geste volontaire, elle en fit enfin stopper un. Le chauffeur furieux se radoucit en voyant sa passagère.

— L'hôpital général, vite ! ordonna-t-elle en tendant son téléphone social pour qu'il soit débité.

Ils roulèrent à un rythme soutenu, mais Gina le pressa pour qu'il accélère encore. Lui préféra prendre sur la huitième. Elle faillit l'insulter, mais se retint. Arrivés sur *Potrero Avenue,* Gina ne put s'empêcher de le secouer en tapant du plat de la main sur le plexiglas de sécurité.

— Si ça ne vous convient pas, vous n'avez qu'à descendre ! gueula-t-il pour se défendre.
— Très bien, je finis à pied !

Gina claqua donc la portière et courut aussi vite qu'elle le pouvait sur la vingt-deuxième rue jusqu'à l'entrée du bâtiment un.

Déboulant comme un chien dans un jeu de quilles, elle laissa à peine le temps au scanner et au détecteur de métal de faire leur travail. Arrivée au trot, elle s'adressa à la première personne derrière le comptoir central. « La chambre de Stacey Harris, s'il vous plaît ! ». La femme lui demanda qui elle était puisque son ordinateur n'avait pas eu le temps d'afficher ses informations sur l'écran. Revêche, sûrement contrariée par cette soirée automnale inhabituellement froide, vingt degrés seulement, l'hôtesse vérifia nonchalamment son identité. Après quelques secondes jouissives d'un pouvoir outrepassé, elle se décida enfin à lui indiquer où se rendre sans lui en dire plus sur la raison de l'hospitalisation. De toute façon, Gina se précipitait déjà vers l'ascenseur malgré les protestations du personnel.

Se faufilant dans le premier disponible, essoufflée, elle

appuya plusieurs fois sur le numéro six quand un cri la fit sursauter :

— Retenez la porte, s'il vous plaît !

— Pardon, je ne vous avais pas vu.

— Merci, fit l'homme d'une trentaine d'années en blouse blanche. Très aimable.

— Vous avez surgi de nulle part, il faut avouer.

Ce médecin l'observa alors curieusement. Il était mal rasé et semblait fatigué. Entre ses sourcils plats, une ride du lion durcissait le reste de son visage légèrement allongé. Son front large et ses golfs dégarnis le faisaient paraître intelligent presque énigmatique. Il la toisait de ses yeux marron.

— Quoi ? J'ai quelque chose sur la figure ?

— Non, absolument rien, excuse-moi. Tu es… Gigi ? Pardon, Gina ? C'est bien ça ?

— Oui ? son air interrogatif appelait une explication.

Était-ce l'un de ses vicieux clients du bar ? Son visage familier ne lui inspirait ni dégoût ni sentiment négatif, au contraire. Il se décida enfin, après un arrêt inutile au premier étage, et une fois les portes refermées, à lui dire qui il était.

— C'est moi, Alan. Je suis ton baby-sitter, quand tu avais huit ou neuf ans… Le frère de Simon… Tu te souviens ?

— Ah oui ! Ce Alan-là ! Oui, maintenant que tu le dis… Désolée. Je suis ailleurs.

— Je t'ai reconnue à tes magnifiques iris… À tes yeux, quoi… Et tu as gardé les mêmes intonations, c'est

fou ! Que fais-tu ici ? Oh ! Tu vas au sixième, fit-il en baissant la tête.

— Ça veut dire quoi cette attitude ?!

— Non, c'est bête… Je viens de réaliser…

— Réaliser quoi ? Bon sang !

— Je ne peux rien te dire, murmura-t-il. C'est que je n'avais pas fait le rapprochement, on change tellement… Le nom me rappelait quelque chose… Pardon…

Alan avait l'air perturbé, il se mit à chuchoter encore plus bas sans que Gina saisisse pourquoi, ce qui ne la rassurait pas.

— Tiens, prends ma carte, mais surtout ne dis à personne que tu me connais ! Jure-le !

— Je ne comprends rien !

— Jure.

— Je te le jure ! Mais…

— Ils vont te raconter des histoires, ce sont des conneries, si tu veux la vérité, appelle-moi plus tard. Demain dix heures, j'aurai fini ma garde.

Alan appuya sur le cinq et l'ascenseur s'ouvrit. Sans un mot ni un regard pour elle, il sortit en recoiffant sa mèche brune. Il prit à droite en mettant ses poings dans les poches de sa blouse et disparut.

Cette discussion surréaliste venait d'inquiéter encore plus Gina, elle tapa plusieurs fois sur le six comme pour faire accélérer la fermeture des portes.

*
* *

Gina se dirigea vers l'accueil et demanda qu'on l'amène à la chambre de sa mère, mais au lieu de cela, l'infirmière en charge du service décrocha son téléphone.

— Docteur, elle est ici… Oui, docteur, je la fais patienter. Le docteur Notroo va venir vous parler. Il arrive tout de suite.

— Dites-moi au moins ce qu'il y a !

— Mademoiselle, calmez-vous ! Le docteur finit avec un malade et il viendra vous voir. Installez-vous sur cette chaise, fit-elle d'un ton ferme.

Gina obtempéra à contrecœur.

Cinq minutes s'écoulèrent comme des heures, sa jambe gauche était prise de soubresauts irrépressibles. Observant chaque allée et venue, Gina sentait son cœur battre dans sa poitrine. Au fond, elle savait qu'il y avait eu un drame, un accident grave peut-être. Elle dévisagea un médecin, au cou bas et tordu, s'avançant vers elle, le regard légèrement fuyant. L'homme lui tendit une main moite qu'il reprit immédiatement après avoir serré celle de Gina. Il l'invita à se rasseoir et l'imita.

— Mademoiselle, je suis désolé, nous avons fait tout ce que nous pouvions pour votre maman, mais à son arrivée et malgré les efforts des secours, son état était déjà critique.

— Que voulez-vous me dire ? Ma mère a eu un accident ? C'est grave ? sa voix commençait à trembler.

— Ce que j'essaie de vous dire c'est que votre maman est décédée sur la table d'opération alors que nous tentions de réparer sa carotide.

Gina ne réalisait pas. Elle montra au docteur l'artère en question sur son propre cou.

— Comment ça ? Sa carotide ? fit-elle. Elle a été agressée au travail ?

— Non, d'après nos constatations, il s'agit d'une dissection spontanée. L'artère s'est déchirée. Savez-vous si Stacey avait des problèmes de santé, s'il y a des antécédents familiaux d'anévrismes ou d'hypertension ? Était-elle stressée ces derniers temps ? interrogea-t-il sans même la regarder.

— Je ne comprends pas, lâcha Gina sans réagir vraiment. Elle a vomi toute la nuit, mais ce n'est pas grave, ça arrive, n'est-ce pas ? Vous avez pu la sauver ? Elle va mieux maintenant ?

Craignant le procès, Notroo prenait des gants et affichait de l'empathie, mais cette conversation avait fini par le lasser.

— Votre mère est morte, mademoiselle. Nous n'avons rien pu faire pour lui venir en aide. Voulez-vous que je vous prescrive un tranquillisant ? Cela vous permettrait de surmonter plus facilement ce drame. Il y a quelqu'un que nous pouvons appeler pour vous ramener chez vous ?

N'obtenant aucune réponse et devant les larmes coulant sur ces jolies pommettes, le médecin posa sa dextre sur cette frêle épaule de jeune fille désormais orpheline et, il lui présenta ses condoléances avant de partir.

Gina resta assise un long moment, les mains sur le

visage cachant sa peine, sans que personne se préoccupe de son sort. Un raclement de gorge lui fit lever les yeux, ils étaient bouffis et rouges. Une infirmière lui tendit une boîte de cachets et sa tablette afin qu'elle signe l'ordonnance électronique.

— Le docteur Notroo veut que vous en preniez un comprimé matin, midi et soir pendant dix jours. Il demande à ce que vous alliez consulter un angiologue pour faire un bilan.

Gina se leva et, esquissant un sourire forcé, elle fourra le tout négligemment dans son sac et se dirigea vers l'ascenseur, dévastée.

2

17 OCTOBRE, SUR L'INTERSTATE 5

Philippe Dupont roulait tranquillement à 70 miles par heure sur l'Interstate 5, en direction de San Francisco, à bord de sa T modèle 6 achetée quelques jours auparavant pour la somme très raisonnable de 50 000 libras. Il s'y sentait puissant et en toute sécurité. En matière de prédiction des accidents, c'était la plus performante des voitures jamais construites. Toutes les vidéos qu'il avait regardées sur Internet prouvaient ses capacités d'anticipation et de réaction. D'ailleurs, statistiquement, les accrochages n'étaient presque toujours engendrés que par le mode « pilote humain ».

Pourtant ce soir-là, un événement qui bouleverserait bien des vies allait changer son opinion sur l'électronique embarquée.

Ce brillant chef d'entreprise quinquagénaire réussissait le pari osé de l'industrie « *French Tech, French Touch* » en Californie. La presse spécialisée venait de l'encenser, glorifiant son parcours et sa gestion. Ces articles ayant dévoilé les grandes lignes de son plan d'affaires pour *DRD*, son action avait le vent en poupe. Sa force : il avait limité au strict minimum l'emploi d'ouvriers et équipé son usine des dernières technologies robotiques. La

13

formule gagnante.

Tout semblait effectivement lui sourire. Stéphanie, sa femme, s'était fait poser des implants mammaires et rajeunir le vagin dans une clinique de Malibu. Jeannot, leur fils allait les rejoindre et s'installer avec eux. Ils travailleraient ensemble sur les nouveaux projets de *DRD*. Pour le confort de la famille, il venait d'acheter un de ces vieux manoirs au charme ostentatoire sur les hauteurs de San Francisco. Ce serait idéal pour leurs séjours prolongés sur place. Et enfin, dans un élan de « *green washing*[3] », il s'était dit que conduire une voiture hybride hydrogène vert/solaire serait bon pour l'image de l'empire qu'il souhaitait bâtir.

Vraiment, tout semblait lui réussir. Pourtant, l'entretien secret qu'il avait eu quelques heures auparavant à la table d'un des salons privés d'un restaurant huppé de Malibu, cet entretien-là lui avait glacé le sang.

8 h 30 apparut sur l'écran, l'ombre de l'échangeur planait au loin, il devait se presser un peu. Alors qu'il frôlait les 75, sans rien y comprendre, monsieur Dupont commença à perdre la maîtrise de son véhicule qui accéléra seul jusqu'à 130 ! Soit 210 km/h ! Le système audio joua du *heavy metal* dans un vacarme assourdissant, puis un coup de frein brutal provoqua une embardée.

---

[3] Green washing : éco-blanchiment, stratégie mercatique d'entreprises ou d'administrations orientant leur communication sur l'axe de l'écologie afin de donner l'impression qu'elles sont éco-responsables et/ou agissent en faveur de l'environnement (malgré, parfois, la réalité des faits).

— Rapport avarie ! Réparation software, maintenant !
Réinitialisation ! cria-t-il.

Mais rien n'y faisait. Philippe Dupont sentit une
résistance dans le volant. Il ne le contrôlait plus ! Il tapa
sur la manche de sa veste au niveau de son poignet droit.
Il répéta encore plus fort ses ordres afin de tenter de
couvrir le son de l'autoradio.

Aucune amélioration ! C'était très mal engagé.

Sous les klaxons de conducteurs apeurés, Philippe
Dupont, accroché à son volant, luttait en vain pour
reprendre en mains la direction. Il appuya tout aussi
vainement sur la pédale de frein, et comprit qu'il allait
mourir quand sa voiture commença à faire des tonneaux
sans que les airbags se déclenchent.

La T6 finit sa course encastrée dans la remorque d'un
vieux camion dans un fracas de tôles. Entraînée par la
collision, cette dernière se mit en travers de la route. Le
chauffeur essaya désespérément de redresser sa
trajectoire, sans succès. Il le savait, le slalom qu'il venait
d'entamer n'aboutirait que sur un seul résultat, le
retournement. Il pria, mais son quinze tonnes se coucha.

Derrière, la panique s'empara de tous les
automobilistes qui tentèrent toutes les manœuvres pour
éviter l'impact. Ceux qui possédaient les derniers
modèles s'arrêtèrent à temps. Malheureusement pour
eux, avec la fin de l'obsolescence programmée, il restait
dans le pays beaucoup d'engins à conduite manuelle.
Dans les secondes qui suivirent, poids lourds et véhicules
légers s'encastrèrent les uns dans les autres jusqu'à
traverser l'autoroute et provoquer un carambolage
meurtrier.

Philippe Dupont n'avait pas survécu. Il était parti sans

souffrir, tué sur le coup. À son poignet, un signal continu guidait les secours jusqu'à sa position. Son corps pris dans un enchevêtrement de métal et de carbone mettrait des heures à être désincarcéré.

**

Le téléphone sécurisé ne sonna qu'une seule fois.

Dans la pénombre de son bureau à peine dérangée par la lumière jaune d'une lampe Pipistrello, assis confortablement dans son fauteuil en cuir capitonné, John Feller décrocha. L'homme au visage presque momifié par la chirurgie porta le combiné à son oreille sans dire un mot.

— Bonsoir Monsieur. Il a eu un accident de voiture. Fatal. Ils opteront pour une conduite irresponsable. Aucun problème d'électronique ne sera détecté, ils croiront qu'il avait déconnecté les systèmes manuellement.

— Et le test des nouvelles antennes ? s'enquit-il en ouvrant à peine ses lèvres fines.

— Il est concluant. Elles ont bien réagi. Nous sommes restés discrets, comme vous nous l'aviez demandé. Pas plus de trois ou quatre cibles par État, isolées.

— Partout ?

Au téléphone, à douze mille cinq cents mètres d'altitude, Newton Morgan, surnommé l'exécuteur par ses collaborateurs, n'en menait pas large face à Feller. Le regard bleu acier, le nez écrasé et la mâchoire carrée, l'homme qui paraissait toujours si sûr de lui eut une hésitation.

— Il subsiste malheureusement encore quelques zones blanches, Monsieur.

Dans sa voix, malgré l'approche de ses cinquante ans et son expérience, la crainte s'était entendue.

— Remédiez. Je ne vous paie pas pour ce genre d'échecs.

— Nous savions que cela serait long à se mettre en place.

— Combien ?

Morgan passa une main dans ses cheveux poivre et sel légèrement bouclés et inspira avant de répondre.

— Ce n'est pas qu'une question de temps et de moyens. La campagne de marquage n'est de toute façon pas terminée, il y a des réfractaires. Nous avons des problèmes pour imposer la nouvelle génération.

— Je leur dirai de faire des offres plus attractives.

— Je crains que ce ne soit pas suffisant.

— Ce sont des bœufs ou des moutons. Nous les aurons soit par l'argent soit par l'effet de mode. Débrouillez-vous.

— Compris.

— Vous avez jusqu'à la première semaine de mai pour être totalement opérationnels.

John Feller raccrocha et s'alluma un cigare cubain hors de prix.

Il se dirigea vers le côté gauche de la gigantesque bibliothèque de son bureau. En chemin, il prit appui quelques secondes sur le guéridon, son visage figé ne pouvant exprimer la souffrance de son corps.

Face aux rayonnages, Feller n'hésita pas et saisit un vieux livre relié de cuir aux riches enluminures. Il s'assit à côté d'une mappemonde marquetée et se plongea dans sa lecture tout en tirant régulièrement des bouffées de son *Cohiba* doré à l'or fin.

Dans le *jet* qui le ramenait à San Francisco, Morgan évaluait ce qu'il lui restait à mettre en œuvre pour que sa mission soit un succès. Il avait encore moins le droit à l'erreur que d'habitude. Ce projet était tellement énorme que cela en était presque inhumain. Pourtant, en son for intérieur, il avait compris que c'était la seule solution pour faire le ménage.

3
19 OCTOBRE, APPARTEMENT 0911

Inquiet de ne pas avoir eu de nouvelles de Gina, Alan avait discrètement consulté le dossier de Stacey Harris pour trouver son adresse.

Un SDF[4] lui avait indiqué le bon porche après qu'il la lui ait décrite. Il s'était exclamé joyeusement :

— Ah, cette Gina ! Oui, je la connais. C'est une gentille petite ! Elle nous apporte à manger régulièrement, à nous autres les chiens errants… Elle me donne aussi des livres et m'a déniché ces lunettes ! Elle est intelligente et aurait pu faire des études, si…

Cela n'étonna pas Alan qui se rappelait ce trait de caractère chez elle. L'homme, un ancien professeur de français, avait tenu à lui raconter son histoire. Celle d'une descente aux enfers presque banale faite de saisies bancaires suite à une perte d'emploi et un divorce.

— J'ai été condamné à m'acquitter (ironique, n'est-ce pas ?) de la totalité de crédits souscrits pour des biens grâce auxquels la banque s'était déjà remboursée entre

---

mes mensualités et leur vente sur *eBay* ! Vous vous rendez compte ? Un retard, une fois ! Je paie encore. Ils prélèvent directement sur mon "minimum survie" ! Ils ne s'embarrassent même plus ! Que voulez-vous, mon bon monsieur, ils ont le contrôle… Les banques, les assureurs et les vendeurs d'eau… Nous, nous n'avons plus qu'à obéir… Heureusement qu'il y a encore des gens comme la petite Gina dans ce monde… Mais vous, vous avez l'air de vous en sortir dans la vie, c'est bien mon gars. À votre bon cœur, des libras, un repas ou un *Chivas*…

« Quelle tristesse qu'un homme de lettres se retrouve dans cette situation », songea-t-il après avoir réussi à s'en aller.

Alan avait passé son chemin après lui avoir transféré quelques libras qui seraient certainement placés immédiatement sous séquestres. Il ne fallait pas trop y penser quand on était parvenu à se hisser parmi « les quatre pour cent ». L'enfer de ce sans-abri, il ne pouvait que l'imaginer, c'était sûrement celui de la violence et de la solitude de la rue que Gina semblait l'une des rares à égayer.

*
* *

Alors qu'il montait les dernières marches de l'escalier en espérant y trouver la fille et non le cadavre de celle-ci, Alan se demanda ce qui avait bien pu arriver à cette famille pour finir dans un immeuble pareil. Tout était vieux, sale, délabré. La rambarde était branlante et la moquette au sol trouée par d'innombrables brûlures de mégots. Cela dénotait avec les souvenirs qu'il avait de la maison cossue de banlieue des Harris du temps où il payait ses études en gardant la petite Gina.

« Neuf ans déjà… Le 0911, j'y suis. Même la porte est dans un état pas possible. » pensa-t-il. Il toqua. Aucune réponse ne lui parvint. Il frappa à nouveau, puis plus fort encore et finit par entendre un râle indéfinissable. À quelques mètres, un voisin de palier dérangé par ce bruit matinal entrouvrit pour satisfaire sa curiosité. Chose faite et sans un mot, il referma discrètement.

De l'autre côté de la cloison, Gina était affalée sur le canapé hors d'âge de sa mère, vêtue d'un vieux T-shirt des *Giants* qui lui arrivait à mi-cuisses.

— Hummm… Qui que vous soy-yezzz, fou-tezzz-moi la paix ! Et meerdde… mon whisky…

Se demandant quoi faire l'espace d'un instant, Alan tenta de tourner la poignée. La porte, dépourvue d'*id.phone*, s'ouvrit sur un appartement vétuste, mais propre.

Au fond, dans le salon, dans la pénombre de rideaux fermés, il aperçut Gina presque inconsciente. En s'avançant vers elle, Alan crut comprendre ce qui s'était passé ici pendant deux jours. Des chips, de la vodka, des mouchoirs, des photos et des comprimés. Se penchant au-dessus de cette enfant qu'il avait quittée près d'une décennie, il découvrit la boîte et une bouteille de whisky. Il lut et immédiatement, il saisit Gina par les bras pour la secouer.

— Aaaalan, t'es beau, tu sais ? Ma maman est morte, il va falloir que je fasse encore plus de striptease maintenant, baragouina-t-elle entre deux sanglots.

— Gina !

— Oui ! C'est moi… hiiii, dit-elle en riant et en l'enlaçant.

— Tu as pris combien de cachets ?!

— Un maaatin, un miiidi et un ! le soir, comme il a dit le docteuuur…

— Mais il ne fallait pas boire d'alcool avec ! C'est dangereux !

— J'avais toujours mal… Avec la vodka, bien… Avec Jack, mieuuux…

— Viens, il faut te lever.

— Tu veux qu'on fasse l'amourrrr ? OK, mais dans la chaaaambre…

— Non, où sont les toilettes ?

— Là… Tu es bizarreee ! Tu n'es pas un client du bar, toi…

— Non, pourquoi ?

— Parce que sinon… Oh, ça tangueee… Tu aurais dit oui ! Parce que je tourne commmme çaaa, et touuute nue en plus ! mima-t-elle manquant de se prendre le mur du couloir.

Alan l'accroupit devant les WC et la prévint que ce qu'il s'apprêtait à faire lui serait aussi désagréable qu'à elle. Il enfonça ses doigts dans sa gorge et la fit vomir. La nausée lui souleva le cœur à son tour, mais il se retint et releva Gina pour l'emmener dans la salle de bains.

Là, il la cala dans l'angle de la douche et l'aspergea d'eau froide jusqu'à ce qu'elle se rebiffe par de grands gestes désordonnés des bras. Elle irait mieux, il n'aurait pas besoin d'appeler les urgences. Alan en était soulagé. Agacée d'être trempée, Gina lui lança son T-shirt et sa culotte au visage, assise dans le bac en plastique, elle se rendormit.

Il la sécha comme on s'occupe d'un petit chien sauvé de la noyade puis la coucha dans son lit avant de contacter l'hôpital pour se faire remplacer.

***

Gina se leva avec la sensation d'avoir raté quelque chose ou d'être passée à un rien de la catastrophe. La bouche pâteuse, elle se rendit dans le salon et trouva Alan sur le canapé, en train de lire un de ses livres en papier. Les rideaux étaient ouverts. Le jour déclinait. Les candélabres n'allaient pas tarder à grésiller.

— Qu'est-ce que tu fais ici ?
— Bonsoir à toi aussi.
— Tu as… rangé ?! Et c'est quoi cette odeur ? Tu as cuisiné ?!
— Tu as besoin de manger après ta T.S..
— T.S. ?
— Ta tentative de suicide.
— Mais n'importe quoi ! Et d'abord, comment je suis arrivée dans ce jogging ? demanda-t-elle en remontant jusqu'au nombril le pantalon trop grand pour elle.
— Tu étais trempée… Je me suis dit…
— Tu t'es dit « elle est stripteaseuse et moi médecin, l'un dans l'autre… »
— Tu m'as proposé le « l'un dans l'autre », tu te souviens ? rétorqua Alan, gêné par cette allusion ainsi que par sa réponse.
— Oh la honte…
— Je t'assure, je n'ai pas regardé… fit-il en levant les bras au ciel. Enfin, peut-être un peu quand même… Bien obligé…

— Obligé ? Oh la honte ! J'ai fait des avances à un gay ! se rappelant vaguement la scène. Et j'ai vomi partout…

— N'y songe plus, viens manger, s'il te plaît, il te faut reprendre des forces.

— Et tu as mis la table ! Gay…

— Même pas.

Gina passa à table sous le même œil inquisiteur que dix ans auparavant. Elle n'osait pas regarder Alan, se demandant ce qu'il pensait d'elle après le spectacle humiliant auquel elle l'avait contraint à participer, bien malgré elle.

— N'aie pas honte. Tu étais désespérée, rassura-t-il en devinant son embarras. Et ton père, tu l'as prévenu ?

— Simon ne t'a pas dit ? finit-elle par exprimer avec mélancolie.

Alan fit signe que non.

— Il s'est suicidé après avoir perdu son boulot et ses droits au chômage. Ils nous ont expulsées de la maison. Maman… Pardon, fit-elle en repartant dans ses sanglots qu'elle réfréna immédiatement. Elle a travaillé dur. Malgré tous ses efforts, on n'y arrivait plus ces derniers temps… Il y a deux ans, j'ai commencé à bosser au supermarché et je me suis tout de suite payé une fausse carte d'identité pour pouvoir danser au bar. Voilà, tu sais tout. J'ai dix-huit ans ; je suis orpheline ; je fais du strip, je me mets à poils pour de l'argent ; bientôt, je serai à la rue et je suis fatiguée, tellement fatiguée…

— Tu es beaucoup trop dure avec toi-même. Tu es superbe, courageuse, bonne. Enfin, pardon ! Pas dans ce sens, précisa-t-il en mimant des formes féminines. Tu te soucies des autres ! Oui, voilà, généreuse.

À son tour, Alan ne regarda plus Gina et elle finit par le remarquer. Entre deux coups de fourchette, elle trouva cela curieux. La brume dans son crâne commençait à se dissiper, c'est alors que les souvenirs de l'avant-veille se heurtèrent dans sa tête. Alan avait quelque chose à lui dire, mais elle ne l'avait pas rappelé. Il s'était donc déplacé pour cela. Et pourtant, il n'abordait pas le sujet. Face à ses pâtes à la sauce tomate dont elle n'avait plus envie, Gina ne sut plus quoi dire et un silence pesant s'installa.

Constatant que cela devenait gênant, Alan prit son blouson et décida de s'en aller.

— Attends !
— Quoi ?
— Reste… S'il te plaît.
— Je ne peux pas.
— Ne me laisse pas seule, conjura-t-elle, refusant de connaître la chose qui l'avait fait venir par peur de ne plus jamais le revoir ensuite.
— Je dois aller travailler, je suis désolé.
— Dis que tu es malade, je t'en supplie, fit-elle avec l'air le plus pitoyable et attendrissant qu'elle pouvait exprimer.

Alan tourna les talons et se dirigea vers la porte.

— Je n'ai plus Zoop !

Alan s'arrêta et regarda la main de Gina agripper la

sienne.

— Ta peluche ?

— Je ne sais pas comment je vais pouvoir dormir sans… après ça… Ou alors, je tente les cachets ?

— Laisse ces saloperies. OK, dit-il. Appeler Judy.

Son implant cochléaire sonna. Une lumière apparut à travers sa peau.

— Oui, c'est de nouveau Alan, j'ai une urgence familiale, tu peux me remplacer encore cette nuit ? Trente-six heures ! C'est rude… Oui, je sais, mais je te le revaudrai. Appelle-moi quand même en cas d'urgence… Oui… Fais-moi confiance. Merci Judy. Salut.

— Merci. Tu ne peux pas imaginer comme ça compte pour moi.

— Je suis crevé, avoua-t-il en éteignant son *earphone* d'un geste du doigt. Oui, je sais, c'est extrême pour certaines personnes, mais au bloc, tout doit être stérile. C'est plus simple pour moi.

— Je ne juge pas.

— Je peux prendre une douche ? demanda-t-il sans se préoccuper du coût que sa requête allait occasionner.

— Fais comme chez toi.

Alan sortit de la salle de bains vingt minutes plus tard une serviette entourant sa taille. Une « attitude de riche qui ne se soucie pas du prix de l'eau », mais qui allait obliger Gina à travailler plus.

— Y a-t-il une chance que tu puisses me trouver une tenue de rechange ?

Oubliant la facture qui l'attendait, elle remarqua :

— Tu n'es pas si mal, torse nu, pour un médecin…
— Ça veut dire quoi ?

Pour toute réponse, Gina lui jeta le haut puis le bas de son jogging qu'elle ôta en se dirigeant vers lui avant d'entrer dans sa chambre. Là, elle se plongea dans le tas de vêtements empilés dans le placard et en sortit un autre T-shirt des *Giants.*

— Moi qui croyais que son manque de pudeur venait des médicaments, chuchota-t-il. Je vais sur le canapé, c'est mieux, affirma-t-il intelligiblement.
— Ne sois pas ridicule, tu vas te casser le dos. Tu n'es plus tout jeune. Alan, s'il te plaît, mon lit est assez grand pour deux.
— Ce n'est pas convenable, je…
— Tu es marié ? il avait secoué la tête. Non. Tu as une copine ? Non. Même pas cette Judy ? Non. Donc, tu ne fais rien de mal en dormant avec moi cette nuit. Je suis majeure et l'âge du consentement éclairé est passé à onze ans maintenant, alors quand bien même… Et, je t'ai entendu. À quoi servirait d'être pudique après ce matin ?
— Ce n'est pas faux, effectivement, mais…
— Rien, tu te mets de ce côté.

Alan se coucha tout au bord du lit. Gina, persuadée qu'il était gay, ne s'embarrassa pas de ce genre de précautions et envahit le reste du matelas pour tourner et virer, le temps de trouver le sommeil.

— Gina, chuchota-t-il.

— Quoi ? Je prends trop de place ? Je m'éloigne si ça te gêne.

— Non, enfin… Un peu. Je me demandais : où achètes-tu ces livres papier que tu donnes à ce vieux professeur SDF ? Je croyais qu'il n'y en avait plus.

— Il y a quelques années, je suis tombée sur une bibliothèque de quartier abandonnée. Il y en a plein. Si cela t'intéresse, personne n'en veut sauf lui et moi. Qui peut encore payer pour ça de nos jours ?

— C'était juste pour savoir. Tu n'as pas l'impression que notre monde ressemble de plus en plus aux bouquins d'Huxley et d'Orwell.

— Je ne peux pas me prononcer pour le second. Ce n'est pas le genre d'ouvrages qu'on étudiait à l'école. Il me semble même que cet auteur est blacklisté. Mais j'ai lu un roman d'Huxley, il y a un ou deux ans, et je n'y ai pas trouvé grand-chose de commun avec notre société.

— Ah… Bonne nuit Gina.

— Bonne nuit Alan.

Même si elle devinait que cela pouvait lui coûter sa carrière dans cet hôpital, Gina devait apprendre ce qu'Alan lui cachait. À cet instant, elle n'osa pas lui parler de son dilemme qui, du coup, lui occupa l'esprit de longues heures.

*
* *

Une douce odeur de pain perdu réveilla Gina.

Quand elle entra dans la cuisine, Alan cherchait quelque chose.

— Du café ?

— Du thé. Troisième placard, en haut. Bien dormi ?

Alan posa deux tasses ébréchées et la boîte de sachets sur la table. Il attendit quelques secondes, dos tourné, pour verser de l'eau chaude dedans. Sans un mot ni un sourire, il mit les tranches dorées et sucrées dans l'assiette de Gina. Ses gestes étaient saccadés, sa voix limite autoritaire.

— Mange.
— C'est bon ! fit-elle en goûtant. C'est chaud, mais c'est bon. Tu as cuisiné ça avec…
— Merci. Mais non, commande et livraison express, répondit-il laconiquement.
— Ne sois pas comme ça. Alan, s'il te plaît.
— « Comme ça » comment ?
— Comme ça, maintenant, tu fuis comme hier, affirma-t-elle agacée en terminant son petit-déjeuner.
— Tu as de l'aluminium ?
— Sous l'évier, fit-elle la bouche pleine.

Alan dévida le rouleau et en enveloppa le téléphone de Gina. Il se rendit ensuite dans le salon et débrancha la télévision.

Chose faite, il s'enroula la tête du reste des feuilles sous le regard incrédule de son hôte.

— Tu fais quoi, là ? Tu as peur des petits hommes verts ?
— Gris.
— Hein ?
— Laisse tomber. Ce que je vais te révéler, tu ne dois dire à personne que je suis celui qui t'en a informée. Promets.

— Promis, s'inquiéta Gina.

— Je suis désolé, vraiment. J'aurais préféré que ce soit une autre que ta mère.

— Tu me mets les nerfs en boule ! Accouche !

— Elle n'est pas morte d'une maladie ayant entraîné la dissection de sa carotide.

— Pardon ?!

— Non, je t'assure. C'est sa puce qui a littéralement explosé.

Gina se décomposa.

Comment était-ce possible ?

Elle observa Alan s'agiter tout en plaquant sa main droite sur son oreille afin de maintenir l'aluminium bien en contact.

Il lui expliqua que Notroo était intervenu tout de suite pour recoudre l'artère touchée, mais qu'il lui avait été impossible d'y parvenir, car elle était déchiquetée. Ils s'y étaient alors mis à deux, en vain. Ils avaient trouvé des morceaux de la puce incrustés dans les chairs ; et autour, les muscles de Stacey étaient cautérisés comme au fer rouge. Il suspectait la surchauffe.

— Des rumeurs circulaient dans les symposiums ces derniers temps… Mais nous, les chirurgiens et angiologues, nous ne pouvions y croire. Notroo et moi avons donc appelé le fournisseur de l'implant grâce à son numéro de série. Nous avons laissé un message et là, devine !

— Quoi ?

— Dans les cinq minutes, nous étions convoqués à la direction. Les juristes nous ont ordonné de nous taire, « secret médical », et de restituer les restes de la puce à *Mainmark,* car selon eux, c'était leur propriété. Bam !

C'est : « secret industriel ».

— Tu veux dire quoi, Alan ?

— Je ne sais pas, j'essaie de ne pas me monter la tête, mais je crois que ta mère a été victime d'une malfaçon ou d'un vice de fabrication. Elle n'est pas morte de manière naturelle.

Gina était abasourdie par cette annonce. Sans réactions, elle regarda Alan commencer à retirer son chapeau en aluminium et l'arrêta d'un geste.

— Tu as des preuves de ce que tu me dis ? Non ! s'exclama-t-elle en voyant le signe de tête d'Alan. Mais je te crois, je te jure ! Tu n'irais pas inventer un truc pareil ! le rassura-t-elle, car il s'était agacé quand elle avait prononcé le mot preuve.

— C'est bien ça le drame ! Ils ont tout pris et personne n'en parlera, surtout pas Notroo, il est trop… Pour résumer : non aucune. Mais tu devais connaître la vérité. Peut-être que tu peux… Je ne sais pas… Essayer de récupérer la puce en demandant à disposer des données personnelles de ta mère… Ce serait une bonne diversion… Ne me mets pas dans la panade, je t'en prie… J'ai un crédit étudiant colossal sur le dos, je ne peux pas…

— Je t'ai promis. Tu…

Alan venait d'enlever ce chapeau qui le faisait ressembler à ces dingues d'antan qu'on enfermait dans les asiles. Et il partait.

— Je te reverrai ?

Il claqua la porte derrière lui, laissant Gina à ses

questions.

4
13 DÉCEMBRE, LE MONARCH

Cela faisait des semaines que Gina n'avait pas revu Alan. Elle avait été contrainte de reprendre le travail au magasin. Elle avait aussi obtenu de son patron au bar qu'il lui laisse faire des shows privés, pour gagner plus d'argent. L'homme empochait sa part…

À la boutique, les contrôles bancaires sur les clients passant en caisse étaient de plus en plus fréquents, c'était effrayant. Au comptoir, les habitués discutaient moins qu'avant. C'était de l'ordre du détail pour la plupart des gens.

Durant son temps libre, Gina s'échinait à comprendre ; ce malgré de grands moments de doutes et de désespoir. Ses demandes répétées à *Mainmark* pour récupérer les informations personnelles de sa mère contenues dans son implant n'avaient rien donné. Différents services se renvoyaient la responsabilité de leur inefficacité, ce qui avait poussé Gina à creuser. D'abord, elle avait trouvé un courrier de l'assurance santé de Stacey qui lui offrait une réduction sur sa police pour se faire dépucer puis repucer gratuitement avec la dernière génération de puces 6G « confort santé ». Ce rabais ridicule avait dû motiver l'opération.

Gina s'était posé beaucoup de questions et, toujours dissimulée sous une écharpe et une casquette, elle s'était rendue dans un cybercafé de son quartier pour chercher des informations. Ce lieu était le point de convergence de tous les sans-le-sou qui ne possédaient plus les moyens technologiques leur permettant de répondre aux exigences modernes des administrations ainsi qu'à celles des entreprises de recrutement et du « CB », le *Charity Business*. Les procédures imposées par ces organismes qui maintenaient ces besogneux tout juste à flot – à la limite de l'indigence – ne se faisaient que par Internet.

À sa grande surprise, Gina découvrit que tous les adultes de plus de trente ans du pays, clients de toutes compagnies d'assurance confondues, avaient reçu des offres promotionnelles similaires. « Pourquoi donc vouloir que toutes ces personnes soient équipées de la dernière génération de puces ? » C'est la seconde interrogation qui avait nécessité des heures onéreuses de visionnage de vidéos plus ou moins complotistes sur le sujet.

Ce soir-là, elle devait rencontrer l'auteur de l'une d'entre elles. Un anonyme, un sans visage, qu'il avait été très difficile de convaincre de la pertinence d'une entrevue. Gina avait dû expliquer ce qui était arrivé à sa mère tout en laissant l'homme penser qu'elle pouvait lui être utile, sans savoir elle-même ce que cela voulait dire.

C'est en tenue à paillettes et coiffée de sa perruque rouge que Gina, accoudée à la rambarde de la coursive surplombant la salle bondée, attendait depuis au moins vingt minutes. Le bruit était assourdissant, les lumières stroboscopiques désagréables, les prétendants trop insistants.

S'énervant, elle lâcha : « Il m'a posé un lapin ! Je le

crois pas ! Avec ce que m'a coûté cette robe et le fric que je perds à ne pas danser, il ne vient pas ! »

Alors qu'elle renonçait définitivement à patienter une minute de plus, une main lui saisit le poignet et l'entraîna par les escaliers et un couloir jusqu'à la sortie de secours située derrière le bar. La poigne était ferme, presque douloureuse, le bras déterminé et, tout ce temps, l'homme lui tournait le dos sans se soucier de ses trébuchements. Son angoisse grandissait à chaque pas jusqu'à atteindre son paroxysme dans cette ruelle sombre.

— Je t'ai observée, tu n'es qu'une gamine. Tu as quoi ? Seize ans ? accusa cette voix rauque cachée derrière une capuche.
— Dix-huit. Et alors, ça change quoi à mon problème ?
— Ça change quoi ? Tu es drôle ! Tout ! Tu n'es pas finie ; tu ne connais rien ; qu'est-ce que tu pourrais bien faire pour moi ? Je n'aurais pas dû me laisser attendrir.

Gina resta bouche bée, totalement désemparée. Le type venait de la mettre face à ses incapacités et il s'en allait, tout simplement, sans un mot ni une explication. Gina sentit une colère immense monter en elle. Ses talons claquèrent sur le bitume. « Une gamine qui ne connaît rien ?! » Elle se jeta sur cet arrogant et l'obligea à se retourner. Il se dégagea de son emprise avec une facilité déconcertante et Gina devina sa main droite qui lui arrivait en plein visage. Elle eut juste le temps de se baisser et, par un réflexe acquis auprès du videur de son bar, elle leva le genou tout en tirant son agresseur vers le bas. Celui-ci prit le coup dans les côtes et tomba à terre dans un râle. Chamboulée par ce qu'elle venait de faire, sentant l'air passer sous sa robe déchirée, Gina se donna une contenance et poussa son assaillant du pied.

— Si ce n'est des explications, maintenant vous me devez au moins cinquante libras ! Oui, j'ai dix-huit ans ! Mais les types comme vous, j'en fais mon affaire ! déclara-t-elle, surprise par son assurance.

— OK petite. Calme-toi ! fit-il en se relevant avec précaution, la main en avant. Je t'ai peut-être jugée un peu trop vite… conclut-il toujours en tenant sa capuche pour ne pas être démasqué.

— Ce n'est pas parce que j'ai dû mettre une robe à paillettes et des talons pour rentrer dans cette foutue boîte que je suis une poupée gonflable ! Tous pareils, décidément !

— OK, OK, raconte-moi toute ton histoire. Si je suis convaincu, je te dirai ce que je sais. C'est tout ce que je peux faire pour toi, petite.

Gina observa sous la capuche pour tenter de percevoir un peu du visage caché par l'obscurité, car ce spectre ne la rassurait pas. Au bout de quelques secondes d'hésitation, elle se livra sur son enfance aisée, son père et son suicide, sa mère et son courage. Elle répéta enfin les révélations qu'un médecin lui avait faites sur l'explosion de la puce « confort santé » de *Mainmark* ainsi que les rumeurs qui circulaient sur leur fiabilité dans le milieu médical.

— Comment vas-tu faire ?
— Pour ?
— Tu subviens comment à tes besoins ? Tu as de la famille ? Des amis ?

— Personne, répondit-elle laconiquement avec un soupçon de mélancolie dans la voix. Je me débrouillerai. Vous allez m'expliquer ce qui se passe ?

— Et tu viens ici pour...

— Pour connaître la vérité !

— Mais petite, veux-tu vraiment l'entendre cette vérité ? Y es-tu seulement prête ?

— Dites toujours, en général, j'encaisse bien depuis le suicide de mon père.

— Allons-y, fit-il avec lassitude comme s'il était habitué à déclamer le discours qu'il s'apprêtait à faire. Ils nous marquent comme du bétail. Ils nous contrôlent comme des esclaves. Ils nous ont spoliés. Ils ont acheté ou volé les terres et l'eau. Ils en ont fait des marchés spéculatifs. Ils se sont octroyé la monnaie et ont supprimé les pièces et les billets pour nous obliger à passer par leurs banques. Maintenant, nous y sommes totalement asservis. Ils ont tué les abeilles, pollué les sols, référencé et breveté le vivant de sorte que tout est devenu un produit siglé, une source de profit, mais surtout quelque chose que l'on doit payer. Et tu sais, petite, ce qui est le pire ?

Il marqua une pause qui se voulait certainement théâtrale, mais voyant qu'il n'obtenait pas de réponse, il reprit son monologue :

— Je vais te le dire. Le pire c'est que nous leur laissons ce pouvoir. Nous consentons à le leur donner par cette mascarade qu'ils nomment « élections démocratiques » dans lesquelles, ils se succèdent avec le même « projet ». Nous consentons encore à appliquer leurs décisions, nous les rendons légales, puis légitimes et, pour finir – et c'est peut-être le pire – morales. Par notre inertie apathique, finalement, nous méritons notre sort. Car, ceux qui veulent savoir ont tous les outils nécessaires pour découvrir la vérité, mais le problème, c'est que tout le monde s'en fout. Enfin, jusqu'à ce que chaque individu soit touché personnellement… Comme toi. Et là, on s'agite, on proteste. Pour finir, on rentre dans le rang, on accepte son impuissance et on plie pour adopter la position socialement convenable, par amour du confort ou de la sécurité. Voilà la vérité.

— C'est bien gentil tout ça, mais qu'est-ce que ça a à voir avec ma mère et les puces ?

— Mais tout, absolument tout, répondit-il en se posant une main sur le front. Nous… Nous sommes des *hackers*, nous avons observé des vagues de décès les mêmes jours à des heures rapprochées. Le seul dénominateur commun était que tous ces gens s'étaient fait implanter suite à des incitations financières de leur assurance santé…

— Vous croyez que c'est voulu ?

— Ta mère était-elle malade ?

— Non. Enfin… Je ne crois pas… Vous insinuez que pour économiser des remboursements coûteux, ils tueraient leurs adhérents ?

— Tu comprends vite. Nous n'avons pas encore de preuve flagrante. Il nous manque des réseaux, des données, des témoignages.

Après une courte réflexion, Gina s'approcha de son interlocuteur qui ne bougea pas. Elle voulut faire tomber sa capuche d'un geste empreint de douceur, mais il l'en empêcha. Elle prit son courage à deux mains et lâcha :

— Ça, c'est mon domaine. Voilà ce que je peux faire pour vous. Je n'ai rien à perdre, aucune attache, c'est l'idéal pour vous.

— Tout le monde a son prix. Qu'est-ce que tu veux en échange ?

— C'est pourtant évident ! Je veux venger la mort de ma mère.

— Tu vas flinguer les responsables ? C'est ça le plan ?

Le dilemme se posa à Gina. Elle n'avait jamais envisagé de devenir ce genre de personne. Elle dansait pour des hommes qui lui donnaient leur argent en retour. Certes, elle avait fait une croix sur l'université et la carrière professionnelle qui allait de pair, mais tuer… Déjà, il partait.

Mettant sa main sur son bras pour le retenir, elle se lança :

— Qui parle de sang ? Un meurtre peut être médiatique. Il faut les dénoncer, apporter les preuves, les diffuser partout pour que tout le monde sache la vérité.

— Si c'est ce que tu veux vraiment, alors pointe-toi à cette adresse après-demain avec la réponse au sujet de ta mère. Nous aviserons, conclut-il en lui glissant une carte en plastique dans la main.

— Ton prénom ?

— On m'appelle Pix, mademoiselle Gina Harris de *Tenderloin*, stripteaseuse. Appartement 0911, peut-être plus pour longtemps, au…

— Vous saviez ? l'interrompit-elle, surprise.

— Évidemment. Tu laisses tes traces partout.

— Alors, pourquoi être venu quand même ? s'indigna Gina.

— Tu as piqué ma curiosité. Voilà pour ta robe. Ne rapplique pas avant la nuit tombée.

Pix s'en alla sans un regard pour elle. Gina tenait dans ses mains une adresse et un jeton de cinquante provenant de son bar.

*
* *

De retour chez sa mère, Gina se débarrassa de sa robe et enfila son T-shirt fétiche, celui que son père préférait. Elle se souvint avec émotion de sa joie de fillette blottie contre lui au stade. Elle était seule à présent. « Non, pas tout à fait, il y a Alan ! » Gina lui envoya un message. Elle devait absolument le convaincre de l'aider. Pix avait raison, elle nageait déjà avec difficultés dans son petit monde alors, la médecine et l'espionnage… Peut-être qu'elle n'était pas à la hauteur.

L'appartement était lugubre. Tournant sans but, sans envie de ranger, Gina ne parvenait pas à se faire à l'idée que sa maman ait été assassinée pour une question d'argent. Elle devait savoir la vérité. Un doute s'insinua dans son esprit. Et si sa mère lui avait caché son état de santé. Si sa fatigue chronique de ses dernières semaines n'avait rien eu à voir avec ses deux emplois.

Gina se rendit dans la chambre de Stacey et, après un moment de flottement, elle se mit à chercher des documents.

La pièce sens dessus dessous, Gina finit par croire qu'il n'y avait rien. Dans un ultime geste, elle souleva péniblement le matelas. Là, posée sur les lattes du sommier, une pochette d'analyses de sang. Gina se retrouva à genoux sur le sol, en proie au doute.

Elle tenta de déchiffrer le tableau sans succès. NFS, marqueurs ACE et CA125, Iono ; elle n'y comprenait

40

rien. Cela la mettait dans tous ses états. Pourquoi n'y avait-il pas une notice explicative ? Ce devait être grave pour être imprimé sur du papier. Regrettant de ne pas avoir Internet à la maison ou sur son vieux « *Charity Phone*[5] », elle décida de téléphoner à Alan.

— Bonjour, c'est...
— Qui que vous soyez, vous tombez mal !
— C'est Gina...
— Veuillez laisser votre message après le bip.
— Merde !
— Bip.
— C'est moi, rappelle-moi ou viens me voir dès que tu peux. J'ai encore besoin de toi. Je t'en prie, donne-moi de tes nouvelles.

Le jour se leva, comme d'habitude, Gina se rendit au travail. Mais ce matin-là, le manager ne lui permit pas de franchir le seuil. Voulant savoir ce qui se tramait, elle s'emporta, au risque d'atterrir en prison ; et il finit par lui avouer qu'elle recevrait un SMS de licenciement dans la journée. Il affirma que cela n'avait rien de personnel, que c'était la conjoncture.

Sur le chemin du retour, dépitée, Gina se demanda

---

[5] Charity Phone : téléphone doté d'un petit écran capable de se connecter au compte en banque, d'effectuer des paiements, d'aller sur les réseaux sociaux et d'afficher les messages du GC (Gouvernement Central). Ce téléphone est offert aux indigents depuis la disparition de la monnaie fiduciaire concomitante avec le puçage de masse et l'abandon du format papier en général. L'Internet (hors réseaux sociaux, considérés comme un droit humain) étant payant, l'option est de plus en plus rarement souscrite par les pauvres en bénéficiant.

comment elle allait s'en sortir.

Les heures passèrent sans le moindre signe de vie d'Alan quand soudain, quelqu'un frappa à la porte. Sans regarder, Gina l'ouvrit avec un grand sourire qui disparut immédiatement. C'était le gardien de l'immeuble. Elle salua sans entrain cet homme bedonnant et mal rasé à l'haleine de putois.

— Bonjour. Je suis vraiment désolé de vous l'annoncer ainsi, mais vous allez devoir quitter les lieux.

— Mais c'est chez moi, ici !

— Le bail était au nom de Stacey Harris et vous avez déjà payé votre loyer en retard ce mois-ci… Le délai légal pour régulariser votre situation a été dépassé… Je suis désolé.

— Oui, mais j'ai dû régler les factures d'hospitalisation de ma mère et…

— Paix à son âme, c'était une brave femme. Étant assermenté, je suis obligé par la loi de vous remettre cet avis d'expulsion. Prenez votre temps, mais le 31, vos affaires personnelles ne devront plus être là.

— Le 31 de ce mois ?! Vous vous rendez compte de ce que vous me faites ?! Je n'ai que dix-huit ans ! Qui va me louer un appartement ?

— Oui, je sais, dit-il d'un air navré un peu forcé. Il n'y a pas d'autre choix, le 1er janvier, un couple emménagera ici.

— Comment ça ?! Déjà !

— Oui, c'est comme ça. Un mois de délai pour présenter le dossier de régularisation, après ça, le sort est scellé. Faites une nouvelle demande de logement, qui sait… Bonne fin de journée, fit-il machinalement. J'espère que ça ira pour vous.

Gina referma et se laissa glisser au sol. Ses forces la quittaient au fur et à mesure que ses pistes de relogement s'évanouissaient dans sa tête. On frappa à nouveau.

— Qu'est-ce que vous voulez encore ?! cria-t-elle en rouvrant la porte violemment.
— Tu m'as appelé, répondit Alan tout penaud.
— Alan !

Gina se blottit contre lui et se mit à pleurer.

— Si tu savais…

Alan, gêné, referma du pied et l'accompagna jusque dans le salon, ses bras autour du cou dans une marche chaotique, lui avançant, elle tentant de reculer sans trébucher. Il la laissa sangloter, sans rien dire. Debout, immobiles.

Au bout de quelques minutes, il lui releva le menton avec son index et lui demanda ce qui se passait. Encore en larmes, Gina lui avoua ses malheurs en appuyant sur le fait qu'elle allait être expulsée. Elle ne savait pas quoi faire de leurs affaires. Elle lui expliqua qu'elle avait trouvé la cachette d'un dossier médical qu'elle ne parvenait pas à analyser.

— Calme-toi. Tout va s'arranger, tu verras.
— Comment tout pourrait-il s'arranger ? Ma mère est morte, mon père s'est tué en pensant que son assurance-vie jouerait, mais il n'avait pas lu la clause d'exclusion du suicide ; et moi, je suis toute seule et bientôt à la ruueee…
— Stop ! Tu dois être forte ! Ça suffit, Gina ! Je ne

veux plus te voir comme ça !

Alan s'était énervé contre elle pour la première fois. Quelle mouche l'avait donc piqué ? Gina s'arrêta immédiatement de chouiner et s'écarta d'Alan pour essuyer ses yeux.

— Tu as raison. Pardon. Je ne pensais pas t'embarrasser.

— Il ne s'agit pas de cela, Gina, je t'en prie. Je souhaite simplement t'aider. T'apitoyer ne t'avancera à rien. Je sais, c'est dur… Mais tu es jeune, tu peux rebondir. Je vais te sortir de là, je te le jure.

Il réfléchit quelques secondes et son regard changea quand sa décision fut prise.

— Tu vas venir habiter chez moi.

— Non, je ne peux pas… Gina savait pourtant que c'était la meilleure solution pour elle. Non…

— Arrête ! Rassemble tes affaires. Nous y allons dès que tu es prête. Tu m'as parlé d'un dossier médical ?

Gina l'attrapa du bout des doigts sur la table basse et le lui tendit avant de partir exécuter ses ordres. Elle sentit poindre de nouveaux sentiments à l'égard de son sauveur et tenta immédiatement de les réprimer.

Alan s'installa dans le canapé et comprit très vite ce qui avait motivé Stacey à cacher ses analyses. Il se demanda en son for intérieur s'il devait expliquer ou taire ce qu'il contenait. Il espéra que la question ne serait soulevée que plus tard.

Gina réapparut avec deux vieilles valises pleines de fringues et de babioles. Elle se précipita sur les albums photo et le cadre protégeant depuis toujours un portrait de ses parents. Puis, délicatement, elle serra contre sa poitrine deux boîtes pyramidales en carton biodégradable bien connues d'Alan.

— Je suis prête.
— Change-toi, s'il te plaît.
— Pourquoi ?
— Parce qu'on dirait une clocharde, je n'ai pas envie d'avoir des problèmes avec les copropriétaires de la résidence où je vis. Si on te pose des questions, tu as vingt et un ans, tu es ma petite-amie. Je ne veux pas être expulsé à mon tour.
— OK. Et pour le reste ? demanda-t-elle en montrant les meubles et autres bibelots.
— J'enverrai tout au garde-meubles. Ne t'inquiète pas, tu me rembourseras quand tu pourras, dit-il sans illusions.

*
* *

Gina était silencieuse depuis leur départ. Le trajet lui avait paru long. Sur l'autoroute, Alan avait mis la conduite automatique et avait tenté de discuter. Voyant que l'humeur de sa protégée n'était pas au papotage, il avait allumé le vidéo-transmetteur et consulté ses dossiers en attente pour donner ses instructions.

Ils arrivèrent dans la rue pavillonnaire d'Alan qui s'arrêta devant un portail gardé par un vigile et surveillé constamment par des caméras. L'homme sortit de sa guérite et se pencha pour observer cette inconnue en robe à paillettes blottie sur le siège passager. Gina sécha une larme qui venait de couler sans y être invitée et le regarda en retour en tentant de rester impassible à son malheur. Alan ordonna à sa voiture de baisser sa vitre.

— Bonsoir.
— Bonsoir, Monsieur Adevar. Qui est cette jeune femme, s'il vous plaît ?
— Mon amie Gina.
— Bonsoir, monsieur l'officier.
— Je ne suis que gardien, dissipa-t-il pour ne pas tomber sous le coup de la loi. Mademoiselle Gina compte demeurer longtemps chez vous ? fit-il avec un très léger sourire en coin. Vous savez que le règlement de la copropriété…
— En fait… Owen, finit-il par lire sur son badge. C'est ma compagne.
— Oh ! Très bien Monsieur Adevar, fit-il un brin surpris. Mademoiselle, bienvenue à la résidence *Black Cedar*.

Le vigile ouvrit le portail en grand.

— Ça ne rigole pas chez toi.
— C'est le seul moyen d'être tranquille. Enfin… Tu comprends ce que je veux dire.

Gina ne répondit pas, mais elle voyait très bien ce qu'Alan sous-entendait. Depuis les progrès de l'IA[6] dans les années 2020, de nombreux emplois avaient été perdus. Les élites – celles « non-transhumanisées » obéissantes – ou ceux juste en dessous d'eux vivaient en

---

[6] IA : Intelligence Artificielle

communautés, bien en sécurité dans ce genre de bunkers à ciel ouvert.

Elle regarda la maison dans laquelle Alan habitait et se souvint du sentiment de paix qu'elle éprouvait à l'âge de 10 ans, quand toute cette réalité n'était encore que des anticipations sur grand écran. La portière se referma toute seule, ce qui la fit sursauter. Devant l'entrée, une voix féminine les accueillit.

— Bonjour Alan. As-tu passé une bonne journée ?

— Oui, excellente. Merci, Siria, répondit-il machinalement.

À ces mots tests, la porte s'ouvrit.

— Dois-je saisir dans ma base de données les paramètres biométriques de cette personne ?

— Oui, elle s'appelle Gina, elle aura accès à la totalité du système domotique.

— Veuillez répéter votre nom, prénom, âge et profession, mademoiselle Gina Harris.

— Elle connaît mon nom ?

— Ta puce… Entre et fais ce qu'elle demande, qu'elle t'enregistre une fois pour toutes.

— Harris, Gina, 21 ans, strip… pardon, sans profession.

— Vos données sont erronées. Recommencez.

— Harris, Gina, 18 ans, danseuse.

— Merci Gina Harris. La reconnaissance faciale est terminée.

— Installe-toi, je vais nous faire livrer à manger. Siria, commande deux pizzas et du vin rouge, s'il te plaît, mets-nous des classiques des années 100 % humaines.

— Je vais devoir aller au centre-ville quotidiennement.

Comment je fais ?

— Il y a un service de location de véhicules autonomes. Demande à Siria, elle s'en occupera pour toi et la voiture t'attendra.

— Je refuse d'être une charge pour toi.

— Ne dis pas n'importe quoi. Siria, veille.

— Veille activée.

— Que veux-tu faire en ville ?

— Mais mon travail, voyons ! Il me reste le bar.

— Tu ne devrais pas continuer.

— Et je devrais faire quoi d'après toi ? Je ne suis rien pour toi. Gina se reprit en constatant la réaction d'Alan. Attends, ce n'est pas comme si j'étais de ta famille ou même ta petite-amie ! Tu m'aides et je t'en serai éternellement reconnaissante… Pourtant, je sais que ça ne durera pas et qu'un jour ou l'autre l'un d'entre nous en aura assez ou voudra tout simplement… imaginons… être en couple pour de vrai…

— Fais comme tu veux, répondit Alan avec un léger dédain. Siria, activation.

— Activation, bonsoir, Alan et Gina.

— Je vais décharger tes affaires.

Alan semblait contrarié et Gina s'en moquait. Elle visita cette maison sans âme, certainement aménagée par le constructeur lui-même. Soudain, son appartement, ses vieux meubles et ses cadres lui manquèrent.

À son retour de ce tour du locataire, il l'attendait à côté du canapé, droit comme un i.

— Tu pourras décorer ta chambre. Par contre, j'ai un service, en fait deux, à te demander.

— Quoi ? s'inquiéta Gina dont la méfiance s'était éveillée d'un coup.

— Le premier, fais attention à tes tenues quand tu sortiras de la maison. Je suis désolé, tes T-shirts des *Giants* me plaisent beaucoup, mais ici… Je ne veux pas d'ennuis avec les autres habitants.

Alan avait eu un regard insistant sur les épingles à nourrice qui maintenaient difficilement sa robe fermée à mi-cuisse.

— Et le second ? s'agaça Gina.

— J'ai un gala le 31. Je souhaite que tu sois ma cavalière.

Gina resta sans voix.

— Siria, valorise un crédit de mille libras pour des achats de vêtements sur l'assistant de Gina.

— La somme est bloquée pour cet usage. Le drone livreur vient de déposer votre commande.

Gina n'en revenait pas. Elle était très gênée et ne comprenait pas cette générosité. Elle ne s'était pas offusquée de cette attaque à peine déguisée sur son apparence, car ce qui la tracassait n'allait pas tarder à sortir de sa tête.

— Comment peux-tu vivre dans ce luxe alors que tu as un crédit étudiant sur le dos ?

— J'ai été major de ma promotion avec une UV[7] « Assistant qualifié IA en opérations chirurgicales complexes », affirma Alan avec une fierté qui en disait

---

[7] UV : Unité de Valeur

long sur la difficulté de l'examen. Les hôpitaux du pays m'ont fait des offres, celui d'ici a été le plus généreux avec cette maison, la voiture et un salaire confortable.

— C'est dingue, j'ignorais que tu étais si brillant ! s'exclama Gina en ouvrant l'énorme frigo.

Après s'être arrêtée net, elle poursuivit :

— Alan, c'est normal qu'il soit si grand et si vide ? Il n'y a même pas d'œufs ou de lait !

— Si tout va bien, j'aurais remboursé mon emprunt dans cinq ans ou six ans selon les taux et mon assiette de consommation, termina-t-il d'expliquer malgré le désintérêt soudain de Gina. Que voudrais-tu que j'en fasse ? Je n'ai pas le temps, vraiment.

— La cuisine ! Une pizza, c'est trois fois rien à faire ! Ton assiette de consommation… C'est vrai… fit-elle en finissant à voix basse : Avec ces mille libras, tu économiseras des impôts…

— Hein ?

— Rien ! Continue.

— Je disais que je n'ai pas le temps. Parfois, je travaille deux jours et deux nuits d'affilée. La nourriture se gâcherait, expliqua-t-il en ouvrant la porte d'entrée pour rapporter le tube à pizza. Viens dîner, je dois me coucher tôt. Demain, je dois rattraper des heures.

Gina déroula la pizza et découvrit avec surprise qu'elle était à la viande !

— Quoi ? Tu es vegan par choix ? J'aurais dû en prendre une végétale ?

— Non ! Non, vraiment… Mais c'est hors de prix, cela fait des années que je n'en ai pas mangée ! Depuis…

Ne se laissant pas aller à la mélancolie attachée à ses souvenirs d'enfance, Gina tira une part et la savoura tout en marquant son plaisir par de petits bruits proches de ceux provoqués habituellement par un orgasme. Alan s'en amusa, mesurant sa chance et la qualité de son parcours par rapport à elle.

Ils passèrent le début de soirée, côte à côte sur le canapé devant un vieux film de la fin du précédent millénaire, *Matrix*. Alan alla se coucher tôt, le chat n'avait pas encore miaulé deux fois. Gina profita de cet écran 3D dont elle n'osait plus rêver depuis longtemps tout en se disant que le scénario était peu réaliste.

Juste après minuit, seule dans sa chambre, Gina masqua la caméra et boucha le micro avec du gel collant à tableaux trouvé dans un tiroir de la cuisine.

Assise devant ses urnes funéraires en carton recyclé, elle pleura en silence la mort de sa mère. L'une ne contenait que quelques cendres de son père, l'autre qu'une poignée de cheveux. Gina regrettait de n'avoir pas pu payer à sa maman un enterrement au cimetière, mais elle se consola un peu à l'idée que l'humusation[8]

---

[8] Humusation : Processus de transformation en un an, temps statutaire du deuil dans cette société, des dépouilles mortelles en humus permettant de fertiliser les sols. La plupart du temps en agglomération, le compost ainsi obtenu sert officiellement à la plantation d'arbres dans des terres stériles. L'humusation est devenue la norme dans les campagnes, gratuite depuis des années « pour répondre au besoin de reforestation ». Mais en ville, il faut payer ou financer le transport du corps au-delà de la banlieue, ce qui coûte très cher (mais tout de même moins qu'un enterrement au cimetière).

allait permettre l'existence d'une seconde vie, végétale. Elle espéra qu'un bel eucalyptus serait planté l'année prochaine dans le *Golden Gate Park* grâce à sa maman.

Épuisée, se demandant ce qu'exigerait Alan d'elle en retour de ses bontés, Gina se recroquevilla sur ce lit moelleux et doux avant de sombrer dans un profond sommeil qu'elle n'avait pas connu depuis leur déménagement dans cet appartement miteux.

5
20 DÉCEMBRE, ZONE DÉSAFFECTÉE DU VIEUX PORT

Après avoir tourné comme une âme en peine dans la maison d'Alan, parti trop tôt pour qu'elle puisse le voir, Gina s'était décidée à utiliser le service de location et avait laissé le véhicule au centre-ville. Munie de son téléphone social, elle s'aventura dans un quartier chic qu'elle n'avait pas fréquenté depuis plus de cinq ans. Les vitrines présentaient leurs articles au milieu des décorations de « fêtes de fin d'année ». Rares étaient celles qui osaient encore afficher le mot « Noël » alors que, quelques années auparavant, en pleine reconstruction après la grande crise, cette fête s'était imposée au pays comme la plus importante à célébrer après le 4 juillet. Autour d'elle, des haut-parleurs cibleurs diffusaient les promotions personnalisées. Elle ignorait comment cela fonctionnait. Personne ne voyait les caméras à reconnaissance faciales et encore moins les lecteurs de puces.

Gina pénétra dans une boutique à la vitrine prometteuse. La vendeuse, une jeune et jolie blonde très élégante, lui tomba dessus immédiatement. Elle paraissait inquiète :

— Mademoiselle ?

— Je viens pour une robe de soirée.

— Je crois que vous vous trompez de quartier… peut-être même de ville, affirma-t-elle de manière très hautaine.

— Oh ! réagit Gina en se regardant dans un miroir. J'ai de l'argent ! Elle montra son téléphone. Vous pouvez vérifier.

Sans répondre, la vendeuse se dirigea vers le comptoir avec l'appareil et son air changea radicalement quand elle l'analysa sur le serveur. Elle parla dans sa main, le doigt sur son oreillette et revenant vers Gina, elle déclara avec autorité :

— Mademoiselle, je suis désolée, mais vous allez devoir nous suivre.

— Nous qui ?

À peine eut-elle posé sa question qu'elle se sentit empoignée. Le vigile était arrivé par-derrière et l'avait soulevée comme une plume.

— Mais ! Mais ! Je ne comprends pas, lâchez-moi !

Elle se retrouva enfermée dans un cagibi. Elle frappa sur la porte quelques minutes avant de se lasser. Quelle mouche avait piqué cette pimbêche ?

*
* *

Le earphone d'Alan sonna alors qu'il était avec un patient.

— Veuillez m'excuser. Décrocher. Oui.

— Bonjour Docteur Adevar, ici la boutique *One Secret*…

— Oui ? Je suis en pleine consultation.

— Nous avons arrêté une jeune femme, une certaine Gina, une voleuse ou peut-être une escort. Nous ne jugeons pas… Cependant, elle se promène avec des fonds vous appartenant, nous pensions que vous aimeriez les récupérer. Devons-nous appeler la police ?

Alan se leva d'un bond en comprenant la méprise. Il demanda une description de la fille en question et s'éloigna pour répondre :

— Vous plaisantez ?! C'est une habitude de traiter vos clientes ainsi ?! Cette « escort », comme vous dites, est ma petite amie ! Vous avez intérêt à la relâcher, à vous excuser auprès d'elle et à la servir comme si elle était une princesse !

— Oh ! Pardonnez… Mais bien sûr, vraiment navrée de cet in…

— Parce que dans l'éventualité où elle reviendrait à la maison avec autre chose qu'une anecdote amusante à me raconter, je vous assure que cela ne se passerait pas bien pour votre boutique ! bluffa-t-il. Me suis-je bien fait comprendre ?!

— Oui, évidemment.

— Et vous livrerez tout ce qu'elle voudra à mon domicile à la résidence *Black Cedar*.

— Oui, docteur, ce sera fait. Nous lui ferons notre remise fidélité or.

— Raccrocher.

Alan se demanda malgré lui l'espace d'une seconde dans quelle tenue Gina avait bien pu se rendre dans ce magasin. Il reprit sa consultation sans attendre, espérant que Gina s'amuserait à les faire tourner en ridicule.

*

La serrure s'agita. Le vigile ouvrit, navré. Derrière lui, une femme en tailleur que Gina reconnut immédiatement afficha son air le plus contrit :

— Léon, poussez-vous, voyons ! Mademoiselle, veuillez pardonner notre vendeuse même si elle a commis une bévue im-par-donnable ! Elle vous a prise pour une autre et a tiré des conclusions… Bref, notre enseigne n'a pas pour habitude de traiter ses clientes de cette manière. Je vous assure. Je vous présente personnellement, et au nom de toute l'équipe, nos plus plates excuses…

Gina s'était levée du tabouret et attendait la suite.

— C'est avec le plus grand plaisir que je mets à votre disposition mes collaborateurs.
— Et ?
— Et nous vous ferons profiter de notre remise fidélité la plus élevée, cela va sans dire.
— Et ? abusa-t-elle.
— Et nous vous offrirons les escarpins de votre choix. Jeunes gens, hop, hop, hop !

Gina n'en revenait pas. Que s'était-il passé ? Une ressemblance avec une voleuse ? Une usurpation d'identité numérique ? Les cas étaient pourtant officiellement rarissimes. Ce début d'après-midi s'annonçait des plus intéressants. Elle essaya tous les vêtements à sa taille et toutes les chaussures de la boutique, en buvant des tasses de thé, pour finalement ne prendre qu'une tenue et des escarpins français ainsi qu'une robe qu'elle enfila immédiatement. Au moment de payer, la patronne lui fit un rabais conséquent et lui assura la livraison pour le soir même de sa somptueuse toilette de bal. Elle tiqua.

— Nous nous connaissons, n'est-ce pas ?
— Non, fit Gina dédaigneusement avant d'ajouter : Ne sanctionnez pas votre employée parce que, du haut de ses préjugés, elle a cru bien faire. Elle aurait pu avoir raison. Au revoir.

Son sac à dos fatigué bourré de son *jeans* et de son *sweat*, ses croquenots usés dénotant avec sa belle robe, Gina se rendit compte que la nuit était en train de tomber. Elle entra immédiatement dans un taxi stationné devant la boutique pour se rendre au vieux port. Elle qui voulait faire une surprise à Alan en achetant de nouvelles tenues dut se résoudre à abandonner l'idée. Cela attendrait encore un peu. « Je me cacherai des autres habitants un ou deux jours de plus », pensa-t-elle en route vers l'inconnu.

À l'écran, sur la chaîne nationale d'informations « Patriot One » regardée par tout bon Américain, le présentateur relatait des faits divers, dont un inquiétant qui l'interpella. Elle demanda à la voiture de monter le son. « Les terroristes qui ont attaqué le centre de gestion des relations marchandes, il y a une semaine jour pour jour, ont été retrouvés et traduits en justice par nos valeureuses forces de l'ordre. Ils avaient, rappelons-le, provoqué la panique en semant informatiquement le chaos dans les annonces personnalisées diffusées par les différents partenaires de vie en espace public. Lors de la conférence de presse, le procureur a assuré que le tribunal antiterroriste avait rendu un jugement exemplaire. » L'énoncé était appuyé par un montage vidéo prouvant la véracité des faits et la pagaille causée par des offres ridicules ayant amené un mari à acheter une robe en XS pour sa femme portant du XL. Cela avait occasionné une belle dispute expliquée par les protagonistes eux-mêmes, fiers de passer à la télévision dans cette farce tournée en affaire d'État. Ce reportage de fond fut aussitôt suivi par l'interview de l'homme de loi. Le "garant des libertés des citoyens consommateurs" n'eut droit qu'à une retransmission partielle de son discours, choisie et calibrée pour rassurer. « Nous avons une fois de plus, par cette sévère sanction, affirmé que le gouvernement régional ne tolère pas que l'on perturbe notre économie par des actes irrationnels et moralement violents. Nos concitoyens les plus responsables savent à quel point nous vivons une période de fragilité de la croissance et qu'ils doivent participer au bien de tous en recevant favorablement les conseils personnalisés du centre de gestion des relations marchandes. » Le présentateur reprit la parole : « Nous remercions les forces de l'ordre pour leur travail et la protection au quotidien de nos libertés. Et n'oubliez pas : consommer, c'est la vie. Aujourd'hui, se déroulait dans les écoles la dixième journée internationale du vivre ensemble en paix... »

— Incroyable, n'est-ce pas ? fit le vieil homme.
— Quoi donc ?

— Qu'on fasse passer une bouffonnerie pour un acte terroriste.

— Qui sait à quoi ils auraient pu s'attaquer encore si on ne les avait pas arrêtés ! Le système est tout ce que nous avons, récita Gina.

— Oui, vous avez raison, j'oubliais… Il faut avouer que ce n'est pas ce qu'on nous apprenait à l'école de mon temps.

Il la regarda dans son rétroviseur et se tut.

— Déposez-moi là, s'il vous plaît.

— Vous en êtes bien certaine ? C'est un coupe-gorge pour une si jolie jeune fille…

Se rendant compte de ce qu'il venait à nouveau de dire par réflexe, le chauffeur cacha son matricule avant de s'excuser encore :

— Je n'aurais pas dû. Dans ma bouche, ce n'était pas une remarque sexiste ou anti-égalitaire, je vous assure. Les femmes sont les égales des hommes et nous traitons chaque humain – quel que soit son genre, son orientation ou ses croyances – avec respect, récita-t-il.

— On ne parle plus de genre depuis au moins dix ans, c'est irrespectueux pour les personnes qui se veulent non-genrée… s'amusa Gina. Mais ne vous inquiétez pas, là où je travaille, j'entends bien pire. Vous êtes gentil, conclut-elle en payant sa course d'un petit geste du doigt sur son écran de téléphone en direction du compteur.

— Je ne sais plus comment m'exprimer. De mon temps, on pouvait dire ce qui nous passait par la tête, c'était sans conséquence… Maintenant, on doit se méfier de tout, de tous et de toutes… Remarquez, c'est plus simple avec les enturbannés…

— Alors ça, par contre, c'est raciste, vous voyez ? Même si la religion n'a littéralement rien à voir avec la race, races qui n'existent pas… La définition officielle est très claire et elle englobe ce que vous venez de dire ! s'amusa-t-elle à le sermonner. Rassurez-vous, j'ai eu un grand-père, je comprends, c'est compliqué…

— Ah oui ! fit le vieil homme d'un air complice. Vous voulez que je vous attende ?

— Non merci, vous devez prendre d'autres courses. Au revoir, passez de joyeuses fêtes de Noël… Vous voyez, là encore, je ne suis pas « cultuellement neutre », donc pas politiquement correcte.

— Dans quel monde vivons-nous ? Vraiment ! Joyeux Noël à vous aussi, faites attention à vous.

Gina marcha une centaine de mètres en repensant à cette conversation. Elle n'avait pas connu ce monde simple dont ce chauffeur, certainement retraité, lui avait parlé. Elle se souvenait juste du père de sa mère qui s'attirait les foudres de tous ses voisins à cause de ses propos jugés « décalés ». À la fin, son grand âge parvenait à peine à lui faire éviter les procès-verbaux.

À l'angle de deux anciens chemins de convoyage aux rails rouillés et au goudron défoncé, Gina trouva le hangar recherché.

Elle frappa à la porte située sur le côté. Une lampe à incandescence offrait une lumière chaleureuse, celle que l'on voyait dans les vieux films, ceux d'avant la « HD[9] ». Aucun bruit ne laissait penser que des hommes

---

[9] HD : Haute Définition, vite dépassée par la Ultra Haute Définition (4K, 8K, 16K, puis récemment ici la 32 K)

s'activaient à l'intérieur. Gina commença à douter d'être au bon endroit. Elle observa de gauche à droite cet environnement industriel, leva les yeux pour vérifier le numéro. Lui avait-il joué un mauvais tour ?

Soudain, un grincement de serrures la fit sursauter. Pix apparut dans l'entrebâillement. Il portait le même *sweatshirt* à capuche, ce qui rassura Gina. Elle fut surprise par son âge. Il semblait vieux, quarante ans, peut-être cinquante. Au sien, elle évaluait encore mal le passage des années sur un visage.

— Elle est *clean* ? interrogea-t-il dans le vide.

Pix lui sourit et vérifia les alentours avant de se décider à la faire entrer. Il l'attrapa par le poignet ; cette attitude, qui était en passe de devenir une habitude, déplut à Gina qui tira pour se dégager. Il en fut surpris et referma aussitôt derrière elle tout en remettant en question son appréciation sur le caractère de la petite curieuse. Il enleva sa capuche et Gina put enfin découvrir son visage aux joues creusées dissimulées en partie par une épaisse barbe de bûcheron, drue et courte. Sa coupe aurait été conforme pour le service militaire. Dans son regard franc et bleu pâle, on devinait de la mélancolie. Il la précéda, la guidant jusqu'au sous-sol où l'attendaient trois jeunes hommes ainsi qu'une fille aux cheveux gras et à la peau boutonneuse, un poupon aux yeux légèrement tombants.

— Elle, c'est Lénina… Elle a dix-sept ans, même si elle en paraît quinze.

— Salut Gina, dit Lénina avec un sourire métallique. Bientôt dix-huit !

— Lui, c'est Big Mike. Oui, je sais… Il dit que c'est

pour brouiller les pistes, souligna Pix devant ce gringalet qui ne leva même pas la tête de son écran. Lui, c'est « Neo », il ne quitte jamais ce vieux manteau, un Neo américano-vietnamien...

— *Matrix* ?

— « La cuillère n'existe pas » ! répondit-il en faisant un clin d'œil raté. Tu connais ?

Néo, eurasien à la chevelure noire et dense comme un casque et aux sourcils fournis, la scrutait de ses yeux sombres, son visage ne laissait paraître aucune expression, il restait presque figé et inhumain.

— Oui. Je l'ai regardé il n'y a pas si longtemps... Curieux hasard.

— Hasard, dis-tu ? En es-tu vraiment certaine ?

— C'est Neo, il est capable d'avoir déclenché la diffusion de ce film juste en vue de ce soir... fit Pix lisant le désarroi de Gina. Et malheureusement, c'est le plus doué d'entre nous, chuchota-t-il, il ne faut pas le lui dire, après ce serait l'enfer ici. Et enfin, François le Français, ou l'inverse... Dans le milieu, il se fait appeler « Le Parigot »...

— Le pays de l'amour et de l'élégance ! déclara-t-il avec un fort accent et en se touchant les parties. Salut, Gina !

En s'approchant, il lui tendit la main fautive, puis se ravisa et lui claqua bruyamment deux bises. De ce qu'elle avait pu constater, c'était le moins laid des trois. Son visage était symétrique, sans difformités, ses yeux marron et sa coupe classique brune auraient pu en faire un col blanc.

— Voici l'équipe de toutes les vérités, ou de tous les complots, selon de quel bord on est, conclut Pix.

— Ah ! C'est ça, la « *Dream Team* » ?!

— Ne te fie pas aux apparences, toi non plus. Ces jeunes sont les plus doués du pays. Ils savent passer entre les mailles du filet et nous, la résistance, avons beaucoup appris grâce à eux.

— Je demande à voir. Vraiment.

La salle était bourrée d'informatique, Gina n'y connaissait rien – elle qui n'avait pas les moyens de manger à sa faim ces derniers mois – mais cette accumulation l'avait tout de même impressionnée. Pix l'invita à s'attabler en face de lui.

— Tu es ici pour découvrir la vérité, mais seras-tu assez forte pour l'encaisser ? Non ! Ne réponds pas tout de suite, l'interrompit-il en décelant des signes avant-coureurs d'affirmative. As-tu conscience d'où tu mets les pieds en espérant traverser indemne ce marécage ? C'est infesté de crocodiles, de piranhas, de sangsues… Ce n'est pas joli. Ta vie va changer.

— Elle est en miettes.

— Tu devrais peut-être convoler tranquillement avec ton ami docteur…

— Comment êtes-vous au courant de ça ?! s'indigna Gina.

— Tu as vu où tu es ? Sérieusement… Alors comme ça, tu es certaine d'être prête à savoir ? Tu es consciente qu'il est impossible de revenir en arrière ?

— Oui, j'en suis sûre, je veux venger ma mère, je ne pense plus qu'à ça depuis des semaines.

— Dans ce cas, tu vas devenir une réfractaire.

— Une quoi ?

— Il va falloir tout lui apprendre, c'est une comateuse ! intervint Big Mike avec un accent russe.

— Nous allons te dépucer et, ainsi, faire de toi une passante anonyme. Par contre, si tu te fais attraper par la BAR, tu iras en « camp de rééducation ».

— Mais c'est quoi ça ? La barre ?

— Les Brigades Anti Réfractaires, cria Lénina, les salauds d'exécuteurs du GC[10]. Elles sont en charge d'arrêter les non pucés, les survivalistes et autres anti-fichage.

— Les NK[11] ?

— Pas que. Eux, ce sont des enfants de chœur, la face visible, la caution de démocratie. Ce monde est bien plus compliqué que ce qu'ils montrent aux civils, ajouta Pix.

François pianota sur son clavier virtuel et lança la projection d'interventions de la BAR, Gina découvrit des policiers dotés d'exosquelettes se déplaçant plus vite, soulevant plus lourd et tapant plus fort que des humains normaux. Leurs équipements faisaient froid dans le dos. Gina vit aussi un camp en photo. Cela aurait bien pu être une prison classique. Il diffusa quelques images de sévices perpétrées par des soldats sur des hommes et des femmes enchaînées au plafond ou à même le sol. Gina eut envie de vomir.

---

[10] GC : sigle usuel de Gouvernement Central

[11] NK : abréviation de « Not Kine », littéralement « Pas du Bétail », organisation clandestine dénonçant le marquage humain par différents moyens de faible technologie dont le collage sauvage d'affiches imprimées à l'ancienne sur les murs des immeubles et le mobilier urbain.

— Il est encore temps, Gina. Nous pouvons encore disparaître de ta vie.

— Non, je…

— Oh, je sais ce que tu penses. Impossible, j'en aurais entendu parler.

— Oui ! C'est impossible !

— Comment ? Dis-moi ? Comment en aurais-tu eu vent ? Par les médias subventionnés par le gouvernement ? Par la chaîne d'État. Par Internet ? Ce truc que tu n'as pas les moyens de te payer, puisque tu as tout juste de quoi manger ? On te laisse juste accès à des réseaux sociaux qui ont cédé à la censure il y a bien longtemps déjà. Tu y admires des photos de chats, de belles images… Tu peux alors rêver parvenir un jour à toucher du doigt ces choses… C'est tout. Tu es en train de comprendre… Oui… C'est ça…

— L'information n'en est pas ? Il n'y a plus que de la propagande ?

— Elle est intelligente, en plus d'être canon, souligna Neo. Dis ?

— Quoi ?

— On pourra voir tes seins un jour ?

— Passe au bar un de ces soirs avec quelques jetons ! ironisa Gina.

Pix leva la main pour couper court.

— Comme je te l'ai expliqué, ils nous marquent comme du bétail, reprit Pix. Oh ! Ce n'est plus un code-barre comme dans les camps de concentration Nazis… Non, la technologie a évolué, elle est discrète, cachée dans les corps, sans stigmatisation apparente, ne se préoccupant ni des croyances, ni de la couleur de peau, ni des orientations sexuelles. En ça, les NK n'ont pas tort. Ils nous contrôlent comme des esclaves. Ils nous octroient, dans leur grande mansuétude, de quoi manger et boire. Juste ce qu'il faut pour survivre, pas assez pour s'enfuir ou se révolter. D'ailleurs comment ferait-on ? Ils dictent ce que nous devons penser, punissant ce que nous exprimons de travers, nous élevant dans la peur et l'ignorance. Et le pire, comme je te l'ai dit, c'est que nous leur laissons le pouvoir alors que nous sommes la multitude et eux l'infime minorité des un pour cent les plus riches. Nous nous couchons devant leurs décisions en les mettant sur un piédestal, car ils nous ont inculqué que nous leur étions inférieurs.

Gina encaissait ces vérités comme un électrochoc qui vous pousse à revenir à la vie. Heureusement qu'elle était assise.

— J'étais comme toi, Gina. Je dormais tranquillement. Ma petite existence me convenait très bien. Je me suis fait pucer dès le début, j'ai changé de modèle à chaque sortie d'une nouvelle technologie, et puis... Pix s'assombrit et se tut un instant. Et puis, il y a eu la grande crise, des millions de gens ont perdu à la roulette de l'IA, tout s'est tendu d'un coup. Certains ont manifesté et obtenu des miettes. D'autres ont essayé de résister, de se rebeller, de créer d'autres systèmes... Nous avons été parmi les premiers. Je suis devenu ce qu'ils ont appelé plus tard un réfractaire. Gina, si tu comptes venger ta mère, il faudra plonger dans notre monde tout en gardant un pied dans ta nouvelle vie. Tu comprends ?

— Je suis prête. Je n'ai rien à perdre.

— On a toujours un bouton, qu'on le veuille ou non. Ils le savent et ils vont appuyer là où ça fait mal. Alan.

— Il n'est rien.

— Et pourtant, tu as acheté une robe pour lui…

— C'est une couverture pour ses voisins ! répondit-elle du tac au tac avec une pointe d'ironie forcée.

— C'est tout ce que je te souhaite. À nous aussi d'ailleurs. Nous avons pris un gros risque en te faisant confiance.

Lénina s'approcha avec une sorte de grosse seringue et prévint Gina qu'elle allait souffrir. Pix lui attrapa les deux avant-bras et les maintint fermement sur la table. Après une rapide palpation et immobilisation de la puce contre sa clavicule, Lénina planta la large aiguille d'extraction et, une fois certaine de l'avoir mise dans l'axe, elle tira le piston. Gina serrait les dents, refusant de lâcher le moindre cri.

— Voilà, c'est fait. Je l'écrase et je la reprogramme ?

— Non, laisse-lui son identité, cela nous sera peut-être utile, dit-il à Lénina. Elle va l'obliger à émettre toujours les mêmes informations, comme une balise. Ils ne pourront plus faire de demandes de localisation.

— Ils pouvaient ?

— Via ton téléphone ou n'importe quel récepteur. Rassure-toi, nous brouillons les signaux et nous avons vérifié que tu n'avais pas fait l'objet d'une requête avant de te faire entrer. Nous avons compris que plusieurs types de puces avaient été mises sur le marché. Il y en a au moins trois, à notre connaissance. Ce qui nous pose problème ce sont les réseaux de distribution et le coût d'un des modèles en particulier implanté uniquement aux clients les plus fortunés. Au début, nous supposions qu'ils (les riches) pourraient contrôler leurs comptes de manière plus sécurisée ou plus d'appareils haut de gamme, du genre voiture ou domotique de luxe, mais…

— Mais quoi ?

— Mais aujourd'hui, nous craignons qu'ils aient un tout autre projet pour les porteurs de puces d'entrée de gamme. Et nous avons des raisons de penser que ta mère faisait partie d'un test. Ça, ou alors, ils ont mis sur le marché un modèle défectueux et ils essaient le cacher.

— Vous n'y croyez pas. Enfin, je veux dire, à la seconde hypothèse.

— Nous aimerions, affirma Lénina en réimplantant le mouchard bridé au même endroit.

— Et maintenant ? s'enquit Gina, crispée.

— Tu vas au boulot, comme d'habitude. Tu rentres dans ta résidence sécurisée ; tu parles avec tes voisins… Tu tisses du lien.

— C'est tout ?

— Nous prendrons contact dès que nous aurons avancé. Il nous faut une cible.

— Une cible ? Mais pourquoi ne pas demander aux médecins de dénoncer les faits ?!

— Le *Freedom Act*, le petit frère soi-disant moins tyrannique du *Patriot Act*, tu sais ce que c'est, quand même ? Oui ! À la bonne heure ! Toute remise en cause du système, tout refus de se soumettre au fichage et au partage de ses données personnelles avec l'administration est considéré comme un acte de rébellion pouvant déboucher sur du terrorisme. Ils nous tiennent, c'est ça la démocrature, que veux-tu ? Deux programmes dominants ; une élection ; des votes de lois en application de la "volonté majoritaire"… C'est "démocratique"… Du moins en apparence, parce qu'en pratique... Nous vivons dans une dictature. Non, s'il te plaît, ne réponds pas à ça. Attends de voir pour croire.

Pix raccompagna Gina à l'extérieur du bâtiment, il entrebâilla la porte, observa les alentours et la laissa partir. Gina marcha dans un sentiment d'insécurité nouveau pour elle, car il n'avait aucun lien avec la pression du risque de faire de mauvaises rencontres. Non. C'était plus fort, insidieux, plus profond que cela. C'était une crainte viscérale. Elle fit le chemin en sens inverse et fut soulagée de voir son chauffeur de taxi qui l'avait attendue. Elle le remercia chaleureusement et lui demanda de l'amener à son lieu de travail. Pour lui exprimer sa gratitude, Gina voulut lui transférer un pourboire gratifiant, mais le vieil homme refusa disant qu'il avait été heureux de parler avec elle et accepta une bise en rougissant.

Gina fit son show, sans y mettre tout son cœur. Elle consentit à quelques danses en box privés et empocha une somme correcte qui ne lui redonna pas le sourire. Elle réfléchissait à la suite, à son nouveau statut de réfractaire, à Alan. « Comment vais-je cacher ça à Alan ? » pensait-elle.

Devenue un peu paranoïaque, Gina prit une voiture de "transport avec chauffeur" pour se rendre au centre-ville. Là, devant un restaurant, elle appela le véhicule de la résidence qui ne tarda pas à arriver.

Siria l'accueillit poliment et lui ouvrit la porte, toutes les lumières de la maison s'allumèrent immédiatement. Alan n'était pas encore rentré, pourtant sa tenue de soirée et ses chaussures étaient sous housse et posées sur la table du salon. Dans le frigo, Gina trouva du lait, des œufs, et de la charcuterie. Elle sourit. Il avait pensé à elle.

— Siria, quand Alan va-t-il arriver ?
— Il devrait regagner ce domicile dans moins d'une

heure.

Gina se mit en cuisine et prépara des crêpes salées puis des sucrées. Elle dressa le couvert, vérifia son maquillage, jeta ses godillots dans un coin et enfila ses escarpins. Elle attendit, attendit encore avant d'interroger Siria qui consulta à nouveau l'emploi du temps d'Alan.

— Alan ne rentrera pas avant six heures du matin. Il est actuellement en chirurgie.

Gina, déçue, laissa tout en plan et alla se coucher.

À son arrivée, Alan trouva deux assiettes pleines sur la table. Il comprit immédiatement l'impair et voulut s'en excuser. En chemin, il ramassa les vêtements de Gina et nota avec satisfaction le changement de style opéré la veille. Il entrouvrit la porte de sa chambre et la découvrit endormie. Alan n'osa pas entrer. Il resta appuyé au chambranle quelques secondes avant de la refermer, sans bruit, attendri. Il fit réchauffer ses crêpes et s'assit dans son canapé, dans le silence le plus total, son assiette fumante posée sur la table basse. Il ne savait pas comment allumer la télévision sans l'intervention de la domotique.

Il chuchota à Siria de la mettre en route en sourdine, mais elle n'entendit rien. Il se leva, observa attentivement l'écran, il ne disposait d'aucune commande mécanique. Alan dégusta donc son repas sans cette compagnie, y trouvant quelque chose d'inhabituel. Cette recette avait un petit goût particulier qui lui plut beaucoup, cela lui semblait plus naturel et léger. Ce calme et la fatigue eurent raison de lui, il s'endormit sur l'accoudoir.

Vers midi, Gina pénétra dans un salon sombre et silencieux. La nuit lui avait porté conseil, elle savait qu'elle devait reprendre ses anciens rituels quotidiens pour continuer à vivre un peu normalement. Elle demanda à Siria de remonter les volets roulants et de mettre une musique dansante. Une mélodie métallique et syncopée jaillit des enceintes murales, des effets lumineux eux aussi intégrés dans les parois vinrent renforcer l'ambiance.

Gina commença à gigoter tout en ouvrant le frigo, elle y retrouva cette pâte sucrée qu'elle convoitait depuis la veille. Elle chantonnait machinalement un de ses airs favoris. En sortant la tête et en se retournant, elle se rendit compte qu'une assiette manquait sur l'ilot central.

— Siria éteint la musique ! catastrophée.

Elle aperçut alors le visage renfrogné d'Alan qui aurait visiblement aimé dormir plus.

— Siria ! Tu aurais pu me dire qu'Alan était rentré !

Alan se redressa, la mine grise.

— Je suis désolée, je ne t'avais pas vu !
— Bonjour Gina.
— Bonjour. Ne bouge pas, je te fais un café. Siria, un double expresso, s'il te plaît. Pourquoi suis-je polie avec une machine ?
— Parce qu'elles sont programmées pour mieux répondre à tes attentes si tu es courtoise avec elles. Au fait, très bonnes, tes galettes.
— Merci, j'aurais aimé que nous dînions ensemble, mais je sais que…

— Désolé. On ne prévoit pas une urgence.

— Tu veux des crêpes ? Ça te tente de goûter la *Swee'Choc* ? Cela faisait des années que je n'en avais pas mangée !

— Je m'en doutais, c'est pour cette raison qu'elle est dans le frigo.

— Tu te souvenais ! Merci, tu es trop chou ! s'exclama-t-elle en le serrant dans ses bras et en lui faisant une franche bise sur la joue. Je vais aller acheter d'autres vêtements, rassure-toi. Je sais que tu n'aimes pas mon T-shirt.

En se détachant de son cou, elle tira sur ce bout de tissu difforme, comme pour en faire une robe un peu plus longue.

— Oh, le maillot des *Giants*, ça va. C'est mignon. Pardon… Mais c'est le reste qui dénote ici. Moi, j'adore ton look, comment dire ? Grunge ? Roots ?

— J'ai compris, je vais y remédier. Gina changea de sujet : Tu fais quoi à Noël ? Tu vas voir Simon et tes parents ?

— Je suis d'astreinte. Bloqué à la maison, je dois pouvoir me rendre à l'hôpital rapidement en cas de besoin.

Devant son regard plein de tristesse, Gina eut une idée qu'elle hésita à soumettre à Alan. Il l'encouragea à s'exprimer.

— Si j'organisais le réveillon ? Avec tes parents, Simon.

— C'est-à-dire que…

— Pardon, je t'embarrasse. Je n'aurais pas dû. J'abuse

de ton hospitalité. Je m'étais dit que ça te ferait plaisir… Et comme le 24 est un soir calme au bar, je… Oublie, conclut-elle peinée par ce sentiment de honte qu'elle avait perçu.

— Non, ce n'est pas ce que tu crois ! réagit Alan. C'est juste beaucoup de travail ! C'est aussi un peu tard pour décorer, organiser un repas… Ça m'aurait comblé de bonheur, je t'assure.

— Alors c'est parti, je m'occupe de tout.

Gina était ravie, elle souriait. Ce sourire, Alan voulut le conserver précieusement en mémoire. Il devait à présent appeler son frère et ses parents pour leur annoncer la nouvelle.

6

IMMEUBLE DE LA FONDATION POUR LA SANTÉ ET LES LIBERTÉS DES DÉMUNIS

La fondation disposait d'une tour en plein centre-ville de New York, signe de sa puissance. Ses antennes à travers le monde restaient plus discrètes, moins ostentatoires. Mais New York était le fief historique et les fondateurs – les trois familles les plus riches de la planète – voyaient les choses en grand, surtout quand les avantages fiscaux suivaient.

Newton Morgan travaillait là depuis presque vingt ans. À peine sorti de la faculté de droit, il avait peu à peu gravi les échelons. Il avait un jour attiré l'attention de Feller en faisant taire définitivement une jeune "idéaliste", mineure, dont son patron avait abusé lors d'une soirée très spéciale dont cette élite avait le secret. C'était dix ans auparavant. Depuis, Morgan s'était imposé comme le solutionneur, l'exécuteur, puis le chef de programmes sensibles. Il en tirait une grande fierté, cela se voyait à sa démarche de griffon. Pourtant ces derniers temps, il sentait que cette confiance qu'il avait gagnée à coups de fusils et autres manœuvres illégales vacillait. Le projet « Déluge » ne se passait pas comme il l'espérait. La compartimentation, le travail des

75

ingénieurs, les petites mains, tout cela ne semblait pas vouloir se finaliser.

**
*

Newton Morgan avait passé une partie de la matinée à régler des problèmes de cour d'école et cela l'avait profondément irrité. Pour la treizième fois, son téléphone dédié aux opérations spéciales sonna.

— Monsieur, nous avons un souci, dit une voix féminine hésitante.

— Quoi encore ?

— Comment vous expliquer… C'est un peu embarrassant…

— Droit au but, s'agaça Morgan.

— Il semblerait que les enquêteurs aient dans leur équipe un surdoué qui a su détecter, dans l'incident de l'*Interstate*, comment dire… Une main invisible.

— Elle n'était pas si invisible que cela, apparemment, se hérissa-t-il.

— Laissez-moi quelques secondes, il vérifia que la ligne était bien sécurisée. Oui. Balancez un os bien garni à notre journaliste habituel. Envoyez-lui un message expliquant que les forces de l'ordre ont avancé dans leurs investigations et qu'ils ont la certitude que l'accident est le fait d'un *hacking* de l'unité centrale d'un des véhicules par des cyberpirates de haut vol. Ajoutez qu'un communiqué des « *Not Kine* »[12] serait tombé. Les réfractaires s'empareront de l'affaire pour la revendiquer.

------

[12] « Not Kine » : traduction « Pas du Bétail »

Comme d'habitude. Arrangez-vous pour que ce soit discret et menacez-le de divulguer l'information à ses confrères s'il ne se presse pas pour la sortir.

— Bien, monsieur, c'est comme si c'était fait.

Il raccrocha et appela dans la foulée sa secrétaire sur la ligne classique.

— Quel est le prochain rendez-vous sur mon agenda ?

— Il s'agit du président d'une association de SDF qui voudrait vous parler d'un projet de réinsertion…

— Il a déposé un dossier complet ?

— Oui, monsieur.

— Combien ?

— Dix mille.

— Pas assez ambitieux. Annulez l'entretien et dites-lui de revoir sa copie. Cela doit avoir plus de portée.

— C'est noté. Je reporte vos autres rendez-vous de la journée et je demande au pilote de se tenir prêt ?

— Tout à fait. Je rentre à San Francisco. Nous décollons dans une demi-heure.

Elle le connaissait bien, assurément. Peut-être trop. Newton Morgan plia dans la poche de sa veste un feuillet manuscrit et arracha machinalement la première page blanche de son bloc-notes sur laquelle des empreintes de ce qu'il avait écrit auraient pu le trahir. Il rangea son bureau, qui n'était pourtant pas en désordre, tout en mesurant le rapport-bénéfices/risques de changer de secrétaire. Replaçant le calepin derrière son stylo-plume de manière bien parallèle à l'angle arrière gauche du plateau de verre, il conclut qu'il devait faire attention à ne pas devenir trop prévisible. Il vérifia les statistiques : les chiffres des puçages 6G grimpaient doucement. Avant de quitter la pièce, il jeta un œil distrait à travers les baies vitrées blindées à cette ville fumante et grise qui se déployait tel un virus. Tous ces immeubles décrépis, délabrés ou en ruine l'exaspéraient. La pluie tombait en bruine.

Seul dans l'ascenseur le menant sur le toit, il se força à ne pas frapper dans les parois. Cette couverture, ce contact imposé avec ces mendiants, ces moins que rien, cela lui donnait la nausée et quand une semaine commençait ainsi, il n'avait envie que d'une chose :

— Appeler, Cynthia et Capri.

Une sonnerie retentit et Cynthia décrocha. Très poliment, mais fermement, Morgan exigea qu'elles se tiennent prêtes à sa venue. Avec son entrain habituel, la jeune femme lui assura que tout serait selon ses désirs et demanda s'il passerait la fin de journée avec elles. Il confirma.

Morgan passa le vol à travailler. Il appela ses subordonnés pour leur mettre la pression. À l'atterrissage, l'hélicodrone[13] l'attendait pour le ramener à son appartement. Par la magie du décalage horaire, Morgan n'avait perdu que trois heures sur sa journée au lieu de six. Il observa cette ville verte et lumineuse par la

---

[13] Hélicodrone : après les drones de livraison de colis et de denrées alimentaires, dans les années 2020 les ingénieurs ont créé des hélicoptères miniatures capables de transporter un individu de manière automatique sur de courtes distances. Une sorte de taxi volant sans pilote utilisé par de rares privilégiés.

vitre, des gouttes de pluie le surprirent. L'appareil le déposa et redécolla immédiatement. Sur l'immense terrasse, le robot d'accueil lui tendit un parapluie qu'il repoussa d'un geste plein de haine. La tête dans les épaules, il fit les quelques pas qui le séparaient du scanner rétinien. Il y plaça son œil. La porte se déverrouilla et s'ouvrit sur l'escalier. Il en descendit rapidement les marches pour découvrir ses deux jouets en lingerie blanche.

Son sourire s'évanouit immédiatement à la vue de la couleur des cheveux de Capri. Il se mit alors dans une colère noire et asséna une claque magistrale à cette dernière en criant :

— Qu'est-ce qui t'a pris de te les teindre en rouge ?! Tu n'es pas une pute !

— Il fallait changer, fit-elle en se relevant et en se tenant la joue, la mine triste. Ce n'est qu'un complément capillaire, minauda-t-elle comme elle le devait.

— Tu n'es qu'une machine, tu n'as pas à prendre ce genre d'initiatives ! Et toi ? Tu n'as rien dit ?

— Maître, je suis à ton service, entièrement. Regarde, je suis prête, j'ai mis mon collier et des talons. Aimes-tu ce que tu vois ?

Newton se calma, Cynthia était sa préférée des deux. Elle était toujours docile, sans surprise, programmée pour le satisfaire dans tous les domaines. D'ailleurs, une bonne odeur de viande de bœuf et de pommes de terre naturelles sortait du four.

— Toi ! Va ranger cette perruque, j'en ai assez de tes facéties et de ta tête. Connecte-toi au serveur, je veux commander un autre modèle. Réinitialise-toi.

La voix de Capri changea, plus posée, plus artificielle. Sans une émotion, elle accepta son sort. L'androïde perdit aussi sa démarche féline et se déshabilla de sa lingerie devant le placard technologique. Elle enfila sa combinaison de retour, y entra avant de refermer la porte et de se mettre en relation avec le site de *BB Dolls*. L'écran principal afficha à Newton les dernières versions disponibles ainsi que les nouvelles options de programmation.

Newton s'installa dans le canapé. Cynthia le servit en nourriture et en vin. Il consacra plus d'une heure à passer sa commande. L'investissement était conséquent, chaque nouveau modèle étant plus perfectionné que le précédent, il était aussi plus coûteux. Malgré cela, il continuait à dépenser son argent. Ce luxe lui était nécessaire, il ne pouvait pas se permettre d'être trahi par des humaines. Heureusement, la reprise de Capri réduirait grandement la facture.

Cynthia commença par lui masser les épaules afin qu'il se détende. Elle resta discrète jusqu'à ce qu'il soit disponible. Il l'attrapa par sa laisse pour lui faire comprendre qu'il était temps de s'occuper de lui. Elle, au moins, assouvissait ses désirs les plus pervers avec plaisir et sans l'ombre d'un jugement. Pour lui, c'était plus reposant. Sa peau était presque parfaite, ses attitudes si réalistes. Newton se prit à espérer que son nouveau jouet aurait l'air encore plus vrai. Peut-être même serait-elle dotée d'un logiciel efficace de conversation. En attendant, il se contenterait de Cynthia et de ses jeux polissons.

Le journal télévisé s'alluma tout seul sur l'écran gigantesque du mur en face du canapé.

7

31 DÉCEMBRE, GALA DE BIENFAISANCE

Ces dix derniers jours, Gina avait eu fort à faire. Cependant, quotidiennement, elle recevait des messages de Lénina qui lui demandait de ses nouvelles et en profitait pour obtenir des conseils de beauté ainsi que sur les garçons. Elle lui répondait avec joie et sérieux, ne sachant pas laquelle des deux tissait ce lien.

Méfiante à cause de sa puce désactivée, Gina avait fait ses achats de vêtements sur *Amazon* qui avait livré, repris ou échangé toutes ses mauvaises acquisitions dans l'heure. Habillée correctement, elle avait enfin pu sortir pour visiter les extérieurs de la résidence. Gina s'était contentée de dire bonjour de la manière la plus élégante possible quand elle avait croisé des habitants.

Elle avait continué de danser au bar, attendant d'être contactée par la « *Dream Team* ». À chacune de ses escapades en villes, elle saluait Owen, toujours dans sa guérite, et demandait systématiquement de ses nouvelles. Elle tentait de vivre une existence normale dans ces circonstances exceptionnelles.

Noël arriva bien vite et c'est toute émue que Gina avait accueilli à la maison, au bras d'Alan, un Simon surpris et sa mère mal à l'aise. Le père, lui, était un homme très sympathique, mais effacé. Il laissait toute la place à son épouse qui la prenait naturellement.

Gina avait cuisiné une bonne partie de la journée pour cuire dans la tradition une dinde d'élevage urbain qu'elle avait troquée au marché noir contre la télévision de sa mère. Elle avait aussi préparé des haricots verts, une crème de champignons, des *duchoes*[14] et une tarte aux pommes. Elle n'avait donc pas eu trop de temps pour s'occuper d'elle. Cependant, pour l'occasion, elle s'était maquillée et glissée dans une jolie robe de satin, comme les créateurs en dessinaient apparemment beaucoup dans les années 1950 puis 2000. Sa tentative de chignon ayant raté, ses cheveux étant encore trop courts, elle avait improvisé quelque chose de peu conventionnel, mais qui lui plaisait. Alan avait, quant à lui, fait livrer le plus beau sapin décoré qu'elle ait vu depuis son enfance et enfilé un costume malgré ses réticences.

Dans l'entrée, Alan ne l'avait pas présentée comme sa compagne ou copine, il s'était contenté d'un : « Vous connaissez Gina ». Simon, s'apercevant qu'elle paraissait soudainement peinée, l'avait complimentée tout de suite sur sa tenue ainsi que sa coiffure. Il était si gentil avec elle depuis la maternelle.

Au fil des banalités qu'ils échangèrent autour de la table richement décorée, les deux amis regrettèrent de s'être perdus de vue.

Le repas s'était bien passé jusqu'à ce que sa mère ose une question en apparence anodine :

---

[14] Duchoes : Sortes de pommes duchesse produites en agglomérations et issues de pommes de terre cultivées hors-sol dans un substrat nutritif aqueux.

— Que fais-tu dans la vie, Gina ?

— Je suis…

— Elle est dans l'événementiel, maman, avait coupé Alan.

Alors que cette réponse n'avait pas suffi, il avait ajouté qu'elle faisait des spectacles et il avait changé de sujet. Pour la première fois de son existence, Gina avait eu vraiment honte de son gagne-pain, éclipsant par là même le plaisir de ce repas gastronomique ; tandis qu'Alan, gêné, avait prié toute la soirée pour ne pas être appelé par l'hôpital. Elle s'était tue après cela, elle avait joué à la bonne maîtresse de maison et s'était contentée de sourire, ce qui semblait convenir à son hôte. À l'heure des cadeaux, Gina offrit ses présents à la famille d'Alan et donna un paquet à ce dernier. Il l'ouvrit avec impatience. Découvrant deux vrais livres, *Le meilleur des mondes* et *1984*, Alan afficha une grande joie. Elle s'en était souvenue. Le sien était évidemment beaucoup plus cher, mais d'une valeur moins affective. Il s'agissait d'une étole en cachemire d'un beau bleu.

Le lendemain, conscient de sa muflerie de la veille, Alan s'était excusé aussi platement que possible :

— Gina, je sais bien que je t'ai vexée. Je t'en prie, pardonne-moi ! Ce n'était pas pour te dénigrer, mais pour protéger mon statut, tu comprends ?

— Oui, je comprends qu'un brillant chirurgien puisse avoir honte d'héberger une danseuse exotique de *pole dance*.

— Dit comme ça, forcément…

— Tu n'as jamais vu mon spectacle, comment peux-tu me juger ? répondit-elle, amère.

— Tu as entièrement raison, je suis navré.

— Rien ne t'y forçait ! Tu sais ? À me recueillir, je veux dire.

— Je désire avant tout t'aider, mais il faut que je préserve ma carrière, j'en ai trop bavé pour en arriver là. Il y a cet énorme crédit que j'ai sur le dos…

— Oui, le crédit…

— Excuse-moi encore.

Ils en étaient restés-là, continuant leurs vies parallèles, Gina par nécessité et Alan par habitude. Cependant, ce soir du 31 décembre, elle devait honorer sa promesse.

*
**

Sur le trottoir, un tapis rouge marquait l'entrée du gala. Des barrières étaient dressées de part et d'autre pour empêcher les quidams d'approcher de trop près le gratin médical ainsi que les généreux donateurs de la ville et des environs. La nuit était tombée, fraîche et légèrement humide. Les candélabres illuminaient la rue permettant aux passants d'admirer le ballet des limousines.

Alan attendit que le chauffeur lui ouvre la portière et descendit fièrement. Il tendit la main et un escarpin suivi d'une longue et fine jambe sortirent du véhicule, puis Gina se sentit agréablement tirée de sa position inconfortable dans sa robe bustier. Debout au bras d'Alan, Gina se retrouva face à des flashs. Éblouie, elle plissa les yeux et eut un rire gêné. Cette attention portée sur sa petite personne, dans cette robe au décolleté discret orné du collier hors de prix qu'il lui avait offert pour l'occasion, tout ceci n'avait rien d'habituel. Il s'agissait-là d'un présent si beau : un "princesse" en or serti d'apatites bleu roi un ton plus pale que le marine de ce tissu léger qui la faisait comme flotter au-dessus du sol dès qu'elle faisait un pas.

— Tu es sublime, lui chuchota-t-il à l'oreille.

Un sourire illumina Gina qui monta les quelques marches qui la séparaient du grand monde avec une assurance inédite. Elle eut une pensée pour ses copines du bar, peut-être l'apercevraient-elles à la télévision. Un homme vérifia leur identité au scanner. Gina retint sa respiration, n'oubliant pas les modifications apportées par l'équipe. Sa pochette à la main, elle sentit son téléphone vibrer et voulut voir qui lui avait envoyé un message, mais Alan l'en empêcha :

— Ton *Charity Phone* révèlerait à quelle classe tu appartiens. Je t'en paierai un autre. J'aurais d'ailleurs dû l'anticiper, dit-il discrètement pendant qu'une hôtesse les accompagnait à leur table. Je ne pensais pas qu'un coiffeur et une maquilleuse pourraient te rendre aussi fabuleuse. Tu es déjà très jolie en T-shirt des *Giants*, sourit-il, mais là…

— Arrête Alan, tu en fais trop. Je n'ai pas besoin que tu gonfles mon orgueil pour affronter cette soirée. N'oublie pas d'où je viens et où tu m'as trouvée.

— Pardon.

— Je sais ce que tu attends de moi, je ne te mettrai pas mal à l'aise, rassure-toi.

— Ne d…

— Mademoiselle, si vous voulez vous donner la peine, interrompit un serveur zélé qui poussa le fauteuil derrière ses genoux.

— Cher confrère !

— Docteur Billford, madame Billford ! Comment allez-vous ? salua Alan.

— Qui est cette adorable créature ? demanda madame Billford, avec un accent très bourgeois.

— Je vous présente ma compagne, Gina.

— Voyez-vous ça ! Nous qui pensions que… enfin, vous comprenez ce que je veux dire…

— J'avoue avoir longtemps douté, plaisanta Gina, mais non. Il est, et de manière très ennuyeuse, tout à fait hétéro ! fit-elle avec un rire entendu.

Le couple s'en amusa avec elle quelques secondes avant de passer à l'offensive. Madame Billford, brune aux yeux bleus, à la toilette impeccable, était encore jeune, de vingt ans la cadette de son époux. Gina nota sa dentition parfaite révélée par son sourire aux fossettes rehaussant joliment ses joues. Elle faisait visiblement des efforts pour se maintenir en forme et pour exister au côté de son médecin de mari. Son nez fin laissait penser à une intervention chirurgicale même si elle s'en défendait fréquemment.

— Nous sommes ravis de faire votre connaissance ! Alan est très secret. Cela n'est pas bon pour sa carrière. Le comité de direction aime les hommes qui ont des attaches, vous me comprenez, une femme et des enfants. Cela fait plus sérieux, affirma d'un air entendu le docteur Billford.

— Vous avez une activité professionnelle, Gina ?

Alan retint son souffle.

—Je suis femme au foyer, je m'occupe d'Alan, madame Billford.

— Oh, appelez-moi Elisabeth, je vous en prie, je ne suis pas si vieille ! Je sais ce que c'est, intendance, intendance, intendance ! Et puis, il faut bien l'avouer, je dépense aussi l'argent que Bill gagne en attendant qu'il veuille bien rentrer à la maison ! affirma-t-elle en riant, aussitôt imitée par Gina.

Embarquée dans un flot continu de platitudes, Gina espérait que cette soirée s'achève rapidement. Madame Billford semblait l'avoir prise en affection et malgré une tablée de huit, toute l'attention était portée sur elle. L'entrée venait à peine d'être débarrassée – « homard en caviar sur lit de roquette » avait annoncé le serveur – et Gina n'avait presque pas touché à son assiette.

— Je n'ai pas pu m'empêcher de remarquer à votre arrivée à quel point vous étiez fine ! Mais, à voir ce que vous picorez, je comprends mieux, fit madame Billford d'un air entendu.

— J'ai trouvé cette entrée assez fade, manquant de relief, pour tout vous dire, joua Gina.

— Vous avez raison, souligna le docteur Billford et, sautant habilement sur l'occasion de participer à la conversation, il ajouta : Donc, comme Lise, vous devez faire beaucoup de sport.

— C'est vrai, j'en fais deux à trois heures par jour.

— Ah bon ? Flexi-tenseurs ? Vibraplaques ? Aqua-boxing ? demanda opportunément une autre femme de médecin prénommée Kate.

Gina prêta attention à cette voix montant dans les aigus, portée par cette bouche généreuse. Kate était visiblement plus jeune qu'Elisabeth. Ses salières creusées introduisaient une nuque fine sur laquelle était posée une tête un peu ronde qui laissait envisager une certaine bonhomie.

— Je suis plus classique, fitness, gymnastique au sol et… Gina ne put s'en empêcher… à la barre.

— À la barre ? Je ne connais pas…

— Moi non plus, releva Elisabeth, je suis curieuse, dites-nous en plus.

— C'était un sport très à la mode dans les années 2010, 2020. On dispose d'une barre verticale solidement fixée au plancher et au plafond au milieu d'une pièce et on réalise des figures acrobatiques, c'est très sensuel et très exigeant physiquement.

Alan profita de l'arrivée du docteur Notroo pour dévier la conversation sur quelque chose de plus conventionnel malgré le subit intérêt de tous les convives. Rappelée à l'ordre par une nouvelle vibration dans sa pochette, Gina se leva, aussitôt imitée par les hommes de la table, ce qui la surprit sans qu'elle en laisse percevoir le moindre signe. Le serveur lui indiqua les commodités.

Dans un luxe inimaginable pour le commun des mortels, la sous-élite locale pissait dans le marbre, les pampilles et le plaqué or. Gina referma la porte des toilettes et sortit son téléphone. Deux messages tremblaient sur l'écran, comme impatients d'être lus. Il s'agissait de la photo d'une femme d'une cinquantaine d'années, cheveux longs et ondulés châtains, les pommettes saillantes donnant du caractère à ce visage agréable au regard doux. Avec ce portrait, Pix fournissait quelques renseignements sur Stéphanie Dupont, épouse en deuil de son regretté Philippe et venue ici recevoir un hommage posthume ainsi qu'un prix. Leurs attentes étaient claires : elle devait l'approcher et lui soutirer des informations sur les activités de l'entreprise familiale. « Pourquoi elle ? Qu'est-ce que cela a à voir avec les puces ? » se demanda-t-elle. Toujours assise sur la cuvette, Gina fut soudain saisie d'une angoisse. Elle sursauta quand Elisabeth l'appela de l'autre côté de la porte.

— Gina ? Ah vous êtes-là, ma chérie ! Oui, je sais, j'ai reconnu vos escarpins, c'est très superficiel, je plaide coupable. Vous ne vous faites pas vomir tout de même ?!

— Non, quelle idée ?! s'offusqua Gina en sortant de sa cachette.

— Oui, évidemment ! Quand on est « foutue » comme vous l'êtes… ce terme jurait avec son accent. N'est-ce pas, Kate ?

— Oui, absolument, je tuerais pour avoir un « cul » pareil !

— Nous nous demandions si nous pourrions nous inscrire à votre club. Ça a l'air FA-BU-LEUX !

— C'est-à-dire que ce n'est pas vraiment… Gina réfléchissait à comment se sortir de cette ornière sans vexer ces dames… vous pourriez, mais j'ai peur que le quartier… soit un peu chaud… c'est à *Tenderloin*.

— *Tenderloin* ? Dites-vous… elles cherchèrent sur leur assistant personnel… Ah oui, quand même ! Mais que diable risquez-vous votre peau dans un tel coupe-gorge ?!

— Oui, c'est assurément très dangereux là-bas, j'ai entendu dire que les brigands, les voleurs et les violeurs y étaient les rois ! renchérit avec horreur Kate. Vous êtes soit une inconsciente, soit une aventurière.

— Plutôt aventurière, s'amusa Gina. Cela a l'avantage que vous n'y croisez personne de ce monde.

— Ah oui, mais tout de même ! s'exclama Kate.

— Je vais réfléchir au comment, je vous le promets, mais sortons. Ce n'est pas un endroit très adapté.

— Oui, vous avez remarqué, un peu lugubre, confia Elisabeth. Allons au bar, loin de nos moitiés.

Gina suivit ces dames tout en essayant de repérer sa cible dans la salle. Alan discutait sérieusement avec ses collègues, le plat de résistance était encore sur les tables. Elle hésita à s'offrir une eau en bouteille, mais y renonça malgré l'attrait de cette expérience coûteuse par peur de révéler sa condition avec un tel choix. Elle commanda une tequila au barman, imitée dans cette folie par ses deux nouvelles copines qui la trouvaient décidément très rafraîchissante. Gina sentait qu'elle était une séduisante attraction dans leur univers feutré. Elle leur apprit discrètement comment boire ce breuvage. Lécher subrepticement le revers de sa main ; saler la zone ainsi humectée ; prendre de la même main une tranche de citron vert entre son pouce et son index ; expirer ; lécher le sel ; boire cul sec et croquer dans l'agrume. Ces femmes de médecins semblaient adorer s'encanailler. Derrière ses grands airs, Kate était une marrante, finalement. Après deux verres et une franche rigolade, seule chose vraie de ce gala, Gina leur suggéra de leur donner des cours dans un quartier moins dangereux, mais suffisamment éloigné de chez elles pour qu'elles ne croisent personne de leur entourage. L'idée leur plut immédiatement et tout aussi rapidement, elles proposèrent de financer le projet par un paiement d'assistant à assistant.

— Je n'ai pas pris le mien ce soir. C'était la soirée d'Alan, je ne voulais pas être dérangée.

— Oh ! Comme c'est mignon, s'amusa Kate. Mais il

faut savoir se faire désirer, ne pas leur accorder toute l'importance qu'ils croient qu'on leur doit ! C'est un conseil d'une croqueuse à la future madame-docteur Adevar. Il ne faut pas leur faciliter la tâche, sinon c'est eux qui prennent le pouvoir.

— Sans compter qu'ils se lassent plus vite… Et on ne veut pas que ça arrive ! compléta Elisabeth.

— Nous n'en sommes pas à faire ce type de projets…

— Détrompez-vous, nous avons toutes les deux pu observer comment il vous dévorait du regard, comme si vous n'aviez jamais… Enfin, vous voyez ! Aucun doute, il n'est pas gay !

— Ou peut-être « bi occasionnel », qui sait ? Georges, mon mari, dit toujours que la théorie du genre ancrée dans nos têtes est une aberration, qu'il y a la preuve de cette mystification dans nos gènes d'hommes et de femmes, mais que les préférences sexuelles restent un mystère… Il est vieux. Pourtant, il niera avoir dit ça, car il est loin d'être idiot. Il ne veut pas de procès, bien entendu, affirma Kate.

— Si nous retournions à table, le dessert va nous être servi.

— Ma chère, à nos âges le sucre est notre ennemi !

— Je vous ferai gagner la bataille, croyez-moi, affirma-t-elle.

Devant l'air dubitatif de ses nouvelles amies, Gina sourit et les précéda. Leurs hommes s'interrompirent en les voyant arriver. Cette attitude l'intrigua. Parlaient-ils d'elle ou d'elles ? À moins que ce ne soit de travail. Le regard de Notroo se fit insistant. Gina posa une main pour couvrir sa poitrine dans une pudeur inhabituelle. S'apercevant qu'il l'avait gênée, le docteur s'en excusa avant de lui demander s'ils s'étaient déjà rencontrés. Alan eut un instant de panique, mais heureusement, elle lui répondit que non. Il ne la reconnaissait pas ainsi coiffée et maquillée par des professionnels, vêtue comme une dame du grand monde. L'avait-il seulement regardée le jour de l'annonce de la mort de sa mère ? Gina sentit des larmes monter qu'elle réfréna avec beaucoup de difficultés. Elle plongea sa fourchette dans l'entremets au Dulcey[15] qui s'avéra divinement réconfortant.

— Savez-vous que c'est un dessert de Frédéric Bau ?!

— « Le grand maître mondial du chocolat » ! confirma Kate sous des regards masculins incrédules.

— Il paraît qu'il les a faits lui-même. Il est venu de France ! expliqua Elisabeth avec enthousiasme. Elle de préciser pour les incultes à sa table : Il est très vieux maintenant ! Vous devez savoir qu'il parcourait le monde pour préparer des desserts aux élites il y a encore dix ans, avant… Bref, à présent il est extrêmement rare qu'il se déplace !

Trois coups sur un micro stoppèrent les bavardages de salon. Le discours sur Philippe Dupont fut rapide, comme un prétexte. Son épouse apparut meurtrie, elle remercia l'assemblée et emporta le tube de cristal gravé qu'une hôtesse lui avait remis l'air contrit. Gina voulut s'éclipser, mais Alan l'en empêcha, car les enchères pour les nécessiteux venaient d'être lancées. Des mains se levaient partout dans la salle, des objets luxueux étaient

---

[15] Dulcey : chocolat blond inventé par Frédéric Bau après avoir laissé cuire trop longtemps par erreur du chocolat blanc au bain-marie. Il lui fallut après ça de longues recherches pour retrouver ce goût si doux et caramélisé.

adjugés pour des sommes folles. Gina assista au spectacle de ces privilégiés qui dilapidaient un argent que les pauvres ne verraient sûrement jamais arriver dans les rues. Alan agitait timidement le bras à la présentation de chaque accessoire de mode, mais s'abstenait de risquer d'en rapporter l'enchère. Elle se dit qu'il lui restait certainement le souvenir de la valeur des libras gagnés honnêtement. Elle se pencha et posa une bise sur sa joue. Il en fut surpris et la fixa comme s'il venait de la rencontrer. Toute retournée par cet instant de grâce, Gina s'échappa rapidement et se dirigea vers le bar.

Alors qu'elle était à quelques pas du comptoir, tête baissée, elle percuta quelqu'un et faillit en tomber. Une main passa derrière sa taille et l'empêcha de se retrouver au sol. Gina leva les yeux vers son sauveur. C'était un jeune homme, presque de son âge, son costume était trempé. Au premier regard, elle le trouva beau. Tandis qu'il la redressait, s'assurant qu'elle tenait debout, il lui sourit. Gina restait sans réactions comme subjuguée par ce regard perçant d'un gris foncé. Il était brun à la chevelure épaisse et son visage carré portait élégamment la barbe de trois jours. Et son sourire… Il était parfait. Ce silence durant plus que de raison, il se présenta enfin, avec un accent charmant.

— Jean. Enchanté.

— Je suis… vraiment désolée pour… pour votre veste ! Je vais la nettoyer immédiatement, affirma-t-elle affreusement confuse. Je suis totalement fautive, je ne regardais pas devant moi, comme une idiote… C'est que j'étais préoccupée, je venais chercher à boire et… pardon, je vous embête, donnez-la-moi.

— Et bien, quand vous êtes lancée, on ne vous arrête plus, dites-moi ! Ce n'est que de l'*Evian*. Ça ne tâche pas, rassurez-vous.

— De l'eau… Très bien…

Ce choix de boisson résonnait encore en elle quand il lui posa une bien curieuse question :

— Vous étiez sérieuse quand vous avez affirmé que vous alliez la nettoyer vous-même ?

— Oui. Pourquoi ?

— C'est rafraîchissant.

— L'eau devait être froide, feignit-elle de ne pas comprendre. Je vais vous en commander une autre, votre verre est vide.

— Prenons-en un ensemble. Je viens d'arriver en ville et je ne connais personne.

Sous le charme de cet inconnu, Gina allait dire oui quand elle aperçut Alan du coin de l'œil. Son regard changea et Jean sembla l'interroger en la fixant à nouveau avec insistance.

— Je suis désolée, je suis avec quelqu'un.

— Ce n'est qu'un verre d'eau dans une soirée de charité, répondit-il avec une légèreté calculée.

— Qu'un verre d'eau… Pour beaucoup, c'est un luxe. Dans une soirée de charité… Ces mêmes pour lesquels cette sauterie est organisée ne verront sans doute jamais l'ombre d'un penny[16] leur parvenir. Le prix de chaque dîner pourrait certainement nourrir une famille pendant quinze jours ou un mois… Je n'ai plus soif. Pardon pour… ça et la veste…

---

[16]En voir l'ombre d'un penny : l'expression perdure même si les pennies n'existent plus depuis longtemps.

Gina laissa Jean interloqué et fit demi-tour pour rejoindre Alan. Elle n'avait pas pu s'empêcher d'exploser. Jean retourna au comptoir où il fut accueilli par Newton Morgan qui sirotait un whisky.

— Elle vous a donné une sacrée leçon, la petite. Dommage. Newton Morgan.

— Oui. Dommage, comme vous dites, répondit-il en voyant sa belle inconnue s'asseoir et prendre la main d'un autre homme. Jean Dupont.

— Je sais qui vous êtes.

— Vous m'étonnez.

— J'ai connu votre père, autrefois. Il était fier de vous. Il espérait que vous lui succèderiez à la tête de l'entreprise.

— Vous faites quoi, monsieur Newton ?

— Je suis responsable de l'antenne américaine de la Fondation pour la Santé et les Libertés des Démunis, j'organise la « sauterie ».

— C'est à vous que nous devons l'hommage à mon père, alors. Merci.

Newton Morgan leva son verre tout en pensant « s'il savait… »

— Ne vous entichez pas de cette fille, c'est une parvenue. Je les sens à des encablures, ces sirènes. Elle a dû séduire un riche homme d'affaires ou un médecin. On ne peut pas faire confiance à une femme, croyez-moi. Encore plus si elle a un joli petit cul…

— Vous vous égarez, vous avez trop bu.

— Vous avez peut-être raison. Ou alors… J'ai beaucoup d'expérience et vous avez tort de vous imaginer, en bon Français que vous êtes, qu'un coup de foudre est le début d'une belle histoire d'amour. Quoi qu'il en soit, votre père m'avait dit vouloir abandonner ses projets pour repartir sur de nouvelles bases, plus humaines, humanitaires. Vous devriez peut-être y réfléchir.

— Cela aussi, c'est étonnant ! Je me suis installé dans son bureau et si j'en crois ce que j'y ai trouvé, ces derniers mois il ne vivait plus que pour l'innovation technologique.

— Quand on voit ce que ça lui a rapporté, conclut ironiquement Morgan. Bonne soirée à vous et à votre mère.

Morgan se leva de son tabouret en cuir d'autruche et quitta Jean qui n'en revenait pas de cette discussion. Il ne parvenait pas à en distinguer la nature, hésitant entre confidences et menaces. Jean observa sa mère parler avec la femme qui l'avait éconduit et son mec. Il attendit qu'elle le rejoigne pour la questionner sur ce qu'ils lui voulaient. Stéphanie expliqua à son fils qu'elle avait croisé une amie, l'épouse du praticien qui s'était occupé d'elle, et qu'ils avaient échangé des platitudes. Jean demanda :

— Mais tu connais le nom cette femme ?

— Laquelle, celle du chirurgien ? Bien sûr, mon Jeannot, voyons !

— Non, celui de la fille, la dernière avec qui tu as discuté. Et arrête de m'appeler « mon Jeannot », je n'ai plus cinq ans ni de lapin d'ailleurs.

— Elle ?! Elle est avec un jeune médecin, un prodige, paraît-il ; une prof. de sports apparemment. Je n'ai pas retenu son prénom. Elle m'a chuchoté qu'elle avait perdu sa mère dans les heures qui ont suivi l'accident de ton père et que si je voulais en parler... Comme si j'avais besoin d'une fille de son âge... Je t'ai toi, mon chéri. Tu auras toujours cinq ans et un lapin pour ta maman. Je t'ai. C'est tout ce qui compte à présent. Rentrons, je suis fatiguée, conclut-elle avec mélancolie.

*
* *

Le lendemain soir, au bar de Gina, le patron s'énervait derrière le comptoir depuis au moins dix bonnes minutes quand Joe lui demanda ce qui le mettait dans une telle colère. L'homme, toujours en costume sombre, d'une stature imposante, ne cherchait pas à cacher ses tatouages d'ancien militaire. Un engagement dont il avait gardé des cicatrices visibles sur son front et ses poings ainsi que des habitudes de commandement.

— Toutes les caméras sont HS ! On n'a plus de système de surveillance et je ne parviens même pas joindre un technicien de maintenance ! Appelle un de tes collègues ! Je veux que les filles soient en sécurité. Même à tous les deux, ce sera trop juste.
— OK boss.

C'était le genre de réponses laconiques que Joe faisait tout le temps. Tout le monde au bar ignorait pourquoi il parlait si peu, mais chacun savait qu'on pouvait compter sur lui.

Gina arriva par l'entrée des artistes avec une demi-heure d'avance et se mit tout de suite à la barre. Entre deux pirouettes, elle décida de demander à son patron s'il pouvait lui trouver un local. C'était délicat, l'homme était irritable.

— Pourquoi tu me poses cette question ?

— Je voudrais donner des cours dans un quartier moins… enfin plus fréquentable, histoire d'avoir des clientes qui peuvent payer.

— Tu veux me quitter ? Après tout ce que j'ai fait pour toi !

— Non ! Non, patron… Je ne m'en sors pas, financièrement, depuis la mort de ma mère, répondit-elle en s'adossant à la scène.

— Donc, tu continues ici ?

— Oui.

— OK. Alors, on s'associe. Je fournis le local, on fait fifty-fifty.

— Patron ! Je viens de vous dire que je ne m'en sortais pas ! Voyons, dit-elle d'une voix supposée l'amadouer. Trente pour vous.

— Quarante et je paie l'électricité.

— Quarante et l'électricité plus l'eau.

— OK, si ça rapporte suffisamment… Gigi, on a un deal. Fous-toi au boulot, il faut t'échauffer. Et s'il te plaît, arrête de les plaquer au sol quand ils te touchent le cul ! Ils en veulent pour leur argent, et s'ils en ont, ils consomment plus.

Gina ne promit rien. C'était son plaisir de mettre ces hommes à terre quand ils se permettaient de la considérer comme une poupée. Elle s'échauffa une heure avant d'aller se préparer. C'était le 1er janvier, le « jour de la limitation ». Celui où les gouvernements du monde entier, devant la menace de l'IA sur les emplois, avaient décidé à l'unanimité d'en limiter l'exploitation et les applications dans le secteur civil. C'était une grande victoire du peuple qui était, malheureusement pour Gina, arrivée trop tard pour son père et des millions d'autres hommes et femmes dans les pays dits développés. Elle devait marquer le coup.

Les filles se succédèrent sur scène dans un bruit habituel de pintes et de rires rauques. Aux premières notes de *The Starr-Spangled Banner* tous les clients se levèrent et se turent, par réflexe, ne sachant pas ce qui les attendait. La soufflerie se mit en route et le rideau s'ouvrit sur une Gina en tenue militaire blanche portant fièrement la bannière étoilée sur une pique. Juchée sur ses talons hauts, elle marqua la cadence jusqu'au bord de la scène sous des regards interrogatifs. La musique changea et Gina, se cachant derrière son drapeau, arracha son uniforme sous les sifflets du public masculin qui, soit connaissait cette chanson ouvrière contre l'Intelligence Artificielle, soit s'impatientait à l'idée qu'elle se montre enfin. Elle lança à Joe la hampe et continua son spectacle en bikini patriotique. Virevoltante, portée par des encouragements vulgaires, elle se promena entre les tables et laissa quelques mains l'effleurer sans s'énerver. Elle remonta sur scène en faisant son habituel flip avant et se mit à la barre, enchaînant les figures des plus classiques aux plus risquées. À quatre mètres de hauteur, la tête en bas, Gina desserra ses doigts de la barre. Les non-initiés retinrent leur souffle en la voyant tomber si vite, mais comme à chaque fois, juste avant l'impact, elle plia son genou et plaqua sa cuisse pour stopper sa chute ! Elle était nue, offerte aux regards, idolâtrée par les habitués. Ceux-là furent d'ailleurs surpris par la suite. Gina remonta la barre en toute grâce tournant autour d'elle, son corps couvert de paillettes luisant dans la lumière des spots, et à cinq mètres de hauteur elle disparut. Un drap rouge se déroula jusqu'au sol. Il se tortilla quelques secondes et enfin, tous purent admirer Gina en descendre telle une plume. Certains, les plus lyriques dans l'alcool, la comparèrent à un ange.

Un canon à confettis multicolores plastifiés conclut cette apparition, permettant à Gina de s'éclipser sous les applaudissements. Une pluie de jetons s'abattit sur la scène. Les « encore » retentissaient. Gina enfila son micro short et posa sur ses épaules le drapeau de la lutte des travailleurs. Elle s'en retourna par nécessité faire ce qu'elle savait faire. Elle tournoya, laissa choir négligemment son étendard et, au moment de se mettre à nu, elle arrêta net son geste. Elle avait cru reconnaître Jean dans l'assistance. L'homme portait un *sweatshirt* et une casquette des *Giants*. C'est d'ailleurs cela qui avait attiré son attention. Après un tour de barre, elle revérifia discrètement. Personne ne le vit, mais elle piqua alors un fard comme une collégienne et manqua de tomber. Perturbée, elle écourta sa prestation en faisant signe à Joe de baisser le son et après une pirouette, elle disparut dans les coulisses. Fiona l'y applaudit en disant : « heureusement que tu étais la dernière à passer ! » ce que Gina ne releva pas, se précipitant sur sa coiffeuse pour enlever les épingles de sa perruque rouge.

Joe s'était inquiété et la rejoignit dans la minute pour lui demander ce qui n'allait pas.

— Je dois partir, crédite mon compte au plus vite et surtout, s'il te plaît, ne laisse personne me suivre.

— Le robot balayeur est sur le coup, mais qu'est-ce qu'il y a Gigi ?!

— Rien de grave, un mec louche dans la salle.

— OK, montre-moi qui c'est, que je le réduise en bouillie !

— Non, n'y va pas ! Je ne veux pas qu'il sache que je l'ai reconnu !

— OK, alors tu me fais signe quand tu es prête et je t'escorte.

Gina ne prit pas le temps de se démaquiller et enfila son jogging à la hâte, se disant qu'elle mettrait sa robe dans le taxi la ramenant à la résidence. Ce soir-là contrairement aux autres, elle ne pensa pas à sa mère après le spectacle. Gina sortit par-derrière avec Joe, se retournant pour être certaine que Jean n'était pas à ses trousses. Ils coururent jusqu'à *Battery Street*.

— Tu peux y aller. Merci pour tout, Joe.
— Je t'en prie, ma belle. Tu en es sûre ?

Gina lui fit un signe de tête et il accepta sa décision. Comment Jean l'avait-il retrouvée ? Était-il un agent du gouvernement ou un sbire de *Mainmark* ? Lui voulait-il du mal ? Un doute affreux l'envahit soudainement : « Et si notre rencontre n'avait rien de fortuit hier ? S'il savait ? Pourrait-il s'en prendre à Alan ? Pauvre Alan, je dois le prévenir. »
Gina chercha un taxi.

*
* *

Jean avait passé la journée à assembler les pièces du puzzle qu'était la vie de cette femme rencontrée la veille. Il s'était d'abord dit qu'il s'agissait d'une usurpation d'identité et que cette danseuse exotique ne pouvait en aucune façon être la magnifique et éblouissante inconnue qui l'avait séduit au premier regard. Pour en avoir le cœur net, il avait donc utilisé les technologies développées par l'entreprise familiale pour brouiller les caméras et ne pas laisser de traces de son passage dans ce *strip bar* malfamé. En entrant, il avait demandé au barman s'il connaissait Gina. La réponse négative l'avait rassuré. Puis, les cheveux rouges l'avaient trompé quelques secondes et il avait failli partir, mais à bien y regarder, c'était bien la Gina, petite-amie du docteur Adevar. L'orpheline de père et de mère qui vivait à *Tenderloin* jusqu'à ce qu'elle se mette en ménage avec ce chirurgien. Il appuya sur le lecteur 6G qui fut formel, c'était bien elle. Et tout le monde le savait, une puce ne pouvait mentir. À bien y réfléchir, il l'avait trouvée parfaite ; et son numéro… Du tonnerre. Par contre, la fin du rappel s'était avérée décevante.

Ayant vu le manège entre le videur et elle, il se doutait qu'il devait se bouger s'il voulait l'attraper avant qu'elle ne s'envole à nouveau. Jean lança l'application de géolocalisation sur son assistant personnel. Il pesta intérieurement tout en sortant de ce taudis, rien n'y faisait. Le satellite le repérait lui, mais pas elle. Il réactiva les caméras de surveillances du bar, plus de Gina.

Alors qu'il marchait sur le trottoir, levant son téléphone comme pour chercher du réseau, Jean se demandait où elle avait pu passer. Soudain, il reconnut le videur au loin. Il pressa le pas, baissa la tête en le croisant et suivit le chemin inverse. Là, il aperçut une silhouette qui pouvait correspondre. Il accéléra ses foulées et, à l'approche d'un taxi appelé d'un sifflet, il courut. Le véhicule s'arrêta, il crut ne pas y arriver, mais avant qu'elle ne monte, il l'attrapa par l'épaule.

— Dégage connard ! C'est le mien ! cria une femme acariâtre en se retournant et en levant son sac comme une menace létale.

— Pardonnez-moi, madame, je vous ai prise pour quelqu'un d'autre.

— Eh ! Madame ? Où t'as vu une dame ?

Elle s'engouffra dans le taxi. Désemparé, Jean scruta l'horizon. Il fit demi-tour mollement en regardant son écran qui venait de vibrer. La puce émettait à nouveau, elle n'était sûrement pas loin du tout.

Le temps de lever les yeux et une violente douleur en bas du ventre les fit tomber au sol, lui et son assistant personnel.

*_**

Au loin, Gina avait entendu un esclandre et reconnu son poursuivant. Les enjeux devenaient trop grands, il lui fallait le calmer avant qu'il fourre son nez partout. Elle arriva discrètement par-derrière. Profitant qu'il se retournait suite aux alertes syncopées de son téléphone, Gina lui asséna un violent coup de genou.

— Jean ! C'est ça ? Pourquoi me suivez-vous ? Qu'est-ce que vous me voulez ?! Faites-moi encore ce coup-là et je viserai plus bas !

— Gina, attendez ! Ne partez pas ! Vous posez beaucoup trop de questions pour quelqu'un qui s'en va !

Gina se retourna, il connaissait son prénom. C'était pire que ce qu'elle s'était persuadée de conclure.

Jean se releva piteusement. Il avait perdu de sa superbe.

— Je répète : qu'est-ce que vous me voulez, à la fin ? Vous êtes du gouvernement ou un truc dans le genre.

— Non ! Ni du gouvernement, ni d'aucun truc dans le genre, je vous assure ! fit-il en tendant la main pour l'empêcher de le frapper à nouveau.

— Alors quoi ? Qui ?

— Je veux juste vous connaître !

— Vous semblez déjà bien me connaître. Comment avez-vous fait pour me retrouver ?

— Je suis dans l'informatique, j'ai des gadgets, des relations, c'était facile ! Vous laissez plein de traces partout… Je vous assure, je ne vous veux pas de mal… Quoiqu'à priori, même si je vous en voulais, vous seriez capable de me mettre une raclée sans l'aide de monsieur Muscles…

— Ravie que vous vous en rendiez compte tout seul. Cela me permettra de vous dire d'aller vous faire foutre sans que vous résistiez trop. Vous oubliez ce que vous avez vu…

— Oublier ? Vous en avez de bonnes, comme on dit chez moi, vous êtes plutôt canon, et votre show était PRO-DI-GIEUX.

— Vous effacez toutes ces images de votre mémoire et vous n'en parlez à personne, vous ne revenez jamais ici ni chez moi.

Gina le quitta flattée, mais inquiète. Elle appela un taxi d'un grand geste de la main. Le chauffeur s'arrêta et lui demanda sa destination. Il n'avait pas le droit de refuser la course, malgré cela, ils le faisaient tous. Le centre-ville paraissait lui convenir pourtant en une fraction de seconde, sa décision changea comme sa tête et il s'en alla sans un mot, avec le sourire.

Gina se retourna, à peine surprise. Le téléphone de Jean affichait encore la somme de cent libras.

— Vous êtes content de vous ?

— Vous êtes une de ces réfractaires ?

— Chuttt ! Mais vous êtes fou de dire ça en pleine rue ?!

— Et vous ? Vous êtes folle de vous énerver « en pleine rue », deux fois de suite ? Vous ne savez pas qu'on peut aller en prison pour ça ? Si, bien sûr que vous le savez, puisque vous êtes une criminelle ! C'est bien ma veine !

— Chuttttttt !! Il n'y a pas de caméras ici, vous me prenez pour une idiote ? Je ne suis pas une criminelle ! C'est juste très compliqué !

— Eh bien, expliquez-moi, je ne suis pas un idiot non plus !

— Je dois rentrer chez moi… Et vous avez fait fuir le dernier taxi du coin !

— Prenons ma voiture, alors.

Jean appela son véhicule qui se gara en pilote automatique à quelques centimètres à côté d'eux. Il ouvrit la portière à Gina et l'invita à s'asseoir.

— Allez. Je ne vais pas vous manger ! C'est moi qui devrais avoir peur, pourtant je suis aux anges.

Jean surjouait un peu, mais cela eut le mérite de convaincre Gina. Il donna la destination à son navigateur qui se mit en route. Jean fit alors pivoter les sièges afin de se retrouver face à une Gina boudeuse.

— Je ne suis pas votre ennemi. Je vous assure. Je

pense que j'ai compris qui vous étiez et je suis sûr que nous sommes pareils, vous et moi.

— Mis à part quelques détails comme l'argent, une famille, une voiture qui roule toute seule…

— Ce ne sont que des détails, effectivement. Lors de notre rencontre, j'ai cru que vous étiez une croqueuse de diamants de plus dans ce petit monde élitiste, mais quelque chose m'a attiré vers vous, vous êtes différente de ces gens… En bien !

Gina l'écoutait tout en gardant un œil sur la route, prête à se défendre.

— Vous avez eu la vie dure ces sept dernières années. Et là, votre mère… Je partage votre souffrance.

— Qu'est-ce que vous en savez ? Vous, par contre, vous avez dû manger à votre faim toute la vôtre…

— Et regardez la différence, osa-t-il en comparant leurs corpulences respectives, mais ce fut un bide. Trop tôt pour l'humour ?

— Ou trop tard.

— Je viens de perdre un proche. J'éprouve moi aussi la douleur et la colère que vous ressentez. Je ne vous juge pas. Vous êtes tellement plus que ces sentiments qui vous habitent, j'en suis persuadé.

— Comment pourriez-vous le savoir ? On ne se connaît pas.

— Vous êtes une artiste, vous êtes généreuse, vous avez une belle âme.

— Et un corps que vous aimeriez bien vous offrir…

— Vous êtes pleine de préjugés, je vous promets que c'est plus profond qu'une simple envie de sexe. Quand on a de l'argent, il y a tellement de possibilités…

jusqu'aux ROBrothels[17]… Je me fous de votre cul… Pardon… Il est très joli… Mais ce que je suis en train de tenter de vous expliquer, maladroitement et confusément, c'est que je suis tombé amoureux de vous hier.

— Vous êtes un grand malade ! Arrêtez-moi ici ! Voiture, gare-toi !

— Annuler !

— Humain en danger ! Gare-toi !

Le véhicule déclencha les feux de détresse immédiatement et se rangea contre le trottoir en demandant s'il devait appeler les secours. Gina ouvrit la portière et sortit en fixant Jean dont le visage désemparé lui aurait fait peine à voir si elle n'avait pas été si effrayée.

— Restez, je vous en prie. Je n'ai pas l'habitude de dévoiler mes sentiments ainsi. Je n'ai même jamais eu de coup de foudre avant !

— Enfantillages de bien né, vous me jetteriez comme les autres après usage comme ces mouchoirs qu'ils fabriquaient dans le temps… affirma Gina en gardant son calme, car elle était en plein centre-ville.

— Absolument pas, je…

— Je vous dis adieu, je suis avec Alan, c'est un homme bien qui connaît les vraies valeurs, n'insistez pas. Et de grâce, soyez un gentleman, n'allez pas raconter à tous vos amis ce que je fais et où je travaille, il y a plus que ma vie en jeu.

---

[17] ROBrothels : maisons closes ayant fleuri dans les grandes villes dans lesquelles les prostitué(e)s sont des robots androïdes programmés pour assouvir tous les désirs des clients.

Gina claqua la portière et appela le véhicule de la résidence qui devait être stationné à une ou deux rues de là à cette heure-ci. Complètement chamboulée malgré elle par cette déclaration d'amour tonitruante et désespérée à la fois, Gina marcha pour s'apaiser.

En rentrant à la maison, Alan qui patientait dans le canapé devant une rediffusion du « million ou la mort » se leva pour l'accueillir. Gina se jeta dans ses bras en pleurant. Dans l'incompréhension, il la serra fort et passa sa main dans ses cheveux pour la consoler. Elle ne touchait plus le sol et trouva du bout des orteils le sofa pour s'équilibrer. Gina regarda alors Alan, les yeux humides et plein d'attentes.

— Si ton « métier » te pèse tant, et bien arrête, je peux… Nous pouvons nous le permettre.
— Je ne peux pas.
— Tu n'as même pas à me le demander.

Alan passa délicatement ses pouces de chirurgien sur ses pommettes, et comme elle vacillait, il remit ses bras autour de sa taille.

— Ce n'est pas compliqué, tu…

Gina avança fiévreusement ses lèvres et, comme Alan ne bougeait pas, elle fit tout le trajet pour rencontrer les siennes. Elle lui donna le baiser le plus tendre, doux, suave, qu'elle pouvait. Alan inclina légèrement la tête et entrouvrit la bouche. Il la serrait toujours contre lui, son cœur tapait fort dans sa poitrine. Soulagée qu'il ne la repousse pas, Gina s'abandonna.

C'est à ce moment précis qu'ils sentirent une vibration qui vint tout gâcher. Alan s'écarta immédiatement d'elle. Gina debout sur le canapé, lui bien ancré dans le sol, il la regarda avec des yeux inquisiteurs et troublés à la fois.

— Tu ne me dois rien, tu sais ?
— Je sais, mais…

Gina s'interrompit, le téléphone d'Alan semblait tout à coup plus important que leur conversation.

— Je dois y aller, une opération. Un *car-jacking* qui a mal tourné.
— Mais… Et ça ? demanda-t-elle en agitant la main entre elle et lui.
— Nous en reparlerons à mon retour. Va prendre un bain et repose-toi.

Gina comprit que la situation était plus compliquée que ce qu'Alan voulait bien admettre. Elle devait continuer à se battre, elle ne devait compter sur personne mis à part elle-même. Cette idée la poursuivit jusque dans son bain moussant dans lequel elle s'endormit après quelques minutes de lâcher-prise et de délassement.

Sur son téléphone, posé sur le lit de sa chambre, apparut en silence un message de Pix demandant où elle en était.

*
* *

À peine arrivé à l'hôpital, Alan se retrouva dans la stérilisatrice qui projeta sur lui les biocides habituels afin de lutter contre les maladies nosocomiales. Sur la table d'opération, un jeune homme au visage tuméfié était étendu, inconscient. Alan demanda les diagnostics préliminaires et les examens effectués. Angie, l'Intelligence Artificielle Médicale lui montra tout ce dont elle disposait et fit les suggestions d'interventions dans l'ordre le plus efficient. Alan regarda quelques secondes les scans de l'abdomen et agrandit l'hologramme en trois dimensions dans la zone de la fosse iliaque droite. Il commença son rapport :

— Jean Dupont ; vingt ans ; victime d'un vol de voiture avec violences. Constantes stables ; souffre de multiples contusions et plaies, d'un hématome intracrânien et d'une rupture de l'appendice confirmée par une NFS et un scanner. Nous allons procéder à une craniectomie limitée pour épanchement et cautérisation puis à une appendicectomie. Concernant le foie : une nécrose est visible sur le lobe droit près de la vésicule biliaire et du canal cystique. Le pneumothorax a été évité, mais une lésion pulmonaire a été repérée. Le traitement des fractures costales sera donc fait en dernier. Moi, docteur Alan Adevar, en charge du patient numéro 31020101055, je valide la procédure suggérée par Angie, je préconise toutefois un alitement postopératoire d'une durée supérieure. L'assurance du malade le financera, autorisant ainsi une surveillance accrue pour un meilleur suivi et une diminution conséquente des probabilités de poursuites judiciaires.

Angie déclencha immédiatement le bras robotisé chargé des incisions et commença par le crâne de Jean. Des dispositifs mécatroniques pilotés par Angie assistèrent Alan durant toutes les étapes, lui fournissant compresses et autres instruments chirurgicaux. Une main robotique miniature guidée par les gestes d'Alan, mimés sur l'hologramme du patient, permettait de limiter l'importance des coups de bistouri et les risques d'hémorragie. Alan œuvrait en symbiose avec la machine, c'est ce qui faisait de lui un espoir dont la renommée s'étendait à présent hors de la ville.

À sa sortie du bloc, Alan se rendit aux vestiaires pour se doucher. Il était fatigué par cette intervention. Là, deux internes lui semblèrent très agités et il comprit bien vite pourquoi en jetant un œil par-dessus leurs épaules. Ils visionnaient une vidéo sur une tablette.

— Regarde ce petit lot, quel cul ! Et *bime* ! Le gars se prend un taquet et dodo !

— Dommage ! je suis sûr qu'elle nous en aurait montré plus ! On sait où c'est filmé ?

— Non, malheureusement. Et dès que les censeurs seront debout, ils vont la supprimer…

— Reviens en arrière, après le drapeau ! Ouais ! Une patriote comme on les aime !

Alan eut un recul de surprise et sa colère monta d'un coup.

— Vous n'avez pas honte ?! Regarder ça au travail alors que des patients attendent des soins ! Effacez-moi ça ainsi que ce sourire malsain.

Les deux internes ne comprirent pas cette saute d'humeur. Adevar était pourtant quelqu'un de sympathique d'habitude. Cependant, ils ne demandèrent pas d'explications préférant faire profil bas pour ne pas faire l'objet de sanctions disciplinaires.

******

Réveillée par la fraîcheur de l'eau, Gina plongea un court instant la tête dedans et se savonna rapidement avant de se rincer. Elle demanda à Siria de désembuer le miroir et de lui passer les informations dessus.

« Les robots-abeilles de *Wallmart* ont permis de sauver les récoltes de l'année dernière, mais face au monopole du groupe, le Gouvernement Central se dit prêt à importer des ruches de Cuba. En effet, l'île sous embargo ne semble pas avoir subi l'effondrement des colonies qui a touché les pays développés. La Chine a dû s'adapter rapidement et la pollinisation se fait à présent à la main. Masanta se refuse à commenter les récentes attaques contre sa gestion de la crise du glyphosate. Une passivité qualifiée de désastreuse par les écologistes. Le PDG de la multinationale précise que toutes les études depuis trente ans infirment les accusations qui pèsent sur le conglomérat. Il remercie les actionnaires de renouveler leur confiance à l'entreprise, promettant de nouveaux OGM[18] plus performants dans les années à venir.

Sport, à présent : nous assistons à la finale du « million ou la mort » ! Les concurrents sont enfermés dans l'arène tropicale depuis maintenant trois mois. De manière totalement inattendue, l'équipe du pénitencier de Bale est parvenue à liquider Spider et Cruze. Ils placent ainsi les survivants de la prison de Salt Lake comme seuls prétendants à la prise de la tour 7, ultime épreuve pleine de pièges mortels, les séparant du million

---

[18] OGM : Organisme Génétiquement Modifié.

de libras ou de l'acquittement… »

Gina demanda à Siria de lui montrer les nouvelles sur les réseaux sociaux. La machine décida de mettre en avant quelques actualités sous forme d'icônes. Gina fut attirée par une vidéo intitulée avec un humour douteux « Patriot Act ». Elle cliqua sur le miroir et découvrit avec désarroi qu'elle avait été podcastée[19] lors de son show, ce qui était théoriquement impossible. Elle regarda, désemparée, le début de sa prestation, espérant un miracle. On la voyait à présent déambuler entre les tables. Il ne restait plus très longtemps avant le scandale quand soudain, le type qui filmait s'effondra, comme projeté en avant. La vidéo s'était terminée sur sa remontée sur scène en bikini étoilé.

Gina craignit immédiatement qu'Alan ou des gens de la résidence découvrent cette preuve de ses activités nocturnes. Elle tenta de se rassurer, mais préféra faire ses valises, au cas où. Ses affaires prêtes, en nuisette, hésitant à s'habiller, elle regarda son téléphone pour chercher un hôtel au rabais et y trouva le message de Pix. Laconiquement, elle écrivit « en cours ». Comme s'il savait qu'elle venait de le lire, une nouvelle vibration et un autre petit mot :

« Il nous faut des résultats. »

« Ce n'est pas si simple, cela prendra sûrement des semaines. »

« Tout est lié, il faut qu'on apprenne ce qu'il savait. »

« Je sais, je ferai ma part, j'ai un plan, mais il me faut un peu d'argent en plus du temps. »

« Combien ? »

---

[19] Podcaster : Action de diffuser un fichier audio ou vidéo sur Internet. Podcast, Podcasting : baladodiffusion.

« 10 000 »

« Neo s'en occupe. » « C'est arrangé. On attend des résultats. »

Alan poussa la porte qui tapa contre le mur. Gina sursauta et cacha son téléphone sous l'oreiller. Aux bruits secs de ses différents gestes d'habitude plus doux, elle sut ce qu'il en était. Elle quitta sa chambre sur la pointe des pieds, les sourcils tombants et des petites rides au milieu du front, espérant l'amadouer par cette moue attendrissante.

— Ce matin, en sortant du bloc, j'ai croisé deux internes qui bavaient sur leur écran tactile. Et devine qui ils mataient ?

— Je suppose que c'était moi…

— Exactement ! s'énerva-t-il. Comment est-ce pensable d'être aussi…

— Ça n'aurait pas dû arriver ! Le patron m'avait garanti que c'était impossible, mais il a eu une panne d'informatique !

— Une panne d'informatique ! À la bonne heure ! Et moi ? Je passe pour quoi si un de mes collègues ou pire, un membre du conseil, te reconnaît malgré le maquillage et la perruque de prostituée ?

— Je suis désolée ! cria-t-elle. Si tu savais… Je ne désire pas te nuire, je t'assure.

Gina essaya de lui toucher le visage, mais Alan lui attrapa les poignets et la repoussa sans véhémence.

— Arrête ça tout de suite, ordonna-t-il d'un ton ferme, mais moins fort que ses vociférations précédentes.

— Cette dispute a duré plus que la limite conseillée. Alan Adevar, vous êtes prié de vous calmer. Gina Harris, êtes-vous en danger ? Voulez-vous que j'appelle les secours en vertu de la lutte contre les violences conjugales ? demanda Siria.

Alan lâcha Gina immédiatement comme un enfant pris les doigts dans le pot de confiture.

— Non ! répondirent-ils en cœur.

— Siria, mets-toi en veille ! exigea Gina.

— Je ne peux pas, la loi me l'interdit, cet enregistrement restera disponible pour une durée de trente jours pour les besoins d'une enquête éventuelle.

— Sortons Alan, je ne veux pas qu'elle continue à nous espionner.

— Non ! Je n'ai pas envie que mes voisins soient au courant de ça. Ce sont nos histoires. Arrête le striptease, c'est tout ce que je te demande.

— Tout ce que tu demandes ?! La bonne blague. Je ne peux pas.

— Pourquoi ? insista Alan, intrigué.

— Il me tient. Et il tient aussi ma nouvelle vie, ce rêve que tu m'as fait toucher du doigt… désespéra Gina.

— Comment ça ? Il te fait du chantage ?

— Il pourrait. Il aurait certainement de quoi, mais non. Il va me procurer un local pour que je puisse ouvrir un club et donner des cours de sport. En retour, il exige que je continue chez lui. Je lui rapporte trop d'argent…

— Je veux bien le croire ! s'exclama Alan qui s'était radouci en appréhendant d'un coup le piège dans lequel Gina était tombée.

— Oui, enfin jusqu'à la prochaine minette qui, comme moi, aura compris que seuls son cul, sa chatte et ses seins fermes lui permettront de survivre dans ce monde pourri… Arrête ! C'est quoi ce geste ? Gina venait d'imiter la mimique d'Alan exprimant le n'importe quoi. Les mecs paieront toujours pour des jolies filles naturelles, humaines pas en silicone, qui se foutent à poils pour eux. Et les mecs feront toujours des boulots de merde pour pouvoir bouffer, se saouler afin d'oublier leur misère et mater des filles comme moi… Mais ça ne dure pas. Je dois saisir ma chance.

— Mais je te sors de tout ça ! Pourquoi continues-tu ? Arrête tout !

— Parce qu'un jour, tu me quitteras. Je ne suis pas de ton monde… avoua-t-elle en larmes.

— Putain !

Alan se reprit immédiatement sur la pression de Siria, qu'il ressentait à présent comme l'espionne numérique qu'elle avait invariablement été. Il baissa d'un ton. Face à Gina, il ne savait pas quoi répondre à sa dernière affirmation.

— Ne dis pas n'importe quoi, voyons, c'est trop con…

— La violence te rend vulgaire, Alan. Tu comprends ce que mon monde fait aux gens ? Bref, on finit toujours par être abandonnés par les personnes qu'on aime. Parfois, ils meurent, comme mon père ou ma mère…

— Ta mère, c'est différent, et moi encore plus, réfléchis, voyons.

— Oh, pour réfléchir, j'ai réfléchi, se reprit-elle et, droit dans les yeux, elle lui affirma : Je sais que je ne serai jamais à la hauteur. Tu en trouveras une autre avec le bon âge ; la bonne éducation ; les bons gestes ; le bon maquillage ; la bonne coiffure et les bonnes tenues pour les bons lieux, avec les bonnes relations… Et ce jour-là, je devrai retourner d'où je viens. Si, si, je le sais, fit-elle en réponse à son signe de tête. Et ce sera trop dur si je sors complètement de ma vraie vie avant que la situation se présente. Ce jour arrivera, je n'ai aucune raison d'en douter.

Alan resta figé et Gina en profita pour partir. Il tenta de la rattraper tandis qu'elle courait dans le couloir. Il heurta le mur face à sa porte et là, il vit ses valises alignées. Alors qu'elle en saisissait une, Alan agrippa Gina par le poignet, la forçant à la reposer. D'un geste inhabituellement viril, il la serra contre lui et plaqua un baiser intense sur ses lèvres avant de la pousser sur le lit et d'enlever ses vêtements.

— Je suis… Enfin… Tu es le premier, avoua Gina.
— Tu es certaine d'être prête ?
— Tu m'aimes ? lui demanda-t-elle alors qu'il l'embrassait dans le cou, ragaillardi par son annonce.
— Évidemment !
— Dis-le-moi.

Alan se dressa sur ses bras et regarda Gina dans les yeux.

— Je t'aime énormément.

Gina se mit sur les coudes pour se reculer, ce qui lui permit de se couvrir les hanches de sa nuisette. Alan eut un air interrogatif qui exigeait une réponse claire à ce refroidissement soudain.

— Pourquoi as-tu dit énormément ? On aime ou on

n'aime pas ! Ou alors on aime énormément une amie, un chien ! C'est ça que je suis ?

— Mais évidemment que non ! Que vas-tu chercher ? Gina ?!

Elle s'était faufilée et l'attendait à côté de sa porte, l'invitant à quitter la pièce. La déception se lisait sur son visage. Avec détermination, elle affirma :

— Je partirai cet après-midi.

— Non, je refuse, répondit-il avec la même résolution. Donne-moi du temps. J'ai vraiment des sentiments pour toi… Tu le sais ?

Gina prit quelques secondes de réflexion. Alan, en caleçon, arrêta de la fixer pour remettre son pantalon. Il s'en voulait d'être si stupide dans ses relations avec les femmes. Quant à Gina, elle ne pouvait s'empêcher de penser que tout ceci était un beau gâchis. Cela la décida.

— Alors, j'attendrai qu'ils soient plus forts, aussi fort que les miens.

8

15 MARS, AU CLUB PRIVÉ DE GINA

Après quinze jours de malaises mâtinés de tentatives maladroites de rapprochement, de baisers ratés et d'emploi du temps capricieux, Gina avait décidé de quitter *Black Cedar*. Le local fourni par son patron était tombé à pic, il lui avait permis de rebondir bien malgré elle. Qui sait ? Cette séparation serait peut-être salvatrice.

L'endroit discret, sans devanture, était idéalement placé, un peu éloigné du centre-ville, mais tout de même proche des boutiques huppées, et suffisamment distant des résidences sécurisées de ses clientes. Sur le toit, il y avait une terrasse végétalisée sur laquelle allaient bientôt pousser des fruits et des légumes, Gina allait en faire la demande à l'office du quartier.

En un mois, le bouche-à-oreille avait œuvré, son affaire devenait rentable. Elisabeth et Kate furent ses premières élèves, bien sûr. Au début, Gina passait plus de temps à rire avec elles et à faire les magasins qu'à leur apprendre l'art de la barre. Mais très vite, motivées par quelques démonstrations, ses deux copines s'étaient prises au jeu et en avaient parlé autour d'elles. Sans être glauque et malgré le fait que Gina ait dépensé tout son argent dans l'aménagement de la salle et des douches, ces femmes avaient l'impression de s'encanailler, de vivre plus intensément leur vie d'« épouse de ». Et ce n'est pas la présence de Joe, fidèle au poste pour Gigi tous les mardis et les jeudis après-midi, qui les détrompait sur le danger tout relatif qu'elles introduisaient sciemment dans leur existence. Joe faisait ce qu'il savait faire. Il était le vigile discret qui empochait les généreux pourboires de « ces femmes de la haute ». Gina, quant à elle, appréciait sa nouvelle indépendance, elle dormait sur un matelas posé à même le plancher métallique de la mezzanine au-dessus des vestiaires. Elle utilisait la théière sans retenue par contre, pour les repas, c'était une autre histoire. Ne disposant pas d'une cuisine, elle avait le choix entre les restaurants roulottes de rues, les boîtes de conserve et les soupes lyophilisées. Ce régime lui avait permis de perdre une partie des quelques kilos qu'elle avait accumulés chez Alan. La viande lui manquait. Cela, évidemment, Gina devait le garder pour elle, le véganisme étant répandu autour d'elle.

Les cours étaient à présent sur des rails. Gina avait travaillé au fil des semaines son rôle de *coach* sportif ferme et discipliné durant les trois heures d'entraînement. Elle poussait ses remarques à la limite, exigeant efforts et souffrance, puis relâchait la pression pendant les pauses détoxifiantes à base d'infusions. Gina ne disait rien quand des pâtisseries allégées sans gluten ni huile de palme passaient la porte en contrebande et y laissait une grande place aux rires et papotages.

Depuis dix jours, Elisabeth avait réussi à convaincre Stéphanie d'arrêter de se morfondre et de sortir de son manoir. Elle l'avait enrôlée à ses côtés dans cette « aventure ». Gina n'oubliait pas sa mission. Elle y allait pas à pas, se rapprochant de sa source par le truchement de ses copines. Elle n'avait pour le moment échangé que quelques phrases, des banalités pour s'apprivoiser et se jauger. Stéphanie, outre son fort accent français et malgré sa Bentley, semblait une femme simple. Après un cours intense constitué des habituels stretchings, cardio et exercices à la barre, toutes partirent à la douche. C'était un grand pas franchi pour la plupart d'entre elles, celui d'abandonner une pudeur contre laquelle Gina avait lutté en martelant qu'elle était antagoniste avec la pratique même de la *pole dance*. Pourtant, les complexes avaient la vie dure.

— Les lipo. ne font pas tout, n'est-ce pas les filles ? lâcha une amie de Kate en regardant Gina.

— Je n'ai que vingt et un ans ! se défendit Gina en maintenant son mensonge sur son âge. J'aimerais bien être comme vous dans dix ou vingt ans ! Je vous assure ! Bon, je vais quand même vous acheter des haltères pour tonifier tous ces bras, mais à part ça vos chirurgiens ont bien bossé ! conclut-elle en riant en toute complicité.

Passé le fou rire partagé, une autre élève fortunée se permit une suggestion :

— Tu sais ce qui manque ici, Gina ?

— Non ?

— Un sauna.

— Ah oui ! Ce serait formidable !

— Je suis désolée, les filles, mais je ne peux pas…

— Alan pourrait bien te payer ça ! fit Kate.

— C'est-à-dire que… Gina baissa la tête, l'eau chaude et réconfortante ruisselait sur ses cheveux, masquant un peu sa déception.

— Quoi ? Vous n'êtes plus ensemble ?! comprit Elisabeth. Vous formiez un si…

— Si joli couple ! Que s'est-il passé ? demanda Kate.

— Il s'avère qu'il avait assurément moins de sentiments pour moi que j'en ai pour lui…

— J'avais cru comprendre qu'il était gay ! lâcha Stéphanie, elle-même surprise par sa hardiesse.

— Oh, il ne l'est pas. Tout comme il n'est pas prêt à se… Bref ! se reprit Gina. Ce n'est pas le sujet. J'adorerais vous offrir un sauna, les filles, histoire que nous puissions nous raconter encore plus de ragots, mais j'ai dépensé tout ce que j'avais dans ce lieu… Rassurez-vous, on pourra bientôt profiter du toit pour cultiver des fruits et des légumes… Et soyons folles : nous enfilerons des maillots et nous bronzerons !

Gina sortit de la douche et se sécha.

— Ou toute nue, comme les Françaises ! s'enhardit une élève extérieure à ce cercle en s'adressant à Stéphanie qui ne releva pas.

— Cultiver ? Tu veux dire, mettre les mains dans la terre et travailler comme nos jardiniers ? Oh ! comme c'est amusant ! s'exclama Elisabeth en passant le bout des doigts devant le robinet pour le couper.

— En France, nous avons un vignoble. La propriété possède un jardin et Philippe et moi adorions y faire pousser des rosiers, remarqua Stéphanie avec de la mélancolie dans la voix en s'asseyant à côté de Gina pour la première fois.

— Pourquoi n'y retournez-vous pas ?

— C'est une histoire dramatique. Notre famille semble maudite avec les voitures. Mon fils a été agressé, il y a trois mois en ville, on lui a volé son véhicule et, comme si cela ne suffisait pas, ils l'ont presque battu à mort. Il a été dans le coma, en rééducation et à présent, il est à la maison depuis quinze jours. Il passe son temps sur ordinateur quand il ne se rend pas à la vallée.

— La Silicon Valley, feignit Gina.

— Oui, nos bureaux et une partie de nos usines sont là-bas. Mon Jeannot a décidé de reprendre la tête de l'entreprise.

— Votre fils est courageux. Que fait votre boîte ?

— Mon Dieu ! C'est très complexe et très technique. Philippe n'en parlait pas souvent. Ces derniers mois, il travaillait sur un énorme projet. Quelque chose qui devait révolutionner la gestion des périphériques 6G, une histoire de santé. Regardez, c'est dans ce bracelet. Ça a sauvé la vie de mon fils. Il a détecté immédiatement le danger et appelé les secours en quelques secondes. Je ne sais pas comment ça marche, mais si tout le monde en avait un, cela éviterait des millions de décès. Mon Philippe revenait d'un rendez-vous d'affaires quand il est... Pardon... Dans ce terrible accident, son bracelet a révélé que la voiture avait été comme prise de folie et qu'il était mort sans souffrir, sur le coup. Oh ! je suis désolée ! s'exclama Stéphanie en voyant Gina baisser la tête, la mine triste. Si notre entreprise avait pu, elle aurait déjà mis ce produit sur le marché, mais on est seulement en phase de tests et d'homologation... Navrée pour votre mère...

— Merci... Une homologation, vous dites ?

— Oui, vérification des antécédents pour les brevets ; la FDA[20] ; les contrôleurs de l'AIIA[21]. Toutes ces

---

[20] FDA: Food and Drug Administration : agence américaine pour les produits alimentaires et médicamenteux.

[21] AIIA : Artificial Intelligence Intrusions Agency. Traduction : Agence contre les Intrusions de l'Intelligence Artificielle.

contraintes administratives…

— C'est une catastrophe… Vous vous en sortez ? demanda Gina.

— Vous êtes gentille. Du point de vue émotionnel, je suis comme dans des montagnes russes…

— Je sais ce que c'est.

— Au niveau financier, malgré un redressement fiscal ; les problèmes avec les assurances parce que Philippe conduisait, soi-disant, manuellement ; et les frais médicaux, ça va… Et vous, comment survivez-vous ? Car, sans vouloir vous vexer, vous n'êtes pas de ce monde, tout comme moi d'ailleurs.

Gina se tut à l'approche des autres filles du groupe. Elle ne souhaitait pas ruiner ces instants de confidences par une indiscrétion et fit comprendre à Stéphanie qu'elles allaient poursuivre cette conversation en aparté.

— Elisabeth, si nous nous offrions ce plaisir ?

— C'est une idée FA-BU-LEUSE ! Gina, nous nous occupons de tout !

Tour à tour, toutes se préparèrent à retrouver leur univers devant les trois coiffeuses de cabaret que Gina avait dénichées dans la réserve du bar, cachées sous des draps poussiéreux. Prétextant un souci administratif, Stéphanie conseilla à ses amies de ne pas l'attendre.

Joe escorta ces dames jusqu'à leur voiture dans le parking d'en face. De retour au club, il demanda à Gina et Stéphanie si elles voulaient qu'il reste, mais elles lui donnèrent congé.

Gina fit bouillir de l'eau pour deux infusions. Stéphanie s'assit de l'autre côté du bar, mais Gina rapprocha un tabouret et se mit à côté d'elle.

— Alors, comment faites-vous pour vous en sortir ?

— Je vis là-haut. Vous savez, je n'ai pas besoin de grand-chose, confia Gina.

— Ça me rappelle quand nous avions vingt ans Philippe et moi, nous étions pauvres, il était ingénieur. C'était un prodige. Tout ce qu'il bricolait ou programmait fonctionnait toujours du premier coup.

— Vous l'aimiez beaucoup.

— Je l'aimais tout court. Vous croyez que je me suis fait poser ces implants pour qui ?! Dire que j'avais peur qu'il me quitte pour une fille de votre âge… Le pauvre.

— Vous l'aimiez tout court… C'est magnifique. Alan ne m'a jamais aimé tout court, il m'aime « énormément » et énormément, ce n'est pas suffisant, n'est-ce pas ?

— Pour certaines femmes, si. Pour nous, non. Mais on peut aussi décider de vivre autrement, trouver un homme qui a une belle situation et passer peu de temps avec lui et beaucoup à dépenser son argent. Comme certaines des épouses qui viennent ici. Vous, vous pourriez chercher un bon parti ?

— Quelle tristesse… Et même si je le voulais, je ne pourrais pas.

— Ne dites pas n'importe quoi, vous êtes splendide, intelligente, entreprenante.

— Oh… Tout ça… fit Gina en montrant le club. C'est à mon patron. Nous avons un arrangement. Je lui reverse quarante pour cent des bénéfices en échange du local et des frais.

— Votre patron ?

Gina eut l'air embarrassée l'espace de quelques secondes, puis se redressa sur son tabouret pour avouer son secret.

— Je suis danseuse exotique dans un *strip bar* depuis bientôt trois ans. Cela nous permettait de survivre, ma mère et moi. C'était dur, malgré nos deux boulots chacune. Ça ne plaisait pas à Alan. Il voulait que j'arrête.

— Un homme qui ne vous accepte pas telle que vous êtes ne vous mérite pas.

Gina regarda le bracelet de Stéphanie. Il s'agissait d'une large bande de métal doré, sûrement de l'or massif, courbée à la forme du poignet et surmontée d'un écran tactile encerclé de brillants, sans doute des diamants. Le tout était légèrement trop voyant, mais restait élégant.

— Vous aimeriez l'essayer ? proposa Stéphanie en l'enlevant.

— Non, je ne voudrais pas le dérégler…

— Allons, c'est Philippe qui l'a fait… répondit-elle d'un air entendu. Très bon, ce thé.

— D'accord, je l'essaie.

Le bracelet se serra automatiquement et de fonction horloge, l'afficheur indiqua tout un tas de petits symboles montrant qu'il se connectait à la puce de Gina ainsi qu'aux appareils interdépendants. L'écran clignota en rouge.

— Tiens, c'est curieux, ça ne l'a jamais fait auparavant. Qu'est-ce qu'il écrit ? « Puce défectueuse, impossible de réparer et de localiser. » Vous le saviez ?

— Oui, répondit Gina, très gênée d'avoir été si bêtement démasquée. Je dois m'en faire implanter une neuve, mais je voulais éviter l'entrée de gamme. Comme vous le voyez, elles ne sont pas fiables. Que signifie « impossible de réparer », demanda-t-elle avec un intérêt déguisé en banale curiosité.

— Il corrige les bugs des puces et les incompatibilités passagères entre appareils. Il empêche également le piratage des données personnelles et médicales, c'est un Joe électronique.

— Aussi peu bavard ?

— Pire, il est muet ! rit-elle. Je suis contente d'avoir pu discuter avec vous.

— Moi aussi. J'espère que Jeannot se remettra vite.

— Merci, c'est gentil. Le pauvre a subi une opération de chirurgie pour réparer les dégâts sur son front, il est persuadé que plus aucune femme ne le regardera comme avant. Vous allez faire quoi avec Alan ?

— Le laisser me faire la cour, je suppose.

— Faites-le mariner, les mâles n'aiment pas quand c'est du tout cuit. Vous parviendrez sûrement à le changer.

— Je voulais qu'il reste lui-même, il me plaisait ainsi.

— Croyez-moi, un homme, il faut le pousser pour qu'il atteigne les sommets, sinon, la plupart végètent en bas en admirant la cime et en y rêvant toute leur vie, confia Stéphanie en s'en allant.

— Je vous raccompagne.

— Je suppose que vous savez aussi vous défendre…

En traversant la rue, dans les dernières lueurs du jour, Gina surprit un drone qui volait non loin de la Bentley de Stéphanie. La chose n'était pas courante dans ce quartier. Elle s'en inquiéta, mais sa nouvelle amie lui avoua qu'entre les assurances et son fils, elle pensait qu'elle était surveillée vingt-quatre heures sur vingt-quatre. L'engin resta en stationnaire quelques secondes après s'être orienté de manière à les avoir face à lui et, sans signe avant-coureur, ses moteurs se mirent à siffler et il disparut.

Gina pianota distraitement sur son téléphone en regardant partir Stéphanie. Le drone ne l'avait pas suivie. Pix lui donna rendez-vous dans l'heure.

*
* *

L'équipe était là, au complet. Lénina se leva pour la serrer dans ses bras. Gina remarqua qu'elle ne portait plus son appareil dentaire et qu'elle s'occupait un peu plus d'elle. François, « le Parigot », eut un sourire qui lui fit comprendre qu'ils étaient ensemble. Big Mike et Neo, comme à leur habitude, restèrent assis ne lui faisant qu'un signe de la main.

— Où est Pix ?

— Il arrive, il finalise des branchements sur le toit. Tu as vu, j'ai suivi tes conseils, dit triomphalement Lénina. Tu avais raison, merci pour tes messages. Les produits que tu m'as trouvés sont top.

— Je vois… Et François ? Quand les teste-t-il ?

— Très drôle, vraiment, dans mon pays on dit qu'il vaut mieux entendre ça que d'être sourd…

— Les enfants, ça suffit, ça devrait fonctionner maintenant. Bonjour Gina.

— Bonsoir Pix. J'ai des informations. Je sais ce que Philippe Dupont faisait comme recherches !

— J'espère que c'est du lourd parce que ça a été long. Heureusement qu'on avait d'autres trucs sur le feu…

Gina s'expliqua sur la relation qu'elle avait instaurée, leur proximité, mais cela n'intéressa que Lénina. Elle décrivit alors le bracelet et ses capacités. Néo, qui était pourtant truffé d'implants, s'en étonna. Gina récita tout ce qu'elle avait appris de la gestion des appareils connectés à la lecture en temps réel de la santé de l'hôte, en passant par l'anti-piratage actif, jusqu'à l'appel des secours et les révélations sur la voiture. Tous en restèrent sidérés. Apparemment, tout ceci pouvait exister en théorie, mais jamais personne n'était parvenu à sortir un dispositif suffisamment abouti pour satisfaire à toutes les exigences de telles prouesses.

— Comment se fait-il que nous n'ayons trouvé aucune trace de ça dans la base de données des brevets ? demanda Big Mike.

— Parce qu'ils recherchent des antécédents, ils n'ont pas encore déposé. Ils ont la AIIA et la FDA sur le dos. Les Dupont en avaient un chacun. C'est tout ce qui existe en dehors des murs de *DRD, Dupont Research and Development*.

— Pourquoi dis-tu « sur le dos » ? questionna François.

— D'après ce que j'ai compris, on leur met des bâtons dans les roues, à croire qu'on veut enterrer un projet qui pourrait « empêcher des millions de morts », comme l'affirme Stéphanie. On s'en est peut-être pris à son mari. La voiture n'était plus opérationnelle.

— On sait, à la télévision, ils ont déclaré que c'était un groupe de *hackers*… Des conneries, on a vérifié.

— On s'est attaqué à leur fils il y a trois mois. Il est à présent à la tête de l'entreprise familiale. Ça a peut-être un lien.

— Néo, tu pourras jeter un œil là-dessus ?

— Dès que nous aurons fini la configuration.

— Qu'est-ce qui se passe ?

— Nouvelles mesures de surveillance de là-haut. Nous devons nous adapter pour ne pas nous faire repérer. Ils resserrent l'étau. Ils veulent tuer toute dissidence. Tu ne l'as pas remarqué en ville ? Cette multiplication des contrôles au faciès ; ces interpellations musclées pour des arriérés de paiements, des petites infractions au Code de la route ou au Code civil… Heureusement pour nous, il y a des choses qui ne changent jamais : ils ont toujours un train de retard sur les évolutions technologiques. Ne t'inquiète pas, nous arriverons à prouver leur projet infernal. Tes renseignements confirment ce que nous pensions, Dupont était un grain de sable dans les rouages de leur machine de mort. Si les bracelets parvenaient à réparer les bugs, alors la possibilité de prise de contrôle à distance deviendrait caduque.

— Je me suis demandé pourquoi vous vouliez des informations sur lui.

— Nous ne croyons pas aux coïncidences, répondit Big Mike dont l'accent russe ressortit avec ces sonorités.

— Tu restes avec nous ce soir ? s'enquit Pix.

— J'aurais bien aimé, mais je dois aller bosser.

— Au fait, chouette spectacle du 1er Gina ! Joli bikini patriotique ! s'exclama Neo en projetant la vidéo sur l'écran principal. Tu as une idée de qui est le crétin qui a assommé le mec qui filmait ?

— C'est Joe, le videur. Un copain qui peut te botter le cul si tu continues ! D'ailleurs, quelqu'un ici sait comment on peut mettre en carafe un système de brouillage ? OK, d'accord : question idiote. C'est à la portée du premier venu, c'est ça ?

— Du premier, non, mais d'un gars qui commence à

toucher sa bille, oui, expliqua Lénina en supprimant la vidéo. Tu l'as acheté où, le bikini ?

Gina ne répondit pas, car Pix avait enchaîné sur ses consignes. Il voulait qu'elle entre dans les locaux de *Dupont Research and Development* pour y voler les plans du bracelet. Gina hésita. Elle n'était pas une cambrioleuse. Au final, elle avait toutes les chances de se faire attraper. Doutant tout à coup des intentions de Pix, Gina refusa de prendre la carte de siphonnage qu'il lui tendait.

— Pas cette fois. Je dois réfléchir à comment faire ce que tu me demandes. C'est beaucoup.
— Trop ?
— Je dois aller au travail, éluda-t-elle. Je reviendrai ou peut-être que vous pourrez me l'apporter au club. J'aimerais que vous m'installiez un brouilleur, un drone surveillait une cliente cet après-midi. Ce serait possible ? Je me sentirais plus en sécurité.
— Nous allons arranger ça, assura Lénina. Sois tranquille.

Pix l'accompagna jusqu'à la porte et la pria de revoir sa position sur *DRD*, mais aussi de rester prudente. Gina répondit avec légèreté « toujours » avant de lui faire une bise.

*
* *

En sortant, Gina retrouva du réseau. Elle marcha jusqu'à la rue pour trouver un taxi. Pas un à l'horizon. Elle décida d'appeler son papi-chauffeur qui lui confirma sa venue dans les cinq minutes. Elle l'aimait bien ce vieux bonhomme dépassé. Son téléphone vibra. C'était Alan qui lui demandait une conversation vidéo !

— Alan ! Salut !

— Salut, si tu savais comme je suis content de te parler ! Où es-tu à cette heure ?

— Je me rends au travail. Et toi ? Encore à l'hôpital à ce que je vois. Oh, ça n'a pas l'air d'aller.

— Oui, une opération assez lourde, on a perdu la patiente. En fait, je l'ai perdue, Angie n'y est pour rien, en cas d'échec, c'est toujours l'humain qui est en cause… Enfin, bref… Tu as remarqué, j'ai pris ton expression ! Bref ! J'ai eu comme une révélation sur cette table, ça aurait pu être toi ! Je ne l'ai pas supporté, c'est pour ça que tu me trouves tout bizarre.

— Et ?

Le cœur de Gina battait de plus en plus fort.

— Et je veux qu'on se revoie et qu'on se donne une seconde chance. J'ai compris ce que tu avais essayé de m'expliquer la fois où... Tu sais... Pour faire simple, je suis au clair avec tout ça maintenant. Je voulais te dire que je t'aime et t'embrasser.

— Et pour mon travail ?

— Tu feras ce que tu désires, ce n'est pas important.

— Tu serais prêt à assister à mon spectacle ? Sans te cacher ?

— Oui, répondit Alan après une toute petite hésitation.

— Je t'attends ce soir, je suis sur scène à 22 h 30.

— Ce soir ? Comme dans : presque tout de suite ?!

— C'est à prendre ou à laisser… De toute façon, tu as fini pour aujourd'hui ? C'est la procédure. Je me trompe ?

— OK… J'arrive. Envoie-moi l'adresse.

— Dis à Joe que tu viens voir Gigi. Joe c'est le videur, je l'aurai prévenu. Je dois y aller, mon taxi est là ! Je t'embrasse !

— Moi aussi. Au fait…

Gina avait raccroché et s'était précipitée pour saluer son chauffeur préféré.

— Patrick, bonsoir !

— Bonsoir, mademoiselle Gina, content de vous revoir. Vous avez le sourire, ça fait plaisir.

— Oui ! C'est une superbe soirée qui s'annonce.

— Racontez-moi tout ça. Même adresse que d'habitude ?

— Merci.

*
* *

Gina se préparait à entrer en scène et Alan n'était toujours pas arrivé. Nerveuse, elle regarda derrière le rideau pour voir s'il était dans la salle. Il n'y était pas. Fiona l'interrogea sur cette fébrilité inhabituelle et fut ravie d'apprendre la nouvelle. Elle espérait en secret qu'Alan se rendrait compte de la chance qu'il avait laissée passer et qu'il ferait sa demande en mariage avec une rose entre les dents ainsi qu'une bague surmontée d'un très gros caillou. De cette façon, Gigi pourrait changer de vie, comme Cendrillon. Et comme elle le disait toujours : « parce que, merde, nous aussi on a droit au bonheur ! » Fiona vivait par procuration, mais elle était adorable. Elle rassura Gina, certaine qu'il arriverait aux premières notes.

Gina finit de s'habiller, c'était un soir de semaine, aucune pression particulière à se mettre et un show classique, pourtant elle ressentait une angoisse qu'elle attribua à la venue d'Alan.

La musique débuta, Gina sortit glorieusement des coulisses avec la fougue des bons jours. Elle vit Alan discuter avec Joe qui la pointa du doigt. Ravie, elle continua à s'effeuiller jusqu'à n'avoir plus sur elle que ses sous-vêtements. Elle descendit pour son tour de table habituel et récolta quelques jetons avant d'arriver à Alan, resté debout. Elle se frotta à lui, s'accroupit à ses pieds puis se releva puis lui passa une main dans les cheveux tout en posant rapidement ses lèvres sur les siennes sous les huées des spectateurs. Alan, par réflexe, se recula légèrement et Gina s'en rendit compte. Elle en fut blessée. Il avait encore raté le test, le plus facile de tous, se montrer fier d'être avec elle.

Elle remonta avec moins d'entrain et commença à tournoyer sur sa barre. Elle apercevait Alan qui, sous les félicitations d'autres hommes envieux, prenait de la distance avec un rictus d'embarras.

Soudain, un grand bruit la stoppa dans son élan et la peur la plus terrible l'envahit. Elle vit Joe se faire molester par un de ces sbires de la BAR. Pétrifiée, elle venait de réaliser. Elle fit un léger signe du bout des doigts à Alan pour qu'il s'en aille par la sortie de secours pendant que les premiers clients se faisaient menotter pour résistance à agent.

Alan ne comprenait pas ce qui se passait, mais une phrase lui permit de mesurer la gravité de la situation :

— Brigade Anti Réfractaires ! Couchez-vous face

contre terre ! Nous allons procéder à l'interpellation de Gina Jane Harris.

Au lieu d'essayer d'aider Gina, Alan la regarda une dernière fois avant de fuir, la mort dans l'âme.

Gina se retrouva très vite encerclée et menottée sans ménagement sous les yeux de son patron impuissant qui s'occupait de Joe.

— Gina Jane Harris, en vertu de la section 215 du *Freedom Act,* validée par la Cour Interrégionale des droits Humains du GC, le gouvernement des États-Unis est en droit de collecter à sa discrétion toutes les données de chaque citoyen américain. Toute tentative d'entrave à cette surveillance est assimilée à une attitude potentiellement terroriste. En tant que telle, vous serez jugée par un tribunal FISA, vous n'avez pas le droit à un appel et un avocat vous sera commis d'office. Gina Jane Harris, avez-vous compris les charges et la procédure que je vous ai énoncées ?

— Je suis innocente ! hurla Gina.

Deux hommes en noir, équipés d'exosquelettes, la soulevèrent sans aucun effort par les menottes de ses poignets et celles de ses chevilles. Cela lui fit un mal de chien, pourtant sa fierté l'empêcha de crier. Elle entendit son patron essayer de négocier face à un policier. La réponse fut cinglante. Il le menaça de l'envoyer en prison pour proxénétisme d'une mineure embauchée sous une fausse identité. En passant, elle supplia Joe d'un mouvement de tête pour qu'il reste assis, qu'il ne tente pas de l'aider.

Curieusement, tout ce qui l'obsédait à cet instant était de savoir comment ils l'avaient retrouvée. Tout à coup, elle se rappela le drone. Il n'était pas venu pour Stéphanie, mais bien pour elle. Qui lui en voulait ? Jean était le seul à connaître son secret avec la *Dream Team*… Eux, elle ne les voyait pas la trahir. Cela ne pouvait être que Jean !

L'un des policiers lui mit une main aux fesses et les caressa sans que personne intervienne. Une peur viscérale la gagna, elle commença à trembler de toutes parts, alors que les deux qui la portaient la jetèrent dans leur fourgon.

*
* *

Jean vivait comme un reclus depuis son agression. Les hommes cagoulés qui l'avaient mis dans cet état avaient été clairs. Il devait abandonner ses projets de reprise de l'entreprise et permettre son rachat le jour venu. Il devrait alors quitter le pays avec sa mère et ne plus y revenir. Ces menaces, Jean n'en avait parlé à personne sur ordre de ces mercenaires. Il s'était bravement défendu et avait été molesté pour cela. Il se disait qu'ils avaient outrepassé leur mission, comment eut-il pu en être autrement ? Un avertissement ne pouvait se terminer ainsi. Jean craignait pour la vie de ses proches pourtant, il ne pouvait se résoudre à abdiquer. Il avait toujours et de plus en plus Gina dans la tête. Elle occupait ses pensées, l'empêchait de dormir plus que ses douleurs et surtout, lui servait d'exemple. Persuadé qu'à sa place, elle se battrait, il s'était fait un devoir de le faire. Donc, plutôt que de rester inactif durant sa convalescence, Jean avait fait amener au manoir par des employés de confiance de *DRD*, dans le plus grand secret, les affaires de son père.

Depuis des jours, il tournait en rond ne comprenant pas comment contourner les sécurités posées par Philippe sur un fichier. L'idée lui vint pendant le dîner quand Stéphanie lui expliqua avoir prêté le bracelet à une amie sur laquelle il s'était mis en erreur. Il s'agita soudainement, prit sa canne et se leva. Il demanda à sa mère de le précéder et d'ouvrir le coffre-fort de la suite parentale, le temps pour lui d'arriver.

— Donne-moi le bracelet de papa !
— Mais enfin, calme-toi ! Tiens. Que veux-tu en faire ?
— Tu vas voir !

Jean enleva le sien et passa celui de son père en s'attendant à une révélation, il en était persuadé, Philippe avait tout prévu. Il patienta quelques secondes. L'écran afficha ses icônes classiques et un rapport tout à fait banal. Jean s'énerva et pianota sur ce gadget inutile, escomptant un miracle. Rien.

— Qu'espérais-tu ?
— Un message de papa.
— J'ai déjà essayé, figure-toi.

Stéphanie aida son fils à descendre les escaliers, une main sur son épaule en consolation de cette déception.
Elle fit servir le dessert par la bonne. Jean ne toucha pas au gâteau durant plusieurs minutes, plongé dans ses pensées. Il se revit avec son père, en France, sur la terrasse, profitant du soleil devant une assiette des crêpes. Il entendit alors Philippe lui répéter : « tiens-la avec les deux mains, ça marche mieux et c'est meilleur. ». Cette phrase fit résonner quelque chose en lui. Il garda

son bracelet sur le poignet droit et enfila celui de Philippe sur le gauche. Rapidement, les deux entrèrent en connexion et une vidéo se déclencha sous le regard choqué de Stéphanie.

« Jean, mon fils, je savais que tu trouverais ce message. Je sors d'un entretien avec un homme très influent que je pensais être un soutien de poids. Ses activités ne sont qu'une façade, je crois que je suis en danger et si tu vois ça, c'est que je ne suis pas paranoïaque. Malheureusement, cela signifie aussi que je suis mort.

Ne t'oppose pas à eux. Tu es le patron maintenant alors prends la bonne décision : vends. Gardez les bracelets, ils sont vos seules garanties d'échapper à un piratage. Je ne sais pas ce qui s'est passé, mais ça ne valait pas le coup de vous perdre. Je suis désolé. Dis à ta mère que je l'aime. Je te souhaite de trouver l'âme-sœur, comme moi. Je t'aime, mon fils. »

L'image avait montré un Philippe droit malgré son inquiétude perceptible. Stéphanie restait silencieuse, elle venait de recevoir la preuve que son mari avait été assassiné. Elle était dévastée.

Jean chercha à connaître la date de l'enregistrement pour corréler celle-ci à l'agenda de son père. Il pourrait ainsi démasquer cet homme mystérieux qui avait apeuré son paternel à un point tel qu'il avait fait cette vidéo testamentaire. Les données n'étaient pas accessibles. Il pensa à démonter la carte, mais se ravisa. Philippe avait insisté, il devait garder le dispositif pour s'en sortir.

— Ton agression… C'était à cause de *DRD* ?
— Je ne peux pas t'en parler.

— Nous sommes en danger, Jean. Il faut tout m'avouer, supplia Stéphanie.

Il l'emmena dans l'ancienne chambre froide, envahi à son tour par la paranoïa. Dans cette pièce, personne ne pourrait les espionner.

— Ils m'ont dit qu'ils te tueraient.

Jean expliquait toute l'affaire à sa mère quand une angoisse le submergea.

— Gina !
— Quoi, Gina ? Ma prof. de sport ?
— Oui ! J'étais avec elle juste avant ! Elle est peut-être en danger, elle aussi !
— Tu sais, elle n'est pas très fréquentable… Tu devrais en rester loin…
— Que veux-tu dire ? Sois plus claire, maman !
— Ce que je veux dire c'est que ce n'est pas une fille pour toi ! s'énerva-t-elle. Oh ! Ça va ! Je vais te le dire avant que tu t'entiches d'elle ! C'est une stripteaseuse ! Si elle est si forte en *pole dance*, ce n'est pas pour rien ! Voilà.
— Mais maman, je le sais ! Elle danse même nue devant des tas de mecs ! Et je m'en fous ! Je l'aime !
— Arrête tes enfantillages ! Je t'en prie, elle est gentille, mais sans éducation et elle mène une vie de saltimbanque. Nous espérons plus pour toi, ton père et moi !
— Laisse papa, là où il est ! Tu étais aussi pauvre qu'elle quand vous vous êtes rencontrés.
— Je ne m'exhibais pas nue pour de l'argent !
— Par contre sur les plages…
— Oh, ça va ! Fais ce que tu veux, tu es grand

maintenant ! esquiva Stéphanie, privée de son dernier argument.

Jean s'enferma dans le bureau et tenta de retracer le téléphone de Gina. Il n'y parvint pas. Il essaya d'avoir accès aux caméras du bar. Il batailla presque une heure pour contourner les pare-feu. Quand Jean réussit enfin, il découvrit une scène de chaos et de violence. Une unité d'assaut arrêtait des hommes. Il n'avait que l'image, impossible de savoir ce qu'ils disaient. Il observa, impuissant et désespéré, quatre flics mécaniquement assistés qui plaquaient Gina sur l'estrade, ils mettaient tout leur poids sur son petit corps ! Menottée, Gina se retrouva pieds et poings liés et transportée comme un sac de linge sale. Debout, serrant son pommeau en bois, il suivit les policiers sans matricules jusque dans la rue grâce à la caméra de l'entrée. Ces salopards l'avaient jetée dans un fourgon comme des ordures dans une poubelle. Jean devenait fou !

— C'est ma faute ! cria-t-il en fracassant sa canne sur l'angle du bureau. C'est ma faute tout ça ! Pourquoi je l'ai entraînée là-dedans ?! Si ça se trouve en scannant sa puce, ils l'ont tracée… La pauvre ! Il faut que je l'aide, que je la sorte de là !

Jean faisait les cent pas, plus inquiet pour Gina qu'il ne l'avait été pour personne d'autre tout au long de sa vie.

*
* *

— Patron. Le drone est sur site.

— Très bien. Attendez que ce soit fini et récupérez-le, ordonna Newton Morgan en alluma sa tablette.

Il observa la BAR faire son entrée dans le bouge qui servait de lieu de travail à cette petite fouineuse.

Newton n'avait aucune preuve contre Gina et malgré cela, il avait pris la décision de la faire arrêter. Il l'avait repérée une première fois, cette arriviste trop belle pour être innocente, à la soirée de bienfaisance. Le fait qu'elle trébuche sur un Dupont l'avait inquiété. Durant la surveillance de Jean Dupont, elle était réapparue dans sa voiture, signe d'une proximité préoccupante. Newton avait donc demandé une enquête sur elle. Le rapport était édifiant. Comment personne ne s'en était-il aperçu ? Cette Gina, une gamine de dix-huit ans, sortait avec le chirurgien qui avait perdu sa mère sur la table d'opération après leur test. Et, dans le même temps, elle draguait Jean Dupont, fils de l'ingénieur apte à contrecarrer le plan. Pour couronner le tout, sa puce et son téléphone ne permettaient plus de la localiser. Furieux, Newton avait fait tomber des têtes, mais il craignait surtout qu'elle soit une de ces réfractaires appuyées par une organisation NK ou un groupe de hackers capables d'entraver le projet. Un seul coup de fil, il avait suffi d'un unique appel de moins d'une minute pour sceller son sort. Tel était son pouvoir.

Il regarda avec un plaisir malsain cette gamine transportée jusqu'au fourgon de la BAR. Cette scène lui rappela ces illustrations du XIXe siècle où l'on voyait les cannibales revenant de la chasse ou préparant leur repas en faisant cuire un humain suspendu à une branche au-dessus du feu. Il en saliva.

— Une chose à rayer de la liste ! s'exclama-t-il tout haut. Cynthia, Jenny ! Venez et occupez-vous de moi, ordonna-t-il en rangeant sa tablette. C'est une bonne soirée qui s'annonce.

*
* *

Gina, en bikini, heurta lourdement le sol métallique glacé, sa tête passant à quelques millimètres du strapontin en acier. Elle essaya de se redresser, mais son corps refusait de bouger. Elle restait tétanisée. Un policier la releva. Il n'avait pas de combinaison robotique. Derrière sa cagoule, ses yeux la fixaient. Gina se mit à espérer que celui-là serait plus humain que les autres et elle tenta de demander des explications. Malheureusement, il lui fit tout de suite signe de se taire et l'attacha au plafond et au plancher à l'aide d'une chaîne et d'un cadenas. Le fourgon démarra.

— Je n'ai rien fait, pitié.
— Ça ne me regarde pas. Tu devrais la fermer, tout ce que tu vas dire sera retenu contre toi.
— J'ai froid, aidez-moi, s'il vous plaît ! essayant de l'apitoyer.
— Il vaudrait mieux que tu t'y habitues. Là où tu vas, tu auras très froid.
— Où m'emmenez-vous ?

Devant le désintérêt affiché par son surveillant à la tête baissée, Gina cessa un moment de l'importuner.

Les minutes passèrent comme des heures, les heures comme des jours.

9
CAMP DE RÉTENTION ET DE RÉÉDUCATION DE BISHOP

Gina ressentait à présent les effets de la retombée de l'adrénaline dans ses veines. La faim la tenaillait. Abattue, frigorifiée, elle voulut se recroqueviller, mais il l'en empêcha.

— Pourquoi ?

— Tais-toi ! Pour ton bien, apprends à la fermer et à ne pas poser de questions, répondit-il en la regardant droit dans les yeux. Tu t'es mise dans un sale pétrin. Si jeune et si belle, quel gâchis… J'espère qu'ils t'isoleront vite.

Il avait l'air presque triste pour elle.

— J'ai envie de faire pipi, osa-t-elle.

— Ne te gêne pas.

Avec difficulté à cause de ses menottes et de la chaîne, Gina tenta de retirer sa culotte. Sans un mot ni un geste pour l'aider, le surveillant la regarda s'uriner dessus dans une humiliation qu'il savait n'être que la première d'une longue série.

Gina l'observa régulièrement pour déceler des signes de leur arrivée prochaine à destination. Elle se demandait comment il pouvait dormir la nuit en faisant un tel métier.

— Aidez-moi, je vous en supplie, je ferai ce que vous voudrez.

— Corruption d'agent ? C'est ça que tu souhaites qu'on ajoute à la liste ?

— Quelle liste ? Je ne sais même pas pourquoi on m'a arrêtée.

— Vous dites tous ça.

— Il faut me croire, regardez-moi ! essaya Gina pour l'apitoyer.

— On en a vu des petites bombes comme toi, toutes gentilles, se faire exploser pour « la cause ». Tais-toi, vraiment, ça vaudrait mieux, avertit-il en jetant un œil vers le plafond au-dessus de la porte arrière.

Il arrêta de lui répondre et le trajet se termina en silence dans une odeur âcre qui avait envahi la cabine.

Le fourgon s'immobilisa enfin et ils ouvrirent les portes.

— Eh ben, Jonas, ça pue ! tu as dû encore bien t'amuser là-dedans.

— Très drôle, Roger. Hilarant.

Roger, cagoulé, se mit à rire avant de reprendre une posture plus militaire à l'arrivée d'un homme en costume.

— Qu'avons-nous là ? Une jeune réfractaire ! Vous

êtes dans mon camp de rétention et de rééducation. Je suis Victor Icious, le patron de cet établissement, pour vous ce sera Monsieur le Directeur. Et vous êtes ?

— Gina Harr… Aïe !

Gina fut stoppée net par un coup de matraque dans le ventre, venant de Jonas qui finissait de la détacher. Elle ne l'avait pas senti comme cela, mais il avait retenu son bras.

— Vous êtes ?
— Enchantée, Monsieur le Directeur ?

L'homme s'esclaffa, étirant ainsi sa minuscule bouche. Il portait de petites lunettes rondes bien enfoncées sur le haut de son nez, calées sur des oreilles curieusement basses. Une mèche lui recouvrait le crâne de gauche à droite. Ses orbites semblaient creusées et ses yeux… Gina en aurait pleuré, ils étaient tout simplement haineux. Il était grand, mince et tout à fait terrifiant.

Jonas l'attrapa par les cheveux et l'invita à descendre.

— Comme vous le voyez, numéro 26662, c'est une belle journée qui commence, mais pas pour vous.

— Quand aurais-je le droit… Gina reçut un autre amorti de matraque sur le bras.

Elle s'écroula sur le sol sableux sans un murmure de douleur. Ce son produit au contact de ses os lui semblait terrible. Il se propageait comme une onde dans son thorax.

— … À un avocat ? finit-elle, se préparant à être encore frappée.

— Jonas, vous retenez vos coups ?

— Non, Monsieur le Directeur, je crois que je me suis fait mal à l'épaule.

— Il faudra soigner ça. On ne peut pas se permettre de décevoir nos invités.

— Oui, Monsieur. Puis-je relever la prisonnière et l'emmener à l'enregistrement ?

— Faites. Vous nettoierez ensuite cette puanteur. Le privilège de la bleusaille...

En s'éloignant, du fourgon, Gina put voir le lever du soleil sur les montagnes grises d'un côté et une forêt mourante de l'autre. Elle grelottait. Pieds nus, entravée, tenue par sa perruque, Gina avançait péniblement.

— Qu'est-ce que je t'avais dit ? murmura Jonas. « Apprends à la fermer et à ne pas poser de questions. » Ça n'était pas clair ?

— Pardon. Pardon d'avoir fait pipi dans le camion. Si j'avais su que nous étions presque arrivés…

— Tais-toi ! chuchota-t-il derrière sa cagoule noire. Si tu vas dans les communs un jour, ne t'excuse jamais. Ne fais confiance à personne. Cogne la première si tu en es capable ou trouve-toi un protecteur. Mais sache qu'il voudra à coup sûr te violer pour se payer en retour. Alors, si tu ne te sens pas la force de t'en sortir, tape sur le premier détenu qui te regardera de travers, on te mettra à l'isolement. Si j'étais toi, c'est ce que je ferais. Et, admire le paysage, tu risques de ne plus le revoir de sitôt. Secoue tes chaînes pour dire que tu as compris.

Gina agita les bras et faillit trébucher. Elle endiguait ses larmes. Le tableau dépeint lui avait donné envie de se suicider. Ils entrèrent dans un couloir long et étroit surveillé par des caméras. Au bout, une porte blindée s'ouvrit automatiquement. Là, sur la gauche, un maton eut un sourire vicieux puis remarqua qu'elle empestait l'urine. Il gueula pour qu'elle file directement à la douche. Jonas la libéra de ses menottes et disparut. Elle en eut le cœur brisé et se mit à pleurer, regardant ses espoirs tomber sur le carrelage, elle attendit la suite.

On ordonna à Gina de se débarrasser de ses sous-vêtements et on l'aspergea de la tête aux pieds à l'aide d'un jet d'eau glacée sentant fortement la javel.

On lui hurla d'évacuer les lieux et d'aller dans la pièce à côté. Une voix sortant d'un haut-parleur lui commanda de se placer dans un cercle dessiné sur le sol, d'écarter les membres en croix en gardant la tête droite et de ne plus bouger. Là, un rayon rouge porté par un bras articulé tournoya autour d'elle. Il scannait son corps sous tous les angles. Quelques minutes plus tard, Gina posa les pieds et les mains sur des plaques enregistreuses d'empreintes et elle pénétra dans la salle d'auscultation. Un homme et une femme en blouses blanches l'y attendaient, debout dans le coin opposé à l'entrée. La blonde névrosée aux petits yeux et aux sillons nasogéniens marqués l'interrogea de manière autoritaire.

— Numéro 26662, adorez-vous le dieu d'une des anciennes religions ?

— Non.

— Adhérez-vous aux enseignements de Maitreya ? demanda la responsable.

— Oui !

— Croyez-vous en Dieu ?

— Je ne sais plus.

— Un homme peut-il poser les mains sur une femme sans la souiller ?

— Je suppose ?

— Êtes-vous malade ?

— Non.

— Des troubles mentaux déclarés ?

— Non.

— Très bien. Mikael, vous pouvez l'examiner.

Le médecin, s'il en était bien un, fit le tour de Gina et lui toucha les cheveux.

— Enlevez votre perruque ! Doucement ! Laissez tomber les aiguilles calmement !

Il aboyait ses ordres, pourtant Gina comprit qu'il avait peur d'elle. Quel genre de monstre pensait-il qu'elle était ?

— 26662, lâchez vos vrais cheveux ! Restez immobile et tout se passera bien.

Il promena un détecteur de métaux sur sa chevelure et partout sur son corps encore trempé. Gina grelottait.

— Ouvrez la bouche ! Il n'y a rien.

— Tous les orifices Mikael.

— Montez sur la table ! Doucement ! Maintenant, écartez les jambes.

Gina envisagea de protester, cependant la vue d'un surveillant armé d'une matraque derrière la vitre du couloir l'en dissuada et ne voulant pas assister à ça, elle ferma les yeux. Lui saisit son spéculum et l'inséra sans ménagement en Gina qui ne put retenir un cri. Il fut surpris par un filet de sang et se retourna vers sa collègue qui lui expliqua qu'elle n'était plus vierge à présent. L'homme sembla perturbé par la nouvelle comme conscient d'avoir violé un espace sacré. À l'aide d'une caméra endoscopique, il vérifia sans zèle qu'aucun objet n'y était dissimulé et lui demanda plus gentiment de se tourner, de se mettre sur les genoux puis de ramener ses fesses vers lui. Une vive douleur envahit Gina qui s'évanouit.

Une voix la réveilla.

— C'est une tendre. Je ne vois pas ce qu'elle fait ici, dit la femme médecin.

— C'est une réfractaire. Sa puce a été modifiée et on n'avait pas accès à sa localisation. Son téléphone ne contenait que trois numéros, dont deux qui appartiennent à des morts. Un virement douteux a été repéré sur son compte. On a reçu un appel anonyme. C'est très suspect, répondit un homme.

— Quel dommage…

— Nous ne sommes pas ici pour faire du sentimentalisme.

— Je sais. Essayez de ne pas trop l'abîmer.

— Pourquoi ? Elle vous plaît ? Elle garde ses cheveux ?

Gina, qui n'avait pas bougé pour ne pas interrompre la conversation de ses geôliers, ressentit un choc au visage et une douleur sourde. Cagoulée, elle tenta de se protéger, mais elle était attachée sur un siège. Elle se sentit nue. D'un coup, la lumière l'aveugla !

Petit à petit, ses yeux s'habituèrent. La pièce était petite, son sol et ses murs en béton noirci par la crasse. La table et les deux chaises étaient en aluminium et scellées dans la masse. La porte semblait infranchissable. Son bourreau était un nabot arborant la bannière étoilée sur un pin's clipsé sur le revers du col de sa veste de costume bon marché gris comme son visage. Son facies aquilin ne laissa présager rien de bon à Gina. Sa détresse grandit à la vue du gant de boxe qui pendait au bout du bras droit de ce type repoussant.

— Nous sommes ici pour faire connaissance, fit-il avec un rictus de malade mental.

— Je suis Gina Harris. Non ! Ne me frappez pas ! Je suis victime d'une dramatique erreur judiciaire.

— Je suis votre Dieu et on ne dit pas à son Dieu ce qu'il doit faire, lui susurra-t-il à l'oreille.

Il la cogna d'un coup de gant dans l'estomac. Gina crut mourir, elle ne parvenait plus à respirer. Toutes ses épreuves vécues durant sa courte existence lui semblèrent ridicules. Haletante, Gina pensa à Jonas et au lever de soleil.

— Ne vous réfugiez pas dans le bonheur passé ! fit-il en lui assénant une gifle de la main gauche. Je veux savoir ce que vous avez fait à votre puce et, pourquoi.

— Je n'ai rien fait ! hurla-t-elle d'un souffle.

— On ne crie pas sur Dieu ! Il la frappa de son gant en plein visage. Je vais t'apprendre le respect, petite traînée. Non ? Elle a déjà perdu connaissance ?

— Réveillez-la !

Gina ouvrit les yeux en pensant à un cauchemar. Il n'en était rien, elle était bien ligotée à une chaise, battue par un pervers du gouvernement, un type qui n'avait que ça à faire et qui la tuerait si elle ne parlait pas. Mais lâcher un nom ou une adresse signifiait qu'elle ne vengerait jamais sa mère et que le monde ne saurait pas la vérité. Elle devait être forte, passer cette journée, pour avoir le temps de réfléchir, de mettre une stratégie au point ou de voir son avocat.

— Ce n'est pas trop tôt ! Trente minutes d'envolées. Tu as de la veine ! Une autre réfractaire vient juste d'arriver, j'ai pu me présenter. Elle a l'air plus coriace que toi. Je te donne une seconde chance de m'apprendre quelque chose que je ne sais pas et qui pourrait m'intéresser, prévint-il en levant le poing ganté.

— Je n'ai rien à dire. Je suis innocente… Non ! Pitié, mon Dieu, pitié ! Je vais vous avouer ce que je cache ! J'aime les filles ! J'ai un club de sport et j'essaie de trouver une femme riche pour me marier avec elle ! mentit-elle sous la menace.

Dieu fut désarçonné par cette annonce et les larmes qui suivirent. Il se retourna vers la psychologue qui confirma que l'histoire lui paraissait crédible.

— Sa seule relation connue, c'est avec le docteur Alan Adevar. Il est de notoriété publique que c'est un homosexuel honteux. Leur assistante numérique n'a enregistré aucune activité sexuelle, à peine deux ou trois baisers. Ils se sont vus nus et : rien. Elle est stripteaseuse, ce qui peut signifier que les regards des hommes sur son corps l'indiffèrent.

— On avance. Mais la puce ?

— Pourquoi n'avez-vous jamais eu de petite-amie, Gina ?

— Mon père s'est suicidé, je l'ai très mal vécu. Ma mère m'a emmenée dans un quartier pourri où tout ce qui s'écarte de la norme est banni. Quand j'ai été en âge de sortir avec des filles, elles ne voulaient pas de moi. Après, j'ai dû faire ce travail de danseuse pour aider ma mère, j'avais seize ans ! Elle me suppliait de me trouver un gentil mari…

— Elle ment.

— Vous êtes une bonne gamine ? Hein ? Haha ! Nous n'en croyons rien ! fit-il en la cognant de plus belle dans les côtes et l'abdomen.

Gina pleurait de douleur et de désespoir. Elle se parjura en disant qu'elle avait honte d'être lesbienne, que Alan était l'homme parfait pour elle, qu'il ne lui demanderait jamais rien.

Dieu frappa encore et elle sombra dans le néant.

*
* *

Pix se présenta au club et frappa à la porte. Personne ne répondit. Il patienta et tenta à nouveau sa chance sans résultat. Il s'inquiéta. Un numéro inconnu avait essayé de l'appeler. Ce n'était pas du style de Gina de changer de téléphone pour le joindre, sachant qu'elle était la seule à avoir connaissance de cette ligne. Il avait dû lui arriver quelque chose ! Pix pensa tout de suite au pire. Il jeta son smartphone antique dans le caniveau et roula en vélo jusqu'au bar. Là, il découvrit des plaques de bois clouées sur le chambranle de la porte. Son sang ne fit qu'un tour. Il appela Alan.

— Allô ? Qui est à l'appareil ? C'est une ligne privée !

— Vous êtes bien Alan Adevar ?

— Oui, mais qui êtes-vous ?

— Vous êtes seul ?

— Oui ! Vous me répondez ou je raccroche !

— Un ami de Gina. Où est-elle ? J'ai besoin de savoir si elle va bien ?

— Aller bien ? Comment voulez-vous qu'elle aille bien ?! Elle s'est fait arrêter par une brigade de *Robocops* hier au bar où elle travaille. Ils l'ont menottée et emmenée je ne sais où !

— La Brigade Anti Réfractaires ?!

— Oui ! Vous connaissez ?! Parce qu'autour de moi, personne ne sait qui ils sont ! Où sont leurs bureaux ? Je voudrais leur dire que c'est une erreur.

— Mon pauvre Alan, dit Pix totalement dévasté par cette information dramatique. Seul un sénateur pourrait à la rigueur vous aider. Si vous êtes croyant, il est temps de prier pour elle. Si elle n'est pas déjà morte…

— C'est une histoire de dingue ! Gina n'est qu'une enfant ! Comment vous appelez-vous ? On peut se rencontrer ?

Pix jeta ce vieux téléphone aussi et se rendit à leur hangar pour annoncer la nouvelle à l'équipe et tenter de sortir Gina de ce bourbier. Pix vivait l'enfer, il pédalait le plus vite possible.

Arrivé au QG, il expliqua à ses amis ce qui s'était passé. Lénina, traumatisée, s'approcha de lui et le serra dans ses bras. Les autres la dévisagèrent.

— Ne t'inquiète pas. Nous allons la sauver. Tu n'es pas seul comme il y a dix ans…

— Qu'est-ce que ça veut dire ? demanda Neo.

— Oui, on peut nous mettre au courant ? s'indigna François.

— Lâchez-le, conseilla Big Mike. Ça ne vous regarde pas.

— Parce que tu sais ce qui se passe ? conclut Neo. On nous cache des trucs ? Si c'est ça, je vais trouver moi-même, je vous préviens, ça ne va pas faire un pli !

— Non, Neo, je vais vous expliquer.

Pix s'assit et raconta qu'après avoir compris que les gouvernements visaient l'esclavage total et l'instauration d'une dictature mondiale avec le puçage humain, il était entré en résistance. Il avait alors entraîné son épouse Viviane, dans cette folie. Il leur confia qu'ils s'aimaient plus que tout et qu'elle était tombée enceinte. À cette époque, ils campaient en forêt dans une vieille cabane qu'ils rénovaient en coupant du bois sur place. Ils vivaient en autarcie.

— Sauf qu'un jour, Viviane a eu un problème. Nous avons pris la moto et nous sommes allés à l'hôpital. Ils l'ont gardée en observation une nuit et le lendemain matin, en revenant d'aller lui chercher du thé, je me suis trouvé face à la BAR. Je n'ai rien pu faire, ils l'ont embarquée. Je les ai suivis jusqu'au camp. Je les ai observés la battre à la sortie du fourgon, l'emmener enchaînée dans leurs bâtiments. J'ai tout essayé pour y entrer et la sauver. Ma rage et mes efforts n'ont pas suffi.

Pix s'arrêta, se retenant de pleurer. Il se donna une contenance pour finir son histoire.

— Ils les ont tués. Je les ai vus jeter son corps dans un trou et le recouvrir de sable avec une tractopelle. Comme ça, comme si elle n'avait jamais existé.

Il fondit en larmes, soutenu par Lénina.

— Et il m'a trouvée, m'a recueillie et m'a offert une nouvelle vie. Vous savez tout.

— Qu'est-ce qu'on fait pour Gina ?

— On ne peut rien pour elle ! se désespéra Pix. Si on intervient, on grille sa couverture. Ils sauront qu'ils ont raison, elle sera jugée par le tribunal FISA pour acte de trahison ou de terrorisme en bande organisée et ils la tueront.

— Il faudrait l'aider à s'évader ! On ne peut pas rester sans rien faire, tout de même ! s'indigna à nouveau François. Elle est top, cette fille.

— Tu crois que je l'ignore ? Mais à part saboter leurs installations…

— C'est ça ! Trouvons où ils l'ont emmenée et flinguons leur sécurité, montrons ce qu'ils y font et diffusons ça sur le Net, s'exclama Big Mike.

— Ou mieux sur *Patriot One* ! proposa Neo.

— Ça ne l'aidera pas… conclut Pix

— Mais, si elle n'en sort pas, elle ne sera pas morte en vain. Et Viviane non plus, osa François.

— Il a raison… Tu le sais…

— Lénina… Oh ! Eh puis merde ! Vous êtes des têtes brûlées… Mais ne faites pas courir de risque à l'équipe, et Gina est des nôtres.

Ils se mirent tous au travail pour retrouver la trace de Gina. Ils craignaient qu'il ne soit trop tard pour trouver des vidéos de l'arrestation sur le Web. Les autorités audiovisuelles étaient en effet généralement promptes à tout censurer, à supprimer les accès, pour étouffer les affaires allant à l'encontre des intérêts de l'État. Ils tombèrent sur quelques commentaires, sur des menaces policières. Et de fil en aiguille, Neo s'étant branché sur les réseaux de caméras routières, ils parvinrent à retracer le trajet du fourgon de Gina. Ils le suivirent jusqu'à un embranchement sur la 395 près de Bishop. Après : plus rien. Le convoi avait dû prendre un chemin. Sur la carte virtuelle, une zone était marquée par un carré noir. Ils l'avaient trouvée. Ne restait plus qu'à s'y rendre et s'y introduire. « Plus qu'à… », c'était facile à dire.

**

Gina se réveilla étendue dans une cellule capitonnée dans laquelle il faisait très froid et où la lumière l'éblouissait. Elle était incapable de déterminer quel moment du jour ou de la nuit elle vivait à cet instant. Ses hématomes commençaient à bleuir, signe que cela faisait quelques heures qu'elle était là. Gina ne pouvait pas le savoir, mais elle devait son salut à l'intérêt que « Dieu » portait à l'autre nouvelle arrivante. Elle ignorait quand elle verrait son avocat commis d'office, mais elle s'accrochait à cet espoir. Son estomac criait famine. Si seulement elle avait su ce qui l'attendait, elle aurait mangé avant le spectacle. Gina voulut se redresser. Une douleur surprenante lui fit poser la main sur son cou. Un pansement s'y trouvait. Elle palpa et sous ses doigts roula légèrement une puce qui était placée quelques centimètres plus haut que la sienne, elle-même ayant disparu. Elle était marquée comme du bétail, sa traçabilité assurée. Comment avoir un peu plus chaud ? En se recroquevillant peut-être. Ce sol à damiers en plastique, que cachait-il ? Aussi discrètement que possible, Gina essaya de glisser ses ongles dans les interstices pour décoller un angle.

— 26662 ! Arrête ça ! cria une voix masculine très grave.

Gina sursauta et se leva dans la souffrance. Elle chercha où était dissimulé le dispositif de surveillance. Tournant comme un lion en cage, plissant les yeux pour regarder ce plafond si lumineux.

— 26662 ! Arrête ça !

Un puissant son aigu lui vrilla les oreilles, la forçant à se réfugier dans un coin et à se les boucher de ses paumes. Gina comprit qu'elle était enfermée jusque dans ses mouvements les plus basiques.

Elle patienta, prisonnière de cette cellule sans fenêtre dans laquelle seul un seau en plastique rouge venait créer du relief.

Elle tentait de mettre au point sa défense, de contrôler le moindre mot qui devait sortir de sa bouche pour éviter de s'incriminer. Il lui était difficile de se concentrer sur l'avenir ne sachant pas où elle était, ce qu'on lui reprochait exactement ou ce qu'était un tribunal FISA. Une chose était claire, ses droits avaient fondu comme neige au soleil à cause de cette accusation d'attitude terroriste. Comment une attitude ou une intention avaient-elles pu se transformer en raison suffisante pour enfermer des gens ? Comment la population mondiale s'était-elle couchée devant des lois globales aussi antidémocratiques ? Ces questions occupaient l'esprit de Gina qui refusait pour le moment de sombrer dans le désespoir ou la folie.

La porte s'ouvrit et le haut-parleur lui intima l'ordre

de sortir. Piteuse, Gina obéit à cette voix qui la guidait vers l'inconnu. Elle ne croisa personne. Le couloir était gris, presque noir par endroits. Sur les murs, Gina distingua des taches de sang séché, des griffures qui s'accentuaient à mesure qu'elle avançait. Son cœur se mit à battre plus fort. Quelles horreurs l'attendaient ? Quelles souffrances allait-elle partager avec ses compagnons d'infortune ?

Elle pénétra dans une pièce blanche comme une salle d'opération. Là, un humain dissimulé dans une combinaison étanche se dressa devant elle.

— 26662 ! Lève les bras !

C'était donc un homme. Gina ne les leva pas, craignant l'inévitable sanction. Il pointa un bâton sur elle et appuya sur un bouton. Un choc électrique s'en suivit qui la fit tomber sur le béton, ses muscles tétanisés.

— 26662 ! Relève-toi !
— Je ne suis pas un numéro !
— Très drôle, 26662 ! Il rappuya sur son *Tazer*, clouant littéralement sa proie au sol. Relève-toi.
— Je veux des vêtements, de l'eau et de la nourriture.
— Alors, tu n'as toujours pas compris, fit-il en la choquant à nouveau. Tu es là pour expier, c'est tout.
— Je ne vous dirai rien de toute façon… geignit Gina.
— Qui a dit que je te demanderai quelque chose ?

Cette annonce fut dramatique. Gina réalisa qu'elle était devenue, une chose, un jouet avec lequel ils pouvaient faire ce qu'ils souhaitaient. Elle se sentit esclave puis animal quand son bourreau fit descendre ses fers et se mit à la taper et la caresser, alternant souffrance et réconfort. Cela dura des heures. Suspendue par les poignets, elle craignait que ses bras ne s'arrachent sous son poids ou sous ses coups. Il était expert. Il parvenait à l'amener à la limite de l'évanouissement et là, il l'aspergeait au jet pour la ramener. Contrairement à la première fois, les cycles suivants, Gina avait ouvert la bouche pour boire un peu. Sans eau, elle ne tiendrait pas plus de deux jours, elle le savait.

Il la fit descendre.

— Tu es courageuse, 26662. Mais nous te materons. Ce n'est qu'une question de temps. Et nous en avons. Par contre, toi… C'est une autre histoire. Emmenez-la dans sa cellule !

Les deux gardiens l'y traînèrent et l'y jetèrent. Épuisée, elle s'endormit. Du heavy metal lui vrilla les oreilles immédiatement. Ils refusaient qu'elle se repose.

— Bande de salauds ! Vous voulez me tuer ?! Allez-y ! Mais vous aurez la mort d'une innocente sur la conscience ! hurla-t-elle avant de dire tout bas : Si vous en avez une…

Elle ne pouvait plus pleurer. Ses reins lui faisaient mal. Le goût du sang, presque métallique, avait envahi ses gencives. Comment dormir ? Comment faire cesser tout ça ?

Gina se mit en position fœtale et se balança d'avant en arrière. La musique ne s'arrêta jamais. Un nouveau cycle commença. La porte ; le haut-parleur ; le couloir ; les fers ; les punitions ; les caresses ; le sang ; les matons ; la cellule ; le heavy metal… Et puis, un autre et encore un autre. Gina n'ayant plus la force de marcher, les surveillants vinrent la chercher. Un mot, elle s'accrochait à un mot : innocente. Elle ne devait rien avouer ou ce serait la fin. C'était une certitude à laquelle elle s'était agrippée : sans ses aveux, dans « ce village commun où les hommes et les femmes sont égaux en droit devant une justice garantie impartiale par la Constitution et la séparation des pouvoirs. », elle serait libérée.

Pourtant, à force d'être battue, interrogée toujours sur les mêmes sujets, puis abandonnée aux soins maléfiques de son tortionnaire blanc, sa confiance avait fini par s'évanouir. L'idée même de souffrir était devenue plus insupportable que la douleur physique.

Ce jour-là, Gina tenta de se retenir en griffant les murs avant de passer la porte du « cosmonaute ». Elle comprit qu'elle allait lâcher prise. Accroupie, les mains sous ses genoux bleus, pour qu'il ne puisse pas les attraper, elle murmura :

— DRD.
— Qu'a-t-elle dit ?
— Elle a dit DRD ?
— Demandez-lui ce que c'est.
— 26662, qu'est-ce que c'est DRD ? Un code ?
— *Dupont Research and Development.*
— Explique-toi ! ordonna-t-il en lui donnant un coup de bâton *Tazer*.

Gina s'évanouit. Dans son quasi-coma, elle crut entendre une voix familière qui lui chuchota « Gina, ne lâche rien, tu vas t'en sortir ».

10
CES QUATRE MURS ME PROTÈGENT

Le temps était devenu une priorité au même titre que l'eau et la nourriture, plus importante que le froid des nuits dans son cachot capitonné.

Depuis combien de temps ?
Dans combien de temps ?
Combien de temps encore ?
Quand quelqu'un viendra-t-il à mon secours ?

Telles avaient été les questions de Gina qui avait fini par aimer ce seau rouge trônant sur le sol en plastique blanc de sa cellule. Elle l'observait, apprenait ses courbes, lui inventait un visage. Ces derniers jours, elle lui parlait, lui affirmant : « Je ne suis pas méchante, tu sais ? » Après sa révélation, les surveillants l'avaient emmenée dans une pièce qui ressemblait à la salle à manger d'un appartement. La voix l'avait félicitée et pour la récompenser, lui avait donné du pain et de l'eau. Elle avait été une gentille fille, s'était tenue droite et avait dit merci. Mais la voix n'avait pas été satisfaite de ses réponses et elle l'avait punie. Gina s'était promis de tout faire pour qu'elle soit contente la prochaine fois. Il fallait juste qu'elle comprenne ce qu'elle voulait entendre. La voix, c'était Dieu. Et Dieu répétait souvent « ces quatre murs te protègent, tu dois obéir sinon tu retourneras avec le méchant monstre blanc ».

La porte de sa cellule s'ouvrit. Gina sortit et longea le couloir jusqu'à la salle à manger. La psychologue du premier jour l'y attendait. Cela faisait peut-être des mois ou des années que Gina n'avait pas vu un vrai humain, doté d'une petite dose d'empathie. Elle se mit à pleurer et voulut l'enlacer.

— 26662 ! Assise !

Cette voix la stoppa dans son élan. Docilement, elle s'installa à table. Le dressage pavlovien qu'elle avait subi semblait avoir porté ses fruits.

— Je suis ici pour savoir si tu es prête à collaborer avec le gouvernement de ta patrie pour éradiquer la menace terroriste et participer au succès de l'Unification.
— Oui, bien sûr.
— C'est bien 26662. Raconte-moi tout depuis le début.
— Je peux avoir du pain et de l'eau ? S'il vous plaît ?
— Tiens, prends déjà ça.

La psychologue sortit de sa poche un quignon, comme on donne une croquette à un chien qui a fait son assis-debout-couché. Gina attendit qu'il soit sur la table et qu'elle ait retiré ses mains pour s'en saisir et le grignoter. Elle raconta comme une enfant toute l'histoire d'une vie qui ne semblait plus lui appartenir, jusqu'à la mort de sa mère et son expulsion de leur appartement. Elle décrivit la relation, asexuée, qu'elle avait avec Alan et les portes que cela lui avait ouvert. Gina expliqua :

— Gigi a créé un club de sport et tout allait bien jusqu'à ce que la police vienne m'arrêter.

— Qui sont tes amis ?

— Il y a Alan ; Fi, enfin Fiona, une danseuse ; Joe, le videur et les copines du club de sport… Elles doivent s'inquiéter de ne pas me voir. Ça fait combien de temps que je suis là ?

— Je te parle de tes amis terroristes.

— Je n'ai pas d'amis terroristes, répondit Gina sur le même ton monocorde qu'ils aimaient tant. Je peux avoir de l'eau ? S'il vous plaît ?

— Tu ne la mérites pas ! Nous savons tout !

— Je peux vous faire un câlin ? Si je fais tout bien comme il faut avec vous, vous me protégerez ?

— Il faut que tu me dises tout ce que tu sais.

— Je vous le promets, vous êtes la personne la plus gentille ici.

Gina se comportait comme une petite fille apeurée. La psychologue la trouvait passablement secouée. Plus que toutes les autres qui étaient passées entre leurs mains. Ils l'avaient trop abîmée. Elle sombrait à vue d'œil dans un délire rétrograde à tendance dissociative.

— Connais-tu des gens capables de s'attaquer à une installation gouvernementale ?

— Oui ! Il y a les terroristes et les pirates informatiques ! Ce sont des gens affreux qui veulent renverser notre république, je les déteste.

— Et toi ? Tu en connais ?

— Non ! s'exclama Gina. Ils sont méchants…

— Qu'est-ce que vous lui avez fait ?! Vous lui avez

grillé le cerveau ? cria-t-elle vers le miroir.

Gina en avait profité pour faire le tour de la table. Déjà, un surveillant s'apprêtait à la frapper de sa matraque, mais la psychologue l'en empêcha d'un doigt tendu. Gina vint s'asseoir sur ses genoux et posa sa tête sur son épaule, l'entourant de ses bras amaigris. La docteur lui caressa le dos.

— Ça va aller maintenant. Je vais m'occuper de toi.

— C'est vrai ?

— Oui. Tu sais que des méchants ont tué le monsieur de *DRD* ? Nous pensons que ces méchants veulent t'emmener ! Oui, avec eux. Tu sais pourquoi ?

— Je crois…

— Raconte-moi… fit-elle en continuant à lui passer la main sur ce dos décharné et sale, non sans un certain dégoût dissimulé. Je te donnerai à manger et de l'eau et je te mettrai avec d'autres filles, comme toi, si tu veux.

— Non ! « Mes quatre murs me protègent ». « Je dois obéir sinon je retournerai avec le méchant monstre blanc. »

— Il n'y aura plus de monstre si tu me dis tout.

— D'accord, répondit Gina en toute confiance. Les gens de *DRD* m'ont fait essayer un appareil magique. Ils ne veulent pas qu'on en parle. Sinon, ils ne donneront plus de sous. Ils donnent beaucoup de sous. Gigi en avait besoin. Mais après Dieu a dit qu'ils avaient cassé ma puce… ils sont méchants, alors ? Je l'aimais bien ma puce, moi… Et Siria, elle aussi elle est gentille, elle fait livrer des pizzas à la viande !

La psychologue demanda qu'on emmène 26662 dans sa cellule. Gina se laissa traîner par les épaules un petit rictus aux lèvres. Elle avait peut-être marqué un point et elle savait maintenant que la *Dream Team* de Pix ne l'avait pas abandonnée. Cela expliquait les coupures de courant.

Dans la salle à manger, la docteur exigea qu'on lave la prisonnière et qu'on l'habille pour récompense de ses informations. Elle s'offusqua des protocoles utilisés sur une gamine de dix-huit ans qui croyait à présent avoir cinq ou six ans par leur faute.

— Vous pourriez adapter les méthodes au profil. Vous nous l'avez fait disjoncter cette pauvre fille.

— C'est vous la psy., vous auriez dû intervenir avant.

— Vos gars sont des sadiques. On n'en tirera plus rien. J'ai peur que vous ayez fait une sacrée boulette en l'amenant ici. Vous l'auriez interrogée au commissariat, elle vous aurait dit la même chose.

— C'est votre rapport définitif ? Innocente ?

— Nous pouvons la passer au détecteur de mensonges, mais faites-lui rencontrer un de nos avocats pour terminer la procédure. 26663 doit être la cible des hackers qui nous posent problème.

— Ou alors, 26662 vous mène en bateau, professeur Gallow…

— Remettriez-vous mes compétences en doute ? Combien de fois me suis-je trompée ?

— Certes. Nous allons intensifier l'interrogatoire de 26663.

*
* *

Le mois d'avril se terminait et Jean n'avait pas réussi à tracer de la puce Gina. Malgré les suppliques répétées de sa mère qui prétendaient qu'elle n'en valait pas la peine, il ne pouvait pas se résoudre à l'abandonner ou à accepter l'idée qu'elle soit morte.

Dix jours auparavant, Jean avait fait émettre un avis de recherche par le commissariat central en tant que PDG de *DRD*. Son but était de semer le doute chez ses ravisseurs. Il avait expliqué au policier que Gina participait en secret à l'élaboration d'un système 6G révolutionnaire qui avait pu endommager sa puce et qu'elle courait un grand danger si on ne la retrouvait pas. Comme il savait ce qu'il risquait en vertu de la section 215, il avait vidé préalablement les ordinateurs de son père de toute information sensible susceptible d'intéresser le gouvernement. Depuis, il patientait entre deux séances de rééducation. Fort heureusement, il ne boitait plus et ses cicatrices disparaissaient grâce aux traitements qu'il prenait.

Ce soir-là, il revenait d'un dîner avec Kate, l'amie d'Elisabeth et de Gina. En fait, personne ne se doutait qu'elle avait été arrêtée parce qu'Alan avait dit à tout le monde qu'elle était en stage en Argentine. Jean estima que le médecin avait bien fait de ne pas ébruiter la chose. Certes, il avait deviné que c'était plus par honte que par charité cependant, ce mensonge assurait à Gina de pouvoir réapparaître tranquillement le jour venu. Aux dires de Kate, ses copines et elle attendaient d'ailleurs son retour avec impatience.

Durant le repas, Jean avait demandé à Kate de le mettre en contact avec le sénateur Baum sans lui en révéler la véritable raison. Elle avait répondu que l'homme était très occupé, que même son époux avait du mal à obtenir qu'il se montre aux rendez-vous qu'il lui fixait. Jean s'était permis d'insister dans un numéro de charme qui frisait l'indécence. Elle avait fini par céder et dire qu'elle consulterait l'agenda de son mari pour connaître la date et l'heure de la venue du politicien à l'hôpital.

La raccompagnant à son domicile, Jean fut très surpris par l'initiative de Kate. Elle venait de poser une main sur sa cuisse et l'avait remontée, petit à petit, jusqu'à sa braguette en disant : « Tiens, vous portez à gauche ! » Cette phrase énigmatique se voulait sensuelle et une invitation à aller plus loin, mais Jean n'avait pas lâché le volant. Il l'embrassa tout de même pour sauver la réputation des Français et maintenir des relations courtoises. Kate, toute guillerette, en oublia ses bonnes manières avec la sensation que ce jeune homme lui faisait la cour à l'ancienne.

Après à ce dîner en demi-teinte, Jean décida qu'il était temps de rencontrer Adevar. Il se rendit à la résidence *Black Cedar* et demanda au vigile de le laisser entrer. L'employé de sécurité lui rétorqua un non catégorique.

— Le docteur Adevar ne veut pas être dérangé.

— Je vous en prie, c'est important !

— Négatif, monsieur. J'ai bien pris en considération votre statut social, mais si vous insistez, je serai dans l'obligation de vous faire arrêter.

— C'est au sujet de Gina, c'est capital !

— Oh !? Gina ? Comment se passe son séjour au Brésil ?

— Argentine. Justement, c'est de ça que je dois lui parler.

— Désolé. Je ne peux rien pour vous.

Jean dut se résoudre à abandonner l'idée d'une visite à domicile. Mais une autre lui vint. Il roula quelques mètres, trouva une place le long de la route. Au bout de deux heures, la fatigue se fit pesante et il cala sa tête sur le volant pour se reposer quelques instants.

Jean se réveilla en sursaut. Il était six heures du matin et des voitures commençaient à sortir de la résidence. Il pria pour ne pas avoir raté ce maudit Alan. Au bout d'une demi-heure, il reconnut son visage à travers la vitre. Adevar consultait des dossiers sur sa tablette et le vidéo-transmetteur sans se préoccuper de la route, c'était une aubaine. Jean démarra et accéléra à fond, son ordinateur de bord lui conseilla d'adopter une conduite moins dangereuse, indiquant qu'il venait de perdre un pour cent de pneu en quelques mètres. Ce n'était pas écologique. Il appuya encore plus fort sur la pédale pour rattraper Adevar et le dépasser. Chose faite, il freina de toutes ses forces ! Le véhicule d'Alan s'immobilisa après avoir à peine touché le pare-chocs de Jean. Suffisamment tout de même pour entraîner la chute de sa tablette sur le plancher, ce qui l'agaça énormément.

— Qu'est-ce que vous foutez ?! cria-t-il en sortant.

— Je vous rappelle qu'on ne doit pas s'énerver sur la voie publique.

— Je m'en fous ! s'exclama-t-il. Mais, je vous connais !

— Jean Dupont.

— Si c'est pour me parler de vos opérations, il y a un service juridique pour ça !

— Non. Je dois vous parler de Gina.

— Vous avez des nouvelles ? demanda Alan avec espoir.

— C'est de ça que je voulais que nous discutions hier soir, mais on ne m'a pas laissé entrer. Vous avez un moment ?

— Pour elle, oui. Mais on ne peut pas le faire ici. Alan montra son oreille et sa puce.

Jean se rendit compte qu'il en savait plus qu'il ne le croyait et proposa qu'Alan le suive jusqu'à chez lui. Alan fit annuler ses rendez-vous de la matinée pendant le trajet, donnant ses instructions pour les patients à risques.

Alan monta les marches du manoir et Jean l'emmena au sous-sol.

— Ici, nous sommes tranquilles. L'isolation est en aluminium. C'est une ancienne chambre froide.

— Qui êtes-vous réellement, bon sang ?

— Je vous l'ai dit : Jean Dupont, de *Dupont Research and Development*.

— Comment connaissez-vous Gina ?

— Nous nous sommes rencontrés au bar de la soirée du 31 décembre…

— Il y a moins de cinq mois ?

— Oui. Je voulais vous parler de son arrestation.

— Vous êtes au courant, vous aussi ? J'étais là, c'était affreux ! Les policiers sont arrivés et ont commencé à menotter des gens… Ils s'en sont pris à Gina qui m'a dit de fuir. Je suis passé par une sortie de secours, elle m'a sauvée.

— Et vous ? Vous avez essayé de l'aider ?!

— Je ne vous permets pas de me juger ! s'offusqua-t-il. Oui ! Bien sûr. J'ai demandé autour de moi, à mes amis, qu'on me rende service…

— Et ?

— Et… Il s'avère que j'en ai moins que ce que je croyais… Chaque fois que je parle de la Brigade Anti Réfractaires, il n'y a plus personne. Évoquez le mot réfractaire, et tout le monde se planque. Moi qui ne savais même pas que ça existait ! Bref… elle disait toujours ça… Bref… Je n'ai rien pu faire pour elle.

— Vous avez une idée de l'endroit où ils l'ont emmenée ?

— Je les ai perdus en direction du sud sur la 580. Et vous ?

— Elle avait des problèmes. Sa puce ne fonctionnait pas et elle le savait. Cela ne l'inquiétait même pas.

— C'est normal. Avec ce qui était arrivé à sa mère à cause de la *Mainmark* « confort santé », elle devait avoir peur…

— C'est-à-dire ?

— Elle ne vous l'a pas dit ? fit-il fier d'être dans la confidence. Stacey est morte.

— Je sais.

— Mais ce que vous ignorez c'est que la cause du décès, c'est sa puce qui a explosé !

— Vous avez fait un rapport ?

— Vous êtes fou ?! Nous, les médecins, nous restons en dehors de ces histoires. J'ai encore un crédit étudiant sur le dos…

— Ah oui ! Alors c'est sûr ! Vu comme ça…

— Ne me jugez pas ! Moi, j'ai prévenu Gina et je me suis occupé d'elle ! Si elle m'avait écouté et si elle avait arrêté la danse, elle serait toujours avec moi aujourd'hui !

— C'est curieux, il me semblait qu'elle vous avait largué.

— On allait reprendre une relation… Ce soir-là, j'étais là pour ça. Je regrette d'avoir eu ce mouvement de recul ridicule, si vous saviez… Faites-vous une raison : on ne la reverra jamais. C'est fichu…

— Je ne peux pas l'abandonner. Vous avez noté quelque chose de bizarre, avant ou après ?

— Gina disparaissait souvent. Elle était obsédée par l'histoire avec sa mère. J'avais beau lui répéter que c'était un accident, un défaut de fabrication, elle disait que non. Elle a harcelé l'hôpital et *Mainmark* et un jour, elle a tout stoppé net, sans qu'elle explique pourquoi… Comme si elle avait trouvé autre chose. Oh ! J'y pense, il y a eu un appel le lendemain de son arrestation… Un gars qui ne s'est pas présenté et qui la demandait. Il était au club, je ne savais même pas où il se situait, c'est pour dire.

— Merci, merci beaucoup.

— Sérieusement ? Ça va vous aider ?

— Plus que vous le croyez…

Jean raccompagna Alan sans s'étendre. Le *earphone* sonna dans sa tête. Alan prit congé en répondant. L'hôpital le sollicitait pour qu'il se rende au plus vite en salle d'opération.

Jean avait acquis la conviction que son père avait été assassiné par les mêmes personnes qui couvraient les raisons de la mort de la mère de Gina. La concomitance ne pouvait pas être le fruit du hasard. Restait à le prouver. Et pour cela, il fallait retrouver ce type du club qui était assez intime ou malin pour connaître le numéro du chirurgien.

Il se rendit dans un magasin d'art et acheta une toile un pinceau et de la peinture noire. D'un agacement de la main, il avait éludé les questions du vendeur qui désirait plus de renseignements sur ses besoins : « juste du noir, ce n'est pas compliqué ». Au téléphone, il avait demandé à sa mère l'adresse du club de Gina. Il insista, bravant les reproches de Stéphanie qui était au spa pour la journée.

Garé sur le parking en face de la salle, Jean commença à peindre dans le coffre de sa voiture. En quelques secondes, il leva son œuvre. Était écrit : « À la recherche de Gigi, aidez-moi. » Il porta sa pancarte improvisée à bout de bras pendant dix minutes, faisant des allers-retours entre le bâtiment fermé pour cause de stage et son véhicule, la tournant à 360° pour être certain qu'elle soit vue. Il espérait bien sûr que la BAR ne l'arrête pas. Puis il rejoignit sa voiture et attendit de longues heures, jusqu'au soir. Mort de faim, il décida d'aller s'acheter un burger végétarien dans un restaurant au bout de la rue. À son retour, en montant dans sa berline, il eut une peur bleue : un homme en sweat à capuche était assis sur la banquette arrière.

— Qui êtes-vous ? Comment avez-vous fait pour entrer sans déclencher l'alarme ? Je n'ai pas d'argent dans mon assistant !

— Vous nous avez demandé de l'aide, et vous nous insultez à présent ? J'aurais dû m'en douter, monsieur Dupont…

— Vous savez qui je suis ?

— Vous posez toujours autant de questions ?

— Je cherche Gina.

— Pourquoi ?

— Nous pouvons parler sans risque ?

Pix qui avait éteint le plafonnier montra un boîtier de brouillage qu'il lui agita deux secondes sous le nez. Cela sembla satisfaire Dupont.

— Elle a été arrêtée pour un crime qu'elle n'a pas commis. Je remue ciel et terre pour la sortir de là.

— Vous connaissez le motif de son arrestation ?

— Attitude potentiellement terroriste. À ce qu'il paraît. C'est Joe, le vigile, qui me l'a dit.

— Et vous savez où elle est ? s'étonna Pix caché dans la pénombre.

— Non, sinon je me serais rendu sur place pour la faire libérer. Et vous ?

— Pourquoi je vous ferais confiance ? Vous n'êtes qu'un gosse de riche.

— Mon père a été assassiné et c'est en lien avec la mort de la mère de Gina… Et… Je l'aime.

— Ouais, admettons… Vous êtes prêt à aller jusqu'où ?

— Je n'en sais rien, de quoi parle-t-on ?

— D'un complot mondial, d'un génocide, d'un camp de rétention et de rééducation à Bishop…

Jean se retourna et lança une mouche pour voir s'il pouvait faire mordre à l'hameçon son mystérieux invité :

— J'ai sur moi un dispositif capable de sauver des vies, mais que le gouvernement, à cause d'obscurs lobbies, refuse d'homologuer.

— Votre bracelet. Nous le savons.

— Ce que vous ignorez en revanche, c'est qu'on m'a agressé dans le but de me faire peur pour que je vende l'entreprise de mon père et que je quitte le pays. C'était la deuxième fois qu'on m'y incitait.

Pix demanda de qui venait la première intimidation, mais Jean ne l'entendait pas de cette oreille. Il avait les cartes en main à présent. Il pouvait exiger une contrepartie. Il réclama donc de savoir qui était « nous » et Pix lui révéla qu'ils étaient des *hackers* réfractaires, des anonymes, qui s'étaient donné pour mission de lutter contre la dictature mondiale.

Rien que ça aurait pu l'envoyer en fosse commune sans passer par un jugement.

Jean admit que c'était plausible. Il voulut connaître le lien avec Gina. Pix hésita puis lui expliqua qu'elle cherchait des réponses et qu'elle nourrissait l'espoir de venger sa mère. Il certifia que leur puce trafiquée n'aurait jamais dû attirer l'attention de la BAR et qu'elle avait été dénoncée. Pix ajouta que son équipe et lui étaient persuadés jusqu'à ce jour qu'il était l'auteur du supposé coup de fil anonyme. Jean s'en offusqua et protesta, demandant si les choses étaient entendues à présent, ce sans ambiguïté. Rassuré, il s'enquit des suites qu'ils comptaient donner, à présent que tout était clair.

— Nous avons essayé de pirater leurs installations. Sans succès. Nous n'avons réussi qu'à couper le courant quelques minutes, pas assez pour entrer, scanner le sol ou libérer Gina.

— Scanner le sol ?!

— Ils enterrent les prisonniers dans des fosses, expliqua Pix après une hésitation. Comme s'ils n'avaient jamais existé.

— Vous êtes sérieux ?!

— Je l'ai vu de mes yeux, il y a dix ans, répondit-il en baissant la tête.

— Un proche ? s'avança Jean.

— Ma femme. Elle était enceinte.

— Non… Combien de temps a-t-on ? Je dois rencontrer le sénateur Baum dans les jours qui viennent…

— Baum ?

— Oui, j'ai cru comprendre que seul un sénateur pouvait faire sortir un prisonnier de la BAR… J'ignorais tout de ces camps.

— Si on y arrive, dans quel état nous la rendront-ils ? Oui, ils torturent les détenus pour les obliger à avouer n'importe quoi…

— Elle est forte, elle s'en tirera.

— Pourvu que vous disiez vrai. Cela fait quand même trente-huit jours qu'ils la détiennent. Et donc, de qui venait la première menace ?

— Auriez-vous un moyen de récupérer le contenu d'une boîte noire d'un modèle T qui est à la fourrière ?

— Ça peut toujours se faire… Pourquoi ?

— Si je sais où mon père s'est rendu le jour de sa mort, je trouve avec qui il était ; si je trouve avec qui il était, je valide mon intuition… Et là, si nos affaires sont liées, c'est plus gros que de simples bugs de puces.

Pix confirma que ce serait fait, il confia un vieux téléphone 3G à Jean en lui disant de ne pas l'utiliser, qu'il l'appellerait le moment venu. Il allait sortir quand un bruit suspect le fit se mettre en boule sur le plancher de la voiture. Dans le ciel, un drone survolait la rue. Jean chuchota qu'ils avaient des capteurs de chaleur. Pix marmonna qu'il avait un *sweat* isolé en coupant le brouilleur. L'engin s'éloigna comme il était arrivé.

En se relevant, Pix demanda s'il était surveillé. Jean sourit. C'était une question idiote. Tout le monde était sous surveillance. La 6G avait été vendue comme étant plus respectueuse de l'environnement pourtant, ce n'était qu'un leurre. Comme elle englobait tous les réseaux, la RFID, la domotique ainsi que l'intégralité des objets connectés disponibles sur le marché depuis trente ans, elle était l'œil qui voit tout et l'oreille qui entend tout. Il n'usa même pas sa salive.

— Gina avait-elle votre numéro dans son téléphone ?

— Non, elle ignorait jusqu'à mon nom.

— Vous en êtes certain ?

Là non plus, Jean ne répondit pas, ayant tout fait pour que cela soit ainsi. Ils se donnèrent rendez-vous au vieux port sur le quai six à midi, quatre jours plus tard. Le temps de laisser passer le week-end. Car dans l'administration, on se conformait encore au repos dominical même s'il appartenait à un dogme désuet. C'était un des paradoxes de cet État devenu officiellement maitreyanien, la religion mondiale unifiée, mais qui respectait toujours les us et coutumes de rares arriérés, ce à cause de la sacro-sainte liberté de culte et d'une laïcité somme toute décousue.

*
* *

Gina avait eu droit à une douche, de la nourriture et des vêtements. C'était bon signe. Elle devait continuer à tenir son rôle de gamine apeurée et débile. Elle passait des heures à regarder son seau en plastique et à s'amuser avec comme on joue à la poupée. La psychologue avait honoré sa parole, elle restait seule et c'était mieux ainsi. Il y avait en effet moins de risques de violences et de se trahir. On éteignait sa lumière, certainement au coucher du soleil, pour qu'elle dorme. Cela faisait quatre nuits, donc quatre jours sans coups. Le bonheur du prisonnier, en quelque sorte.

Le cinquième après-midi, si on en croyait le repas qui lui avait été servi, un gardien, comme toujours cagoulé, vint la chercher. Il l'attrapa par le bras et la maintint contre lui. Il chuchota, de manière à peine perceptible. « Ne pense pas aux questions, pense au lever de soleil. » Gina ne réagit absolument pas. Jonas se demanda s'il n'aurait pas dû se taire. Il sentit la sueur mouiller le tissu couvrant son front. Il la laissa entrer dans la salle d'interrogatoire, la regardant devenir toute timide, se recroquevillant sur elle-même comme une enfant inquiète. Jonas referma derrière elle à double tour. Il ne put s'empêcher de se rappeler l'époque où il faisait plus de sept-cents miles pour aller la voir danser. Il sourit alors machinalement en se remémorant la fois où elle l'avait plaqué au sol avant de lui demander d'embrasser ses fesses. Ce temps-là semblait révolu, malheureusement. « Pauvre fille » pensa-t-il en s'éloignant.

Gina n'avait pas aperçu Victor Icious en entrant. Quand il s'était retourné, son cœur avait cessé de battre. Écoutant son instinct enfantin qui lui disait de fuir, elle se tourna vivement et courut trois pas en direction de la sortie. Elle se cogna le front sur la porte en acier comme une gosse maladroite et tomba sur les fesses. Le menton et la lèvre inférieure vibrants, elle baissa la tête, prête à pleurer. La psychologue vint alors lui porter secours comme une mère aimante.

— Il ne faut pas avoir peur, 26662, il ne te fera rien.

— Il est méchant.

— Non, il ne l'est pas vraiment, juste avec les gens qui font du mal, les terroristes et les *hackers*.

— Ça suffit, installez-la et équipez-la, qu'on en finisse !

— Vous voulez que ça prouve quelque chose ou pas ?! Ne fais pas attention à lui, je vais te poser des fils sur les bras et la tête. Après, tu répondras à mes questions en disant la vérité. D'accord ?

— J'aurai un bonbon, si je réponds bien ?

— Oui !

— D'accord ! Gina se leva d'un bon et s'assit avec entrain sur la chaise. Tu es gentille, je t'aime bien.

— Quand je vous disais qu'elle avait souffert, c'est classique d'un syndrome post-traumatique sévère, expliqua-t-elle en la harnachant.

— Première question : comment t'appelles-tu ?

Gina enfonça la tête dans les épaules et répondit son matricule. Le polygraphe s'emballa. La psychologue lui demanda la vérité.

— Je ne peux pas…

— Pourquoi ?

— Le monsieur va me taper… fit-elle en le montrant du doigt.

— Non, je te le jure.

— Gina Harris.

Le détecteur de mensonges se calma. Les tests de calibrage s'enchaînèrent jusqu'aux questions sensibles. Gina pensa au lever de soleil, essayant de ne pas accorder d'importance aux mots, juste de déterminer le sens de la réponse à donner pour s'en sortir.

— Es-tu une terroriste ?

— Non.

— Connais-tu des terroristes ?

— Non !

— C'est bien, il n'y en a plus pour longtemps.

— As-tu eu l'intention de commettre un acte

terroriste ?

— Non, c'est méchant ! Les garçons sont méchants, s'énerva-t-elle.

— Réponds uniquement par oui ou par non, ma chérie.

— Tu aimes ton pays ?

— Oui.

— Tu veux faire du mal à des gens ?

— Oui.

— À qui ?! intervint Icious qui croyait tenir quelque chose.

La psychologue lui posa la main sur le bras pour la calmer. Elle l'observait beaucoup pour déceler la moindre faille dans son comportement qui pourrait lui faire penser que 26662 simulait son état. Gina fit un mouvement désordonné vers elle pour l'enlacer à nouveau.

— Tu ne peux pas, il y a des fils. Réponds au directeur.

— Aux méchants !

— Concentre-toi sur moi, n'aie pas peur du monsieur. Les méchants sont-ils les membres du gouvernement ?

— Non. Gina s'approcha de l'oreille de son interrogatrice : J'ai envie de faire pipi…

— Es-tu en relation avec des réfractaires ?

— C'est quoi ?

— Des méchants.

— Non.

— Merci, nous avons fini.

— J'ai gagné le bonbon ?

— Oui, ma chérie. Tiens.

Gina patienta jusqu'à ce qu'on lui enlève ses mouchards pour enlacer la psychologue et lui faire un bisou sur la joue. En attendant son maton, elle ouvrit l'emballage en se dandinant et glissa la sucrerie dans sa bouche avec un plaisir non feint.

Sans se méfier d'elle, la fonctionnaire commença son rapport.

— Elle a 99 % de bonnes réponses, 100 % sur les sujets qui nous intéressent.

— Elle a l'air d'une gamine de cinq ans, a-t-elle compris les questions ? Peut-elle mentir ? Et le 1 % ?

— Son petit raté se situe quand vous lui avez fait peur. Ce n'est pas significatif. Ce qu'elle a vécu est au fond d'elle, elle ne peut pas feindre ses réponses sans se trahir. Elle a menti pour vous faire plaisir, ça s'est traduit immédiatement. Elle peut…

La porte s'ouvrit et on l'emmena. Gina n'eut le temps d'entendre que « voir son ». Elle en conclut qu'il s'agissait de son avocat. Cela allait compliquer les choses. Comment allait-elle agir ? Se défendre ou faire la bêtasse ? Cette question ne la quitta plus.

Le lendemain, la psychologue la reçut dans son bureau. Gina craignait par-dessus tout de commettre une erreur fatale.

Elle lui présenta une série de taches d'encre qu'elle devait commenter. Gina le fit à grand renfort d'animaux et de fées en ne tenant pas en place.

La fonctionnaire ne s'attarda pas outre mesure sur le test de Rorschach et lui passa une tablette sur laquelle il apparaissait des labyrinthes. Gina commençait à paniquer, devait-elle être brillante ou nulle ? Elle décida d'être hésitante, ratant parfois, réussissant d'autres jeux. Faisant semblant d'être lasse, elle s'assit sur les genoux de cette femme rigide pour lui faire un câlin. Au bout de quelques minutes, la psychologue se mit à lui caresser l'entrejambe. Gina se leva instantanément, ce qui lui laissa le temps de réfléchir à l'attitude à adopter.

— Papa a dit qu'il n'y avait que lui qui pouvait faire ça ! cria-t-elle avec fougue tout en ayant honte de ce qu'elle venait d'insinuer sur son père.

Un gardien arriva immédiatement au secours de la docteur qui lui fit signe de partir.

— Pardon, ma chérie. Je voulais juste voir ta réaction. Je ne le ferai plus.
— Promis ?
— Promis.
— Alors d'accord.

Curieusement, ces câlins lui faisaient du bien. Ils constituaient l'unique source de chaleur humaine depuis des semaines, des mois peut-être. Gina chercha discrètement une date sans en trouver.

— Demain, tu rencontreras ton avocat pour te défendre.
— Qui va s'occuper de moi.
— Ne t'inquiète pas pour ça, ma chérie.

Elle raccompagna Gina à la porte et la fit ramener en cellule. Seule dans son bureau, elle poussa un soupir en pensant à ce gâchis. Une vie brisée, de l'argent public dilapidé… Le directeur allait-il la faire exécuter malgré son rapport ? Il était bien du style à le faire.

dilapidé… Le directeur allait-il la faire exécuter malgré son rapport ? Il était bien du style à le faire.

<h1 style="text-align:center">11</h1>

27 AVRIL, HÔTEL FOUR SEASONS DE SAN FRANCISCO

Lénina patientait depuis plus d'une heure dans le grand salon que le sénateur Baum daigne se présenter au rendez-vous qui avait été convenu avec son cabinet. Vêtue d'un uniforme de lycéenne – jupe plissée trop courte, chemisette et socquettes blanches, chaussures vernies – elle se sentait ridicule. Pix avait parfait son œuvre avec deux couettes, elle lui en voulait beaucoup pour ça. Les serveurs avaient fini par la laisser tranquille quand elle avait dit à l'un d'entre eux qu'elle était une pauvre orpheline qui attendait Baum pour un entretien. Leur regard avait changé, elle y avait lu du mépris chez certains, de la pitié chez d'autres.

— Monsieur le sénateur, c'est Joy, la lycéenne qui prépare un exposé sur l'Unification.

— Bonjour, petite.

— Bonjour, monsieur le sénateur, je suis ravie de vous rencontrer, minauda-t-elle après s'être levée.

— Seigneur que tu es jeune ! Quel âge as-tu, mon enfant ?

Baum lui tenait encore la main. Il était gros, tellement

qu'il portait des bajoues et que son cou rejoignait son menton. Dégarni, les cheveux blancs en couronne, son regard insistant frappé d'un début de cataracte déplut à Lénina qui tenta de récupérer ses doigts.

— Quatorze ans, monsieur le sénateur. Et vous ?
— Haha ! Elle a de l'humour ! s'exclama-t-il en se retournant vers son assistant.

Mustapha, trentenaire effacé, remit à son patron la valisette promotionnelle contenant les cadeaux habituels siglés « Une planète, un peuple, pour le bonheur universel ». À lui seul, ce slogan dévoilait la volonté du Gouvernement Central de créer un consentement automatique à son dogme grâce à une sémantique calibrée.

— Tiens, c'est pour toi, je sais que tu n'as pas eu la vie facile et que tu te bats pour réussir. J'admire cela…
— Joy, compléta Mustapha.
— Ah oui, c'est vrai. Mustapha, fais une photo de nous, s'il te plaît. Regarde, petite, il y a même une tablette dernière génération !

Lénina se plia au protocole en se disant qu'elle effacerait cette publicité à la gloire de Baum, le bienfaiteur des réseaux, aussitôt rentrée au QG.

— Tu as cadré avec la tablette ? Bien. Tu sais ce que tu as à faire, explique bien la démarche. Laisse-nous.
— Oui monsieur.

Ils s'installèrent sur des canapés qui se faisaient face, séparés par une table-basse en verre.

Baum débuta un monologue sur l'état du monde avant l'Unification. Lénina avait commencé à prendre des notes sur sa vieille tablette, mais le sénateur avait insisté pour qu'elle utilise la nouvelle. À fond dans son rôle de Joy, elle obtempéra docilement. Il lui fallait absolument parvenir à la programmer afin qu'elle puisse enregistrer la suite de l'entrevue. Cela ne manquerait pas d'être intéressant, si on en croyait les regards incessants que lançait Baum à ses cuisses dénudées. Quel porc, pensa-t-elle.

— Mais comment expliquez-vous que nous ayons toujours des gouvernements locaux forts, basés sur les anciens États, Super-régions Européennes ou cantons ?

— Le processus est long. Il n'a été officiellement initialisé qu'en 2020 par le Pape François, juste après la pandémie de C-19 et le début du *Big Reset* (la grande crise financière). Il a nécessité des adaptations religieuses qui ont, comme tu le sais, généré des guerres, avant une refonte de tous les textes en un. Ensuite, après une éducation encore plus poussée, nous avons obtenu l'unité. Dans les mois à venir, cela devrait se décanter.

— Sauf pour la Suisse.

— Cela viendra… Je disais donc… Ah oui ! Le traité d'unification a été rédigé de manière qu'il soit impossible d'en sortir. Il a été ratifié à l'unanimité… Oui, sauf la Suisse. Nous avons tout misé sur l'éducation et la communication pour lutter contre ces archaïsmes que sont les us, coutumes et dialectes. Les langues régionales sont abandonnées au profit de l'anglais, mais c'est dur pour certains de comprendre que leur culture ancestrale – source de conflits, de millions de morts, de communautarismes – est un frein au bonheur universel. Si nous sommes encore loin du slogan « Une planète, un peuple », c'est à cause des rigidités des bureaucraties locales, de l'atteinte ressentie au prestige occasionné par une gouvernance telle que tu la rêves et qui est tout ce dont nous avons tous besoin.

— Quand vous dites « nous », vous pensez à qui ? Parce que la notion reste vague. De qui parle-t-on ?

— Vague ? Non, c'est très clair…

Baum se perdit en digressions, ne voulant pas exposer les vrais responsables, ses pairs et ses amis pour certains du moins. Et, par on ne sait quel miracle, il rebondit étonnamment en faisant de cette question un prétexte à l'accompagner dans sa suite.

Dans l'ascenseur, le sénateur se permit de faire remarquer à Lénina qu'elle était vraiment très mignonne et particulièrement mûre pour son âge. Devant sa réaction gênée de midinette, il se sentit pousser des ailes. Ses couettes, s'agitant ainsi sous son nez, l'excitaient. Lénina tenait sa tablette contre sa poitrine d'une main, son cartable et la mallette sénatoriale de l'autre. Il lui proposa de la soulager en les lui prenant. Baum fouilla alors sans prévenir le sac de cours et en sortit la vieille tablette. Lénina eut un instant de panique, une sueur froide lui parcourut tout le dos. Les portes s'ouvrirent et Baum la jeta dans la poubelle du chariot laissé là par une femme de ménage. Elle protesta, mais lui fit remarquer qu'elle en possédait une bien mieux à présent.

Ils entrèrent dans la suite et il ferma le verrou, l'air de rien. Tout était magnifique, plus beau que tout ce que Lénina avait pu imaginer. Cet émerveillement dans le regard, Baum le repéra tout de suite et s'en délecta. Il l'entraîna jusqu'à sa chambre et posa ses affaires sur une commode.

— Installe-toi sur le lit.

Il fit semblant de chercher quelque chose dans ses documents. Lénina plaça la tablette sur l'oreiller, aucun voyant n'était allumé, l'écran était éteint, le spectacle pouvait commencer.

Baum se retourna, tenant une plaquette en papier glacé, l'œil lubrique et la démarche d'un fauve qui voulait ignorer sa décrépitude et sa bedaine.

Il fit mine de la lui donner et profita de ce que la lycéenne tendait la main pour lui attraper le poignet. D'un coup, tout alla très vite, il lui saisit l'autre bras et la coucha en lui disant :

— Sois gentille avec ton sénateur ma jolie petite collégienne ! Quatorze ans, c'est le bel âge pour découvrir les hommes ! Sois sage… Tu verras, je serai doux… fit-il en déboutonnant son chemisier.

Lénina se débattait, criait et suppliait, mais déjà, il dégrafait son pantalon et baissait son caleçon. Il allait s'en prendre à sa petite culotte quand elle profita de son inattention. Lui était tellement focalisé sur son objectif, qu'il se leva pour parvenir à ses fins. À cet instant, il reçut un coup dans les parties qui le fit tomber à genoux. Lénina attrapa la tablette, son cartable et la carte magnétique et s'enfuit sous les insultes du sénateur qui se tenait l'entre-jambes, une larme à l'œil. Sa liquette déchirée, elle courut dans le couloir jusqu'à l'ascenseur, récupérant au passage son bien dans la poubelle. Elle priait pour qu'il arrive vite. Déjà, Baum sortait de sa suite en remettant sa chemise dans son pantalon et en beuglant qu'elle n'était qu'une petite ingrate, une allumeuse. Lénina s'enfuit alors par les escaliers et, volontairement, elle n'essaya même pas de se cacher ou de se rhabiller quand elle croisa l'assistant du sénateur incrédule et le portier qui la vit en pleurs se jeter sur la poignée. Elle courut aussi vite qu'elle le pouvait jusqu'à l'angle du bâtiment et bifurqua. Là, elle fouilla dans son cartable et en sortit un gilet qu'elle enfila immédiatement. Elle chercha le téléphone qu'elle avait dissimulé derrière une poubelle et en vérifiant l'enregistrement, elle appela Pix.

— Papou, j'ai tout, c'est bon. Je rentre.

— Dis-moi qu'il n'a pas eu le temps de te toucher, je t'en prie !

— Je t'avais promis que ça se passerait bien…

— J'ignore ce que j'aurais été capable de lui faire sinon !

Lénina avait bataillé afin que son père d'adoption accepte qu'elle se mette ainsi en danger pour aider sa seule amie. Pourtant, Pix savait que le créneau était ridicule et qu'ils n'avaient pas le choix pour libérer Gina, mais il avait fallu que tous se liguent contre lui pour qu'il abdique enfin.

*
**

Le lendemain, Jean était arrivé à l'hôpital avec un dossier complet sur l'arrestation de Gina après avoir poireauté deux heures pour rien sur le quai six du vieux port. Le hacker n'était même pas venu au rendez-vous et n'avait pas donné de signes de vie. Jean en avait conclu qu'il devrait sûrement faire une croix sur les informations de la boîte noire.

Il était déjà plus de seize heures. Sur les nerfs, il sentait que l'avenir de Gina dépendait entièrement de sa capacité à convaincre ce briscard de la politique converti sur le tôt au mondialisme unificateur. Cela faisait des heures qu'il patientait dans la salle d'attente du mari de Kate. Baum arriva enfin, accompagné de son assistant qui fit héroïquement barrage de son corps quand Jean l'interpella.

— Sénateur Baum, je suis Jean Dupont, PDG[22] de *Dupont Research and Development*, il faut que je vous parle, je suis un ami de Kate, la femme de…

— Georges ! J'avais compris… J'ai rendez-vous avec lui et je suis déjà très en retard.

— Il a pris un patient il y a quelques minutes et moi-même, je n'en ai pas pour très longtemps, mais c'est une question de vie ou de mort.

— Voyez-vous ça ! Puisque nous avons quelques minutes, expliquez-moi, fit-il faussement courtois.

— Il vaudrait mieux que nous soyons seuls.

— Mustapha, veux-tu fermer la porte en sortant et veiller à ce que monsieur Dupont et moi ne soyons pas dérangés ?

— Tenez, regardez, fit Jean en allumant sa tablette. Elle, c'est Gina Harris.

— Ravissante.

— C'est vrai, c'est d'autant plus fâcheux pour elle. Elle est orpheline et se battait pour survivre en faisant de la danse dans un bar…

— Venez-en au fait.

— Nous avons fait des tests sur elle dans le cadre de

---

[22] PDG : Président Directeur Général

nos recherches et nous avons visiblement endommagé sa puce. Or quelqu'un a dû s'en rendre compte et a prévenu une brigade spéciale nommée BAR. Vous connaissez ?

— Bien sûr, je suis sénateur du gouvernement régional des États-Unis ! s'enorgueillit Baum.

— Voici une vidéo de son arrestation issue des caméras de surveillance du bar en question. Ils l'ont emmenée le 15 mars dernier. Depuis, nous n'avons plus de nouvelles d'elle.

— Et que voulez-vous que j'y fasse ? Ces gens-là ne sont pas des tendres, ils ont toute autorité ainsi que l'accréditation pour torturer et exécuter la sentence énoncée par le tribunal FISA.

— Je sais que vous avez le pouvoir d'intercéder. Je vous donne cette tablette pour preuve. Je prends un gros risque en vous livrant certains de ces documents, et vous le savez.

— Pourquoi faites-vous cela alors ? Elle a un joli petit cul, mais de là à encourir une enquête 215…

— Je ne peux pas laisser une innocente payer pour une erreur de laboratoire.

— Votre père était moins sentimental, jeune homme.

— Vous le connaissiez ?

— De réputation. On le disait prêt à tout pour réussir. J'aimais cela. Pour ce qui est de cette stripteaseuse, ce n'est pas gagné.

— Si vous ne m'aidez pas, je diffuserai ces images, ces preuves et j'irai jusqu'à Bishop avec des journalistes pour la tirer de là ! menaça Jean sur un coup de poker.

Baum fit semblant de considérer l'affaire et de prendre au sérieux cette bravade.

— Je vais voir ce que je peux faire. Veuillez me laisser

à présent.

— Merci, monsieur le sénateur, se radoucit-il. C'est très important ! Elle est innocente ! Gina Harris, retenez son nom.

Jean sortit de cet entretien avec la quasi-certitude que ce politicien ne ferait rien pour plaider sa cause. Les médias n'en parleraient pas et Baum le savait. Il referma la porte de la salle d'attente derrière lui et salua Mustapha en lui remettant sa carte.

Une fois seul, Baum secoua la tête en tapant sur sa veste pour y trouver son assistant personnel, il sentit une vibration avant d'en entendre sa sonnerie patriotique. Le sortant de sa poche intérieure gauche, il décrocha :

— Sénateur Baum, nous savons ce que vous avez tenté de faire à la petite Joy, dit une voix déformée par ordinateur.

— Qui êtes-vous ? Comment avez-vous eu ce numéro ? C'est une ligne privée ! J'ignore totalement de quoi vous parlez !

— Attendez, nous allons vous rafraîchir la mémoire. Ne lâchez pas votre téléphone et regardez ce qu'on vous envoie.

Son interlocuteur raccrocha et il reçut dans la seconde une vidéo de trois minutes trente-trois. Baum la visionna. On le voyait clairement essayer de violer une lycéenne apeurée et qui se débattait. Le pénis à l'air et ventripotent, il était tombé dans un piège. Décidément, ce séjour à San Francisco était un fiasco total, il ne manquait plus que Georges lui annonce qu'il avait une maladie incurable… Son téléphone sonna.

— Que voulez-vous ?

— Gina Harris est détenue au camp de rétention et de rééducation de Bishop. Contactez le directeur et faites la sortir.

— Vous en avez de bonnes ! Comme si c'était si simple.

— C'est plus simple que de diffuser cette vidéo. Pourtant, croyez bien que nous y arriverons si vous ne coopérez pas.

— Vous êtes avec Dupont ?!

— Non, mais nous le surveillons, tout comme nous vous surveillons. Il vient de vous quitter, sans trop d'espoir de récupérer son investissement, n'est-ce pas ?

Instinctivement, Baum regarda partout pour trouver une caméra avant de réagir qu'elle pouvait être plus petite qu'une tête d'épingle.

— Alors ? Nous avons un accord ?

— Pourquoi elle ?

— Nous sommes des anonymes, nous protégeons les anonymes, c'est tout ce que vous devez savoir. Nous avons un accord ?

— Je vais faire tout mon possible.

— Non ! Réussissez.

— D'abord, comment puis-je être certain que vous ne diffuserez pas la vidéo quand même ?!

— Vous ne pouvez pas, mais nous n'avons qu'une parole, fit la voix déformée avant de raccrocher.

Baum était livide. Il voyait déjà son nom faire les gros titres et sa carrière s'achever pour une question de mauvaise préparation. Il s'en voulait d'avoir été si peu vigilant cette fois-là. Si cela se savait, ses pertes financières seraient énormes. Il enjoint à son assistant de lui trouver un coin tranquille où il pourrait téléphoner sans être écouté. Mustapha courut dans tout l'étage en demandant d'urgence un lieu sécurisé pour son patron. On lui indiqua enfin une salle de conférence au cinquième. Baum s'y installa dans le plus beau des fauteuils et lui ordonna d'appeler son cabinet sur le mobile satellite crypté. Chose faite, il lui confia son smartphone ainsi que sa montre et agita la main pour que Mustapha s'en aille. Sans un bonjour, il beugla à la secrétaire :

— Trouvez-moi le numéro sécurisé du camp de rétention et de rééducation de Bishop !

— Je l'ai, je vous mets en relation ? dit-elle d'une voix douce après quelques secondes de silence.

— Oui.

— Voilà, sénateur. Bonne fin de journée à vous.

Le téléphone sonna cinq fois avant que quelqu'un décroche. Baum se présenta et ordonna qu'on lui passe le directeur sur-le-champ.

— Monsieur le Sénateur Baum, que puis-je faire pour vous ?

— Victor ! Il paraît que vous détenez une jeune femme du nom de Gina Harris.

— Nous ne pouvons ni confirmer ni infirmer ce genre d'informations classées secret Défense, Monsieur.

— Arrêtez vos conneries ! Ce n'est pas un test ! J'ai sous les yeux les preuves que vos gars l'ont coffrée et foutue dans un de leurs fourgons. Ce n'est qu'une stripteaseuse, bordel ! Qu'est-ce que vous foutez, j'ai la presse sur le dos et un dossier établissant qu'elle serait innocente… Franchement : « attitude potentiellement terroriste » ! Si ça s'ébruite… Vous me la libérez, vous la ramenez à San Francisco et vous vous arrangez pour qu'elle ne soit plus un problème…

— Que dois-je comprendre ?

— Vous le savez : le protocole habituel.

— C'est que nous venons de la passer au détecteur de mensonges… Elle est vraiment innocente. Malheureusement, nos gars lui ont grillé le cerveau, on dirait une gosse de cinq ans.

— Peu importe. Je compte sur vous.

— On la remet à qui ?

— À qui vous voulez ! À Dupont, de DRD, il a l'air d'y tenir pour des raisons scientifiques.

— Ce sera fait.

— Je dois vous laisser, j'ai un rendez-vous.

Le sénateur raccrocha, rassuré par la nouvelle. Il redescendit en salle d'attente où Mustapha et son médecin discutaient pour passer le temps.

— Georges, désolé pour le retard, le devoir, tu sais ce que c'est… fit-il en lui serra la main. Deux secondes encore, si tu permets… Mustapha ! Rappelle pour moi monsieur Dupont pour lui dire que tout était arrangé pour Gina Harris, elle sortira demain.

— Gina Harris ? Mais c'est une amie de Kate ! Elle n'est pas en voyage en Argentine ?

— Si, ne t'inquiète pas. J'ai réglé un problème administratif pour elle. Rien de bien grave. D'ailleurs, comment va Kate ? Toujours aussi ravissante ? Nous devrions manger ensemble…

**

La porte de la cellule de Gina s'ouvrit et un homme penaud se présenta devant elle. Il paraissait perturbé par l'attitude inhabituelle de sa cliente. Ne sachant pas comment s'y prendre, il décida d'être direct.

— Gina, je suis votre avocat. J'ai une bonne nouvelle !

Gina chantait une comptine à son ami en plastique en se balançant d'avant en arrière.

— Lâchez ce seau, voyons…
— Ne me tapez pas ! cria-t-elle plaintive en se mettant dans l'angle de la pièce capitonnée.
— Mais, non ! Je suis ici pour vous dire que vous allez sortir demain matin.
— Ma maman est morte.
— Oui, c'est pour ça que monsieur Dupont vous attendra là-bas.
— Et Alan, il va venir ?
— Alan ?
— Alan Adevar, il est docteur. Il soigne les gens.
— Oui, bien sûr. Je vais le faire venir, si vous voulez, se débarrassa-t-il. Mais d'abord, vous devez me signer ce document. Ensuite, nous vous donnerons à manger, des vêtements neufs et enfin, nous vous ferons raccompagner chez vous.

Gina recroquevillée dans sa cellule, fit semblant de ne pas être touchée par la nouvelle et parapha du bout du doigt la clause de confidentialité que l'avocat lui tendait en tremblant.

Gina eut droit à un bon repas, à un pantalon et un *sweatshirt* noirs tous deux trop grands pour elle. Ils lui offrirent de dormir sur un lit, mais elle refusa. Ces quatre murs la protégeaient...

Au petit matin, un geôlier lui ouvrit et l'emmena vers la sortie. La porte blindée franchie, Gina respira comme pour la première fois cet air naturel et frais. Elle ne quittait pas le ciel, encore étoilé, des yeux. C'était magnifique ! Tellement parfait... Infini... Il était très tôt. L'aube se levait et son espoir renaissait avec elle. L'homme cagoulé profita de son manque d'attention pour frotter un appareil sur son cou.

— Qu'est-ce que vous faites ?! s'enquit-elle avec appréhension.
— T'inquiète pas, c'est la procédure. Tu rentres avec ton avocat. Bon voyage. Savoure bien chaque instant de ta liberté retrouvée, dit-il avec une curieuse intonation.

Gina monta dans la voiture, toujours petite fille. Elle demanda la date :

— Nous sommes le 30 avril.
— J'ai passé combien de temps ici ?
— Un mois et demi.
— Seulement...

Ce furent les seuls mots qu'ils échangèrent. Gina était trop occupée à regarder par la fenêtre le lever du soleil puis, la route, le désert, les montagnes, les quelques villes. Lisant un panneau, elle chercha le lac. Il avait disparu. Les collines laissèrent place aux immeubles.

12
ENFIN LIBRE

L'avocat arrêta sa voiture devant le commissariat central à l'heure dite. Gina eut la surprise de voir deux visages connus sur le parking situé juste en face. Son sang ne fit qu'un tour et une envie irrépressible l'envahit soudain.

Il lui tendit un sachet en plastique contenant sa perruque, son bikini et son téléphone de miséreuse.

— Il faut y aller, maintenant, lui affirma-t-il.

Gina ne bougeait pas. Le fonctionnaire décida de sortir du véhicule pour lui ouvrir la porte et de l'accompagner jusqu'à ces gars qui l'attendaient. Il l'empoigna, saisit son bras avec une fermeté craintive et l'aida à descendre.

Ils traversèrent la route. Il y avait du bruit, de la lumière, c'était dur pour Gina qui sursautait à chaque alerte.

— Que t'ont-ils fait ?! s'inquiéta Alan en la regardant s'arrêter à deux mètres d'eux.

— Mademoiselle Harris a signé une clause de confidentialité lui interdisant toute mention des lieux fréquentés ces quarante-cinq derniers jours et traitements subis durant cette période sous peine de se voir juger et emprisonner à nouveau. En échange, toutes les charges retenues contre elles et son employeur, y compris l'usage d'une fausse identité, sont levées. Ah, j'oubliais ! Mademoiselle Harris souffre d'un stress post-traumatique qui la maintient… Comment dire ça simplement ? Oui. Elle se comporte comme une gamine de cinq ans. Je vous souhaite une bonne journée.

Gina ne bougeait pas et gardait la tête basse. Elle avait compris dans la voiture qui était Jean : Jeannot, le fils de Stéphanie, la source de son malheur. Pourquoi n'avait-elle pas fait le rapprochement ?
Alan l'invita à le rejoindre, d'une main tendue.

— Allez, Gina, viens avec moi. Je te ramène à la maison.

Gina se redressa et le regarda enfin, les larmes aux yeux. Elle s'avança d'un pas puis de deux et de trois… Jusqu'à Jean. Alan en fut dévasté, cela se lisait sur son visage. Pourtant, il ne dit pas un mot. Il se contenta de donner sa carte de visite en plastique à son rival, faisant mine de ne pas le connaître. Dans sa tête, une idée venait de germer. Était-il possible qu'elle l'ait trompé ? Ses discours sur les chemins qui se séparaient… Voilà !
Jean soutint Gina jusqu'à sa voiture dans laquelle il l'installa à l'arrière en inclinant le siège afin qu'elle puisse se reposer.
Il démarra son véhicule et le conduisit sur quelques kilomètres en regardant souvent dans le rétroviseur cet inexpressif visage marqué par des événements qu'il ne soupçonnait qu'à moitié. Son attention se porta enfin sur

la route. Gina se redressa d'un bon et enroula brusquement son bras autour du cou de Jean qui, surpris, mit un coup de volant à gauche puis, un autre à droite. Elle l'étouffait ! Il cria « pilotage automatique » pour pouvoir se libérer de cette étreinte. La voiture se stabilisa et il tenta d'attraper le poignet de Gina afin de lui faire lâcher prise. Elle serra et coinça sa main gauche dans son coude droit.

— Pourquoi ? murmura-t-il.

— Tu m'envoies à la mort et tu oses me demander pourquoi ?!

— Jamais ! essaya-t-il de hurler.

Il commençait à suffoquer quand un dernier éclair de lucidité lui permit de comprendre la méprise.

— Je suis… eeehhh… avec le type louche… eeehhh… sweat à capuche ! parvint-il à dire avant de perdre définitivement connaissance.

Gina relâcha immédiatement son étreinte et, dans le rétroviseur, lui signifia de se taire d'un index sur la bouche. Jean s'exécuta et la conduisit en silence au manoir. Il la fit directement descendre à la chambre froide. Elle se figea devant l'entrée. Face à ce mutisme, Jean mima que c'était le seul lieu de discrétion totale. Gina avança à tâtons et frémit quand il referma la lourde porte derrière lui.

— Que t'ont-ils fait ? Raconte-moi.

— Je ne peux pas… Pardonne-moi pour tout à l'heure.

— C'est oublié.

— Comment vous êtes-vous débrouillés pour qu'ils me libèrent ?

— J'ai monté un dossier et menacé le sénateur Baum de le divulguer aux médias s'il refusait de te faire sortir.

— Et il a marché ?!

— À mon grand étonnement. Pourtant, il avait l'air opposé à l'idée. Tu es toute maigre, ma pauvre…

Jean s'approcha de Gina pour l'enlacer, mais elle le repoussa. Il ne se laissa pas décourager et s'avança à nouveau, les bras ouverts. Gina accepta finalement son épaule et y pleura longuement. Jean tenta de la rassurer : avec lui, elle pouvait s'abandonner totalement. Il assumerait tout et ne la jugerait pas, quoi qu'elle lui dise. Il réaffirma que rien ne pouvait sortir de ce lieu, qu'il avait fait tous les tests possibles.

Assis à même le sol, il relata ce qui lui était arrivé le soir de leur rencontre au bar et il lui expliqua que c'était de sa faute si elle avait été arrêtée. Il lui montra ses cicatrices, oubliant celle de son front qui le complexait tant. Gina trouva alors la force de le détromper et de lui raconter une partie du calvaire qu'elle avait vécu dans cet enfer. Jean était traumatisé par ce qu'il entendait et lui demanda comment elle s'en était sortie. Elle lui fit un récit rapide d'une psychologue visiblement lesbienne qui avait semblé l'apprécier le premier jour, mais que quelque chose paraissait déranger ; elle évoqua les tortures sans interrogatoires ; ce surveillant qui lui avait donné des conseils pour survivre ; l'absence de repères temporels. Elle conclut sa narration par ce tour de passe-passe dangereux qu'elle avait joué à cette psy. En faisant l'enfant jour après jour, nuit après nuit, elle l'avait séduite en appuyant sur son point faible : la maternité. La tête à présent posée sur la cuisse de Jean qui lui caressait les cheveux, elle avoua :

— J'ai dû mentionner *DRD* et accuser ton entreprise d'avoir endommagé ma puce

En levant les yeux pour voir sa réaction, Gina fut surprise :

— Pourquoi souris-tu ?

— J'ai lancé un avis de recherche pour te faire libérer en précisant que nous menions des essais sur toi et que nous avions certainement été la cause du dysfonctionnement de ton implant.

Ils restèrent là et Gina finit par s'endormir sur les genoux de Jean qui ne bougea plus. Son métabolisme était complètement déréglé. La charge émotionnelle accumulée venait de se vider, au moins provisoirement, elle était épuisée.

Gina se réveilla d'un coup, faisant sursauter Jean qui lui caressait toujours les cheveux.

— Ils m'ont implanté une puce et ils y ont passé un appareil juste avant de me libérer ! Il me faut…

— Un bracelet ! Reste là ! Enfin, si tu veux… Tu peux monter aussi… Non ? OK ! Je vais chercher celui de mon père.

Stéphanie fut surprise de voir son fils sortir de l'ancienne chambre froide et encore plus en courant.

— Jeannot ! Tu essaies de me faire mourir de peur ?! Que faisais-tu là-dedans ?!

— Maman, il me faut le bracelet de papa ! Tout de suite !

Jean monta l'escalier comme une fusée, suivi plus lentement par sa mère. Pressée par Jean, elle saisit le code du coffre et il lui arracha le précieux héritage des mains pour redescendre aussi vite.

Il ouvrit la porte et la referma immédiatement. Quelques secondes plus tard, Stéphanie tapa dessus, demanda qu'il la laisse entrer. Gina l'y incita.

— Oh Gina, ma chérie ! Que t'est-il arrivé en Argentine ?

— En Argentine ?

— Oui, Alan nous a dit pour le stage et Kate m'a confié que le sénateur Baum t'avait aidée à rentrer chez nous.

— Ah, ça... C'est compliqué... Je suis fatiguée et j'ai très faim.

— Tu es affreusement maigre, je vais te faire à manger tout de suite ! Manuella, Manuella ! Por Favor !? Donde estan los huevos del diablo[23] ? Manuelllla ? Oh ! Mon dieu... Ce petit personnel...

Gina eut un sourire en entendant cela. Jean referma la porte, un peu gêné.

— Merci. Jean, qu'est-ce que ça dit ?

Jean était devenu blême. Des larmes montèrent dans ses yeux.

---

[23] S'il-vous-plaît, où sont les œufs du diable

— Quoi ?

— Gina, ils ont… Ils ont activé un compte à rebours. Il te reste 229 heures. Attends, je calcule. Neuf jours et treize, non, douze heures et quelques.

— Je vais mourir ?!

— J'en ai bien peur. On ne met pas ça pour rien, en général… Je crains que…

— Ça ne soit pas là pour faire joli ?

— Putain de bordel de merde ! jura-t-il en français. L'appareil de mon père détecte que c'est autre chose qu'une puce classique, il ne peut ni le reprogrammer ni annuler la fonction de décompte.

Aussitôt sa phrase terminée, Jean l'embrassa d'un baiser désespéré et tendre sur la bouche.

— En fait, il semblerait que nous n'avons plus d'œufs à la diable, que veux-tu… Oh pardon ! s'excusa Stéphanie. Visiblement, la séparation a été longue pour nos deux tourtereaux !

Jean retira ses lèvres et Gina eut un regard interrogatif. Il attendit que sa mère ait refermé la porte pour lui avouer ses sentiments.

— Je t'aime, Gina. Je t'ai aimée dès le premier jour, à la première seconde. Parce que tu étais toi, juste toi. Et je t'ai encore plus adorée en te voyant danser avec passion et générosité. Ce soir-là, j'ai voulu te demander de t'enfuir avec moi dix fois, mais il y avait…

— Alan…

— Oui. J'ai cru devenir fou quand ils t'ont enlevée… J'ai remué ciel et terre… J'ai même rencontré ton ami au sweat blindé.

— Pix, c'est son surnom.

— Je suis allé jusqu'à manquer de provoquer un accident de voiture pour arriver à bloquer Alan afin qu'il accepte de me parler. D'ailleurs, j'y pense, il pourrait peut-être nous aider !

— Aider à quoi ? demanda Stéphanie, en rouvrant la porte, touchée par la déclaration de son fils qu'elle avait écoutée en douce.

— Non, il faut voir mes amis d'abord, ils sauront quoi faire. Ils ont tout un tas de matériel, de compétences… Bref… À quelle heure le soleil se couche-t-il ?

— Pourquoi ? Ce sont des vampires ? osa Stéphanie.

— Presque, Stéphanie, presque. Ils ne laissent rentrer personne chez eux avant la nuit.

Jean ne souhaitait pas impliquer sa mère dans cette histoire. Il tenta donc de faire diversion avec des banalités.

— Je t'ai acheté des vêtements et préparé la suite des invités.

— Ici, ce sera bien. Merci.

— Tu veux qu'on fasse descendre le lit dans la chambre froide ?!

— Juste le matelas, ça ira. « Ces quatre murs me protègent », fit-elle machinalement.

Gina sortit prendre l'air dans le jardin pour oublier ce *flashback* désagréable. Elle ne parvenait pas à encaisser la nouvelle de sa mort imminente. Elle ne pouvait pas avoir traversé tout ça pour ne survivre que dix jours. Pix et la *Dream Team* allaient trouver une solution, c'était obligé.

Jean vint la retrouver et lui posa un gilet rose sur les

épaules. Émue, elle l'observa la prendre par la hanche et porter son regard à l'horizon. Dire qu'elle l'avait haï pendant ces quarante-cinq derniers jours.

Le ciel changea de couleur, c'était le signal.

— Un jeune homme, comme toi, aurait-il un faible pour les vieilles voitures ou les motos anciennes ?

— Comme moi ? C'est-à-dire ? Beau et viril ?

— J'aurais dit vrai et conservateur, mais ça marche aussi, sourit-elle pour faire diversion.

— Tu n'as pas peur en deux roues ?

— De quoi pourrais-je avoir peur à présent ? fit remarquer Gina.

— Alors, enfile un pantalon à ta taille et allons-y. Pour la puce, donne ton bracelet, que je brouille momentanément la géolocalisation.

Il pianota sur les options et lui expliqua qu'elle devrait appuyer trois fois sur l'écran pour passer instantanément l'implant en mode normal.

Gina descendit l'escalier vêtue d'un *jeans* et d'un sweat à capuche des *Giants*. Elle avait apprécié l'attention.

— Je me suis rendu compte que tu aimais, comme moi, les tenues décontractées en dehors des heures de travail, sourit-il. J'espère que tu apprécies cette équipe. Moi, je suis fan.

— Oui ! Mon père et moi allions voir leurs matchs.

Jean et Gina marchèrent dans la rue, main dans la main, l'air était doux, les couleurs magnifiques. Sachant ce à quoi elle avait échappé et ce qui l'attendait, Gina dévorait ces visions pour enregistrer ces belles images et s'en faire des souvenirs pour après. Ils flânèrent ainsi sur quelques centaines de mètres, jusqu'à un garage qu'il ouvrit d'un clic sur son assistant personnel.

La porte se releva sur un atelier qui s'alluma immédiatement, dans lequel trônaient une *Triumph* et une *Ducati* sur des bancs d'essai. Jean entra le premier, lui tendit un blouson en cuir et un casque avant d'enfiler une panoplie identique. En déposant son smartphone sur l'établi, il lui raconta que son père avait acheté ce local en même temps que la maison pour continuer à retaper ces engins, venus d'Europe, avec lui. Gina lui indiqua la direction et lui expliqua ce qu'ils allaient y trouver. Il jeta un regard triste à la *Triumph* et enfourcha la *Ducati*. Il la fit ronfler et ronfler encore. Cette sonorité enivrante laissa présager à Gina que le trajet allait être sportif, elle s'accrocha à sa taille de toutes ses forces. Il fonça, slalomant entre les voitures prédictives qui s'écartaient à leur passage pour faciliter la circulation.

*
* *

Au hangar, tout le monde s'attendait à la venue de Gina dès le coucher du soleil. Chacun était impatient de la revoir, de raconter son histoire sur sa participation à sa sortie, mais ils craignaient par-dessus tout l'état psychologique et physique dans lequel leur nouvelle amie serait.

Ils observèrent sur les écrans la moto de Jean se garer en face du bâtiment. Pix se pressa pour aller leur ouvrir avec une certaine appréhension. Il redoutait l'éventualité d'un piège, car Baum n'était pas homme à se laisser manœuvrer sans réagir.

Pix ne put s'empêcher de prendre Gina dans ses bras

et de l'embrasser sur la joue. Il était trop content de ne pas devoir revivre ce cauchemar qui hantait de nouveau ses nuits depuis son arrestation. Il serra négligemment la main à Jean comme pour lui spécifier qu'il n'était pas le bienvenu en ces lieux. Le Français le nota sans s'en offusquer. Lui-même risquait gros s'il était attrapé ici avec cette équipe de hors-la-loi. Ils marchèrent en silence jusqu'au QG.

Immédiatement, Lénina sauta au cou de Gina qui faillit en perdre l'équilibre. Elles avaient fini toutes les deux par être persuadées qu'elles ne se reverraient jamais. Dans son coin, les yeux rivés sur ses écrans, Big Mike lui fit un sourire et un coucou de la main, ce n'était déjà pas si mal. Neo se leva et salua Jean en expliquant qu'il était fan du travail de son père.

— S'il avait couplé son dispositif à des implants de biocontrôle, ça lui aurait permis de contrôler les muscles d'un paralytique. Avec de la nanotechnologie, il aurait même pu les réparer définitivement. Désolé pour le fric.

— Il aurait adoré l'idée. Mais de quel « fric » s'agit-il ?

— J'ai détourné 10 000 libras de *DRD* pour Gina.

— Pas vu, pas pris, en sourit Jean.

Ils racontèrent leur tentative de sabotage du site et leurs espoirs déchus. Gina les rassura en leur disant qu'elle avait compris que les coupures d'électricité venaient d'eux et que cela l'avait beaucoup aidée à tenir. Elle ne voulut pas décrire ce qu'ils lui avaient fait là-bas, mais leur annonça plutôt directement qu'ils lui avaient inséré une sorte de bombe à retardement dans le cou.

La nouvelle les dévasta. Neuf jours, neuf heures… Neo s'en alla immédiatement et sans un mot, plongeant ses acolytes dans l'incompréhension. Il revint quelques minutes plus tard en ayant raté bon nombre d'hypothèses et de plans tous aussi voués à l'échec les uns que les autres, mais avec une caisse de matériel.

— Laissez tomber ! Tant qu'on ne sait pas ce que c'est, ce n'est vraiment pas la peine de parler dans le vide. Gina, installe-toi sur la chaise.

Neo brancha un vieil appareil dont personne, sauf Pix, ne connaissait le nom. Lui s'en servait pour vérifier ses implants. Il lui étala du gel avant de passer l'échographe sur sa carotide. Il prit son temps, positionnant la sonde sous tous les angles.

— Le bracelet a raison. C'est autre chose qu'une puce. C'est militaire. Ça a déployé des sortes d'hameçons. À mon avis, si on essaie de la retirer, ça explose. Il faudrait d'abord le désactiver.

Il sortit un boîtier qu'il alluma d'une pression sur un bouton. Une ligne de témoins s'éclaira, puis s'éteint au bout de deux secondes, signe que tout fonctionnait. Neo le passa sur l'implant de Gina. Rien. Neo sembla très contrarié. Il le posa sur le cou de Jean. Là, des LED vertes clignotèrent. Il tenta de nouveau sa chance sur celui de Gina, sans plus de résultat.

— Attends ! C'est peut-être intermittent, suggéra François.

Ils patientèrent près de trois minutes avant de voir toutes les lumières s'allumer une seconde seulement. Ils chronométrèrent cinq minutes et, une fois de plus, le même signal se produisit. Un autre intervalle et encore.

— C'est une fréquence modulée. Certainement cryptée. Il doit y avoir un satellite couplé. C'est du lourd.

— Je suis dans la merde. C'est ce que tu es en train d'essayer de me dire.

— Oui. Tu ne peux pas l'enlever tant qu'on n'a pas les plans ou qu'on ne l'a pas désactivé. Et je ne peux pas le pirater de l'extérieur. C'est pas bon, désolé.

— Je suis dessus, affirma Big Mike, toujours assis sur son siège, loin des autres.

— C'est risqué, trop risqué, intervint Pix.

— On n'a pas le choix ! C'est la vie de Gina qui est en jeu. VOUS l'avez mise dans cette merde ! s'énerva Jean.

— Jean, calme-toi, s'il te plaît. Ce genre d'attitude ne résout rien, lui dit gentiment Gina en lui posant la main sur l'avant-bras.

— Je ne leur dois rien ! Je peux donc leur dire ce que je pense, contrairement à toi.

— Si nous n'avions pas été là, Baum n'aurait pas levé le petit doigt pour Gina, interrompit Lénina.

— Qu'est-ce que tu insinues, gamine ?! s'offusqua Jean qui tirait tout son orgueil des deux jours écoulés de sa victoire sur le sénateur.

— Je veux dire que si la gamine ici présente n'était pas allée dans sa chambre, qu'il n'avait pas tenté de lui fourrer sa…

— Lénina ! stoppa Pix.

— Sa « hum hum » entre les jambes et que la gamine n'avait pas filmé cette scène, nous n'aurions pas eu de quoi le faire plier.

— Et maintenant, il se venge… Bravo !

— Jean… C'était ça ou la mort là-bas, remarqua Gina qui s'était levée pour remercier Lénina en la serrant dans ses bras, le cou plein de gel conducteur.

— De rien, ma belle, rassura Lénina. Il ne m'a pas touchée. C'était même marrant. Si tu m'avais vue ! J'ai même pleuré sur commande !

Neo s'agaça. Il voyait le temps s'écouler et les problèmes s'amonceler.

— Vous avez deux possibilités, soit on essaie de résoudre le souci de Gina et ça peut prendre dix jours ; soit on finit ce qu'on a commencé.

— Soit les deux ! fit observer Lénina. Tu connais un nom ? Quelqu'un là-bas qui pourrait t'aider à désactiver cette bombe ?

— Il y avait un gardien qui s'appelait Jonas.

— On n'est même pas sûr que ça en soit une, de bombe, remarqua François.

— Et tu voudrais que ce soit quoi ? Je t'aime, mais qu'est-ce que tu peux être con, quand tu t'y mets… Pardon, tu disais. Jonas.

— Lui, c'était le moins affreux de tous ceux… Bref, le reste n'était que sadiques et pervers anonymes. Des pions appliquant les ordres de Victor Icious, le directeur.

François n'avait entendu que son « je t'aime » et fanfaronnait devant ses copains.

— Il ne sort jamais de l'enceinte. Les autres sont en bande ou sous escorte, expliqua Pix. On a passé une semaine à les observer pour tenter d'en faire chanter un ou de prendre sa place.

La mauvaise nouvelle tomba.

— Lénina a raison, c'en est une, coupa court Big

Mike. Je viens de pirater les serveurs de l'entreprise qui les produit pour les CRR[24]. Ces saloperies sont des « HE007 », pour « *Human Eraser* ». Elles s'activent au choix ou en combinaison soit en préventif, soit en mode ponctuel. Comme ça quand un type est gênant, ils le font péter discrètement ou programment sa mort, loin du site. C'est de la haute précision. Des contraintes mécaniques, une chute de température, un aiguillon arraché… Et boom !

— Boom comment ? s'enquit Jean.

— Boom, j'explose les artères, veines et je mets plein d'éclats sur les tissus autour… Pas boom, je fais tomber l'immeuble !

— Comme ce qui a tué ma mère ?!

— Non, les plans n'ont rien en commun. Heureusement que je bosse… Pour ta mère, c'est différent. Nous sommes certains à présent qu'ils se servent de l'émetteur/récepteur pour déclencher une surchauffe.

— Une image aux rayons X nous dirait où elle est située, dit Jean. Je ne peux pas travailler dessus sans voir ce à quoi j'ai affaire.

— Mec, désolé, mais tu n'as pas le niveau… Ce qui serait plus utile, par contre, c'est que je puisse démonter le bracelet pour essayer de le faire interagir avec la HE007, intervint Neo qui avait l'air soucieux.

Pix et Lénina remarquèrent que quelque chose ne tournait pas rond. Ils se placèrent devant lui et le fixèrent sans un mot.

---

[24] CRR : Camps de rétention et de rééducation

— Si je vous dis ce qu'il y a, vous ne me regarderez plus comme avant…

— Crache le morceau !

— Allez, s'il te plaît, Neo, minauda Lénina.

— Tu viens d'avouer devant tout le monde que tu aimais le Parigot…

— Tu veux que je te montre mes seins ? suggéra Gina faisant référence au jour de leur rencontre.

— Non ! Tu ne vas quand même pas… s'offusqua Jean.

Gina s'en amusa, mais emmena tout de même Neo à l'écart. Ils échangèrent quelques mots à l'abri des regards et reparurent.

— Tu n'as pas… demanda Jean.

— T'occupe !

— Voilà les amis… Si je suis si doué… En vérité… cela avait du mal à sortir… C'est que j'ai été augmenté quand j'étais tout petit… expliqua Neo, la tête basse.

— Tu es un transhumain ? s'exclama Big Mike avec son accent russe et en se levant de son siège. Je croyais que tes trucs, c'était des gadgets de *geeks* ! *Menya eta zaebalo*[25] !

— C'est la première fois que je le vois debout, confia Gina à Jean. C'est un miracle.

À la lumière, les cheveux en pétard de Big Mike apparaissaient presque gris. Ses yeux étaient rapprochés, et son visage quasiment triangulaire supportait mal son grand nez et ses lèvres fines. Kate cessa de l'observer

---

[25] *Menya eta zaebalo,* traduction du russe : fait chier.

pour ne pas qu'il se sente comme une bête curieuse.

— Tu lui as montré tes seins ? demanda Jean qui ne lâchait pas l'affaire.

— Arrête, tu sais le métier que je faisais…

— Hum ! fit Neo pour avoir un peu de silence. Mes implants ne sont pas fictifs. Je peux y connecter des appareils et les reprogrammer avec mon esprit, je peux emmagasiner du savoir. C'est pour ça que je me fais appeler Neo. Mon vrai prénom est Sony, Son Duong, pour être exact. Ma mère était une employée de maison chez les Feller, les banquiers maîtres de l'eau et de l'électricité, je suis…

— N'en dis pas plus, ajouta Pix. Je savais tout ce qu'il y avait à savoir sur toi, le jour où je t'ai ouvert notre porte. Ce qui compte à cet instant, c'est ce que tu peux faire pour Gina.

— Je crois que je peux tenter de désactiver l'HE si je dispose d'une interface : le bracelet.

Jean fulmina, refusa, tourna, vira… Le prototype contenait tout de même l'ultime vidéo de son père. Il regarda l'heure avancer, la vie de Gina s'écouler et il céda enfin, très inquiet de laisser son héritage à cet inconnu, ce monstre de foire. C'était la première fois, comme pour la multitude, qu'il rencontrait un vrai transhumain. Ces technologies interdites demeuraient l'apanage d'une rare élite, celle d'avant la limitation de l'IA.

Neo le prit du bras de Gina avec précaution. Il partit s'installer dans ses quartiers, là où il avait tous ses outils.

Jean en profita pour parler à Pix de la boîte noire de la *T6* de son paternel. Pour toute réponse, celui-ci lui tendit l'ordinateur portable sur lequel étaient stockées les données. Pix s'excusa rapidement de lui avoir posé un lapin et de ne pas l'avoir recontacté, mais il avança les raisons évidentes qu'il connaissait.

Jean fouilla les fichiers du GPS et finit par extraire une série de coordonnées qui correspondaient au départ de San Francisco et à un lieu d'arrivée. Il chercha sur une carte numérique où cela pouvait bien se trouver. L'endroit surplombait l'océan, un restaurant nommé le *Carbon Beach Club* à Malibu. C'est là que Philippe Dupont s'était rendu très tôt et qu'il avait déjeuné le jour de sa mort. Jean devait retrouver ce type.

Jean voulut l'aide des *hackers* pour démasquer l'inconnu qui avait menacé son père, mais aucun d'eux n'était très motivé pour cette tâche. Gina prit les choses en mains. Elle composa le numéro sur l'ordinateur et attendit qu'on lui réponde. Une femme à l'air jovial l'accueillit :

— Bonsoir, ici la secrétaire de Monsieur Philippe Dupont de chez *DRD*. Voilà, je suis désolée de vous demander cela, mais j'ai un souci… J'ai peur qu'il me vire si je ne retrouve pas très vite le nom et les coordonnées de l'homme qui a mangé avec lui dans votre excellent établissement le 17 octobre dernier.

— C'est-à-dire que c'est contraire à notre politique de confidentialité…

— Je sais, je vous mets dans une position inconfortable, elle fit signe à Jean de l'appeler.

— Jessy ! Ça vient ce numéro ! cria-t-il d'une voix menaçante.

— Oui, oui, monsieur Dupont, tout de suite ! fit Gina au micro, d'un ton inquiet.

— Écoutez, je vais voir ce que je peux faire, mais que

cela reste entre nous… Voilà… Oui… Le 17 octobre… C'était Monsieur Newton Morgan…

L'hôtesse lui donna les coordonnées en précisant que cela revêtait un caractère tout à fait exceptionnel. Après l'avoir remerciée, Gina se retourna vers Jean qui semblait soucieux. Il expliqua qu'après l'avoir rencontrée au bal, il était tombé sur ce même homme énigmatique, responsable de la Fondation pour la Santé et les Libertés des Démunis. Pix s'arrêta pour écouter la suite. Jean raconta que le gars en question lui avait aussi affirmé que son père voulait abandonner ses recherches « pour repartir sur de nouvelles bases, plus humaines, humanitaires ». Cette formulation était restée gravée.

— Ce type m'a presque menacé en public, indirectement bien sûr. Je me suis fait agresser et ils m'ont dit de quitter le pays après avoir vendu au premier qui se présenterait avec une offre d'achat pour *DRD*. Il devait convoiter quelque chose que mon père avait découvert et dont il lui avait parlé pendant le repas.

— Mais quoi ?

— Le contrôle, répondit Neo qui venait de refaire surface.

— Hein ?

Neo portait le bracelet duquel sortaient deux connectiques, une branchée sur son implant crânien, l'autre traînant au sol. Neo connecta cette prise sur un ordinateur et lança par la pensée l'enregistrement. Jean dit à Gina : « c'est mon père ». On entendait Philippe et Newton Morgan échanger quelques platitudes. Neo avança jusqu'au moment clef de la discussion.

« — Notre technologie permettra d'anticiper les

problèmes de santé comme les crises cardiaques, les AVC, de réguler le stress par la commande de sécrétion d'endorphine… Elle peut même corriger les défauts des implants.

— Corriger les défauts des implants, dont les puces ? Quelles que soient leurs générations ? reprit Morgan d'un air contrarié.

— Oui ! Tout à fait. Le champ des possibles est ouvert, du moment que la puce est active et intègre des fonctions. Nous autres, nantis, possédons des modèles évolués… Si nous pouvions implanter des 6G dans tous les humains et avec nos équipements, des millions de vies qui seraient sauvées. Votre organisation est en première ligne, elle doit montrer la voie !

— Monsieur Dupont, je crains que vous ne fassiez fausse route. Je ne saurais trop vous conseiller de changer de cap. Je ne voudrais pas que vous vous écrasiez contre un récif. Les affaires sont du domaine des gestionnaires. Vous, vous êtes un idéaliste…

— Je ne vous comprends pas ! Vous êtes à la tête de la Fondation pour la Santé et les Libertés des Démunis ! Nous devrions parler le même langage !

— Qui croyez-vous que sont nos investisseurs ? Ce sont des gens bien plus riches que nous, des transhumains pour la plupart. Ils voient le monde différemment de vous et moi. Votre vision n'est pas la leur.

— Laissez-moi m'entretenir avec eux ! Je pourrai leur montrer à quel point nos technologies peuvent être profitables pour tous.

— Je m'exprime en leur nom, je vous assure. Renoncez, c'est ce qu'il y a de mieux à faire. La Fondation continuera à s'occuper des pauvres, tant qu'il en restera ; les « nantis » le demeureront et tout sera pour le mieux dans le meilleur des mondes…

— Vous évoquez Leibniz ? Permettez-moi à mon tour une citation de Voltaire « Il n'y a point d'effet sans cause », je vous en passe, « remarquez bien que les nez ont été faits pour porter des lunettes, aussi avons-nous des lunettes… tout est au mieux. ». Monsieur Morgan, si nous ne sommes pas sur terre pour améliorer la condition humaine, à quoi servons-nous ?

— Monsieur Dupont, cela ne vous a cependant pas dérangé de robotiser vos usines, me semble-t-il. Le but justifiait à vos yeux les moyens... Pour répondre à votre question qui se voulait rhétorique, nous devons œuvrer à une cause qui est supérieure à nous, qui tend vers le divin ou sa révélation. Ce n'est pas en élevant la masse que l'on y parvient, mais bien en l'exploitant, en gérant le cheptel. Si vous refusez de le comprendre, mes commanditaires, vous et moi, nous n'irons pas loin. Pourtant, utilisée à bon escient, votre technologie accélèrerait nos projets. Dommage…

— Vous en parlez comme de bétail dont on pourrait disposer… En venant ici, je croyais gagner un partenaire… J'ai l'amère impression d'avoir trouvé un adversaire.

— Sachez, monsieur Dupont, qu'on n'est jamais longtemps leur « adversaire ». La note est pour moi. »

Ils se regardèrent, effarés. La menace était à peine déguisée. Neo passa une dernière phrase : « sauvegarde de toutes les données, accès réservé à Jean avec message additionnel. » Pix se retourna vers Jean et lui fit part de sa compassion. Newton Morgan devenait une cible prioritaire de l'équipe. Jean semblait sous le choc. Gina l'embrassa pour l'aider à se remettre, ce qui le sortit de sa torpeur.

— Assieds-toi, invita Pix. Il semblerait que Neo ait eu une idée.

Neo repositionna sur le bras de Gina le bracelet toujours connecté à lui. Il s'agenouilla face à elle, les yeux fermés. Utilisant les impulsions électriques de son corps comme véhicule de sa pensée numérisée, Neo se rapprocha de l'implant tueur. Une perle de transpiration coula le long de son front. L'effort se lisait sur son visage. Gina ne sentait rien de spécial en elle. D'un coup, Neo partit en arrière et se déconnecta à la hâte, comme pour chasser des guêpes.

— Qu'est-ce qui t'arrive ?! demanda Gina, inquiète.

— Je n'ai rien pu faire, désolé. Je n'ai même pas pu te donner plus de temps, comme je l'espérais. Il est verrouillé. J'ai failli le faire exploser ! C'était chaud ! J'ai réfléchi que si je testais des fréquences, je prenais aussi le risque de te tuer. Ton destin se jouera en neuf jours, moins de deux cent trente heures. Désolé. Le bracelet reste utile pour bloquer la localisation, mais il n'empêchera pas le déclenchement. Tu comprends ?

— Neuf jours, deux cent vingt-trois heures de sursis… Que fait-on avec deux cent vingt-trois heures ?

— Je t'emmène à Paris ; je te fais visiter les plages de Bali ; les temples d'Indonésie : Prambanan, Candi Borobudur, Pura Dalem Agung ; les pyramides d'Egypte ; la grande muraille de Chine ; les aurores boréales en Laponie ou en Norvège… Jean énumérait une fin de vie qu'il voulait désespérément idyllique.

— Il est trop tard pour les aurores boréales, je ne durerai pas jusqu'au prochain hiver, mon chéri, conclut tristement Gina après avoir songé à ces voyages. Non.

J'ai une mission, c'est elle qui m'a amenée ici et à cet instant. C'est grâce à elle que je t'ai rencontré. Je dois montrer que les puces sont dangereuses.

— Elles ne le sont pas ! s'exclama Jean.

— Si, s'énerva Gina en se reculant instinctivement. Elles ont coûté à la vie à ma mère.

— Un dramatique défaut de fabrication, je suppose.

— Encore un comateux… remarqua François. On en est à la quatrième vague de meurtres par puces à travers tout le globe ! Hasard du calendrier cosmique ? Non, je ne crois pas… Cela a commencé ici, d'autant qu'on le sache, par un pic d'appel aux urgences et une hausse du taux des dissections carotidiennes. Après, cela s'est propagé au pays puis au monde… « Une planète, un peuple », égalité devant la mort… Du moins, c'est ce qu'on pensait. Aucun décès chez les 1 %, quasiment personne chez les 4 %. Mauvais karmas ? Là encore, nous n'y croyons pas.

— Et s'ils ne ciblaient pas seulement les malades coûteux et sans ressources ? commença Gina. S'il ne s'agissait pas d'un objectif comptable et financier, mais juste d'un objectif comptable. S'ils voulaient purement et simplement éradiquer les miséreux, les moins fortunés, de la surface de la planète ?

— Ce serait horrible ! poursuivit Jean. Mais réduire le « cheptel » est une façon de le gérer.

— « La Fondation continuera à s'occuper des pauvres, tant qu'il en restera », c'est ce qu'il a dit. Neuf milliards cinq cents millions d'humains. Cinq pour cent, ça fait environ neuf milliards de moins… calcula rapidement Pix.

— Les cinq cents millions des Virginia Guidestones, releva Big Mike. Cela serait la phase finale du Nouvel Ordre Mondial… Non ?! Ils n'oseraient pas !

— C'est ça ! s'exclama Pix. Si, ils oseront ! Nous avons trouvé le lien !

— Reste à le prouver, gros malin… fit François en haussant les épaules. Tu veux y laisser ta peau ?! commençant à paniquer, il ajouta après quelques secondes de silence général : Très peu pour moi ! Je crois que je vais rentrer à la maison et attendre que le ménage soit fait pour leur montrer que je suis tout propre, comme eux.

— C'est n'importe quoi ! Comment…

— Arrête ta morale Neo. Tu es visiblement un gosse de riche, tu ne risques rien…

— Tu ne sais rien ! J'ai fui un enfer avant d'atterrir ici ! J'étais cobaye !

Neo quitta la pièce en faisant un geste de dégoût alors que Lénina réprimandait François. L'ambiance n'était plus très agréable et Jean voulait s'en aller. Pix tenta de les retenir, mais s'apercevant qu'il était inutile d'insister, il leur donna un vieux mobile « au cas où » et leur demanda de revenir le lendemain soir. Lénina conseilla à Gina de manger, pour reprendre la forme, elle faisait selon ses dires peur à voir.

Il faisait nuit noire, l'humidité océanique s'était abattue sur le port. La selle de la moto était couverte de rosée et c'est d'un geste de la main que Jean l'essuya négligemment. Il était préoccupé par tout ceci. Son père assassiné ; lui battu presque à mort ; Gina mourante ; une chasse aux sorcières en perspective, cela n'augurait rien de bon.

Ils roulèrent moins vite qu'à l'aller. Le poids de la vérité n'y était assurément pas étranger.

Arrivés au manoir, Jean ne laissa pas Gina coucher

dans la chambre froide, il insista pour qu'elle dorme sur un vrai lit avec un sommier. Elle refusa dans un premier temps puis accepta à la condition qu'il passe la nuit avec elle.

La maison était silencieuse. Jean sortit du frigo quelques plats sous vide dont les œufs à la diable que sa mère cherchait en début d'après-midi. Il monta tout ça dans sa suite et profita du fait que Gina mangeait pour prendre une douche.

Il se délassait, tentant d'oublier les horreurs du jour, quand Gina le rejoint. Elle se colla à lui par-derrière.

— Non. Ne te retourne pas. Je suis trop maigre.

— Lénina, cette sale gamine…

— Ne parle pas d'elle comme ça… Elle a mon âge… dit-elle en plaçant ses mains sur ses pectoraux.

— Il n'empêche qu'elle devrait apprendre à se taire, tu es superbe… rétorqua Jean en se mettant face à elle.

Il l'observa quelques instants dans un mélange de soulagement et de peine. Gina se sentit honteuse et se blottit contre lui.

— Pardon ! Ne t'inquiète pas ! On va te remplumer !

— Comme ça, je serai belle pour mourir ? fit-elle avec une pointe d'humour, mais la voix éraillée.

— Non… Ça aussi, on va trouver une solution ! Tu es forte. Plus forte que moi. Et c'est normal de craquer de temps en temps.

Gina ne releva pas et l'embrassa. Ils se retrouvèrent enlacés sur le lit sans même y avoir prêté attention et elle lui demanda ce qu'il éprouvait pour elle. À son grand bonheur, il ne lui répondit que trois mots : je t'aime.

Il était là, il était lui, il l'aimait. Il l'aimait sans beaucoup ou sans énormément. Il l'aimait sans réserve, pour elle. Elle, la petite stripteaseuse de *Tenderloin*, l'orpheline miséreuse, la fille au corps amaigri qui avait perdu ses formes. Et il l'embrassait, il l'enlaçait comme si elle était le bien le plus précieux de la planète. Ses derniers doutes tombèrent puis ce fut le tour de ses repères. Gina se laissa envahir par ce sentiment de plénitude, cette fièvre que l'on ressent quand on se donne totalement et que l'on reçoit le même cadeau en retour. Son être en offrande, son cœur battant, elle oublia enfin les horreurs du camp pour s'abandonner à cet homme si généreusement enflammé, si tendre aux bons moments.

Épuisée, allongée sur le dos à côté d'un Jean comblé, Gina se mit à rire. Il la regarda interloqué, amusé, mais tout de même anxieux.

— Ne t'inquiète pas ! Non ! C'était parfait, grandiose. C'est juste que j'ai attendu si longtemps… Si j'avais su, j'aurais commencé ça plus tôt !
— Tu veux dire que…
— Oui…
— Oh ! Si moi j'avais su… Oh ! J'aurais été plus doux.
— Encore plus doux ? Passe-moi de quoi me « remplumer », au lieu de dire des bêtises ! sourit-elle. Je te laisse un moment pour te remettre de tes émotions et je te saute dessus, je te préviens !

À ces mots, Jean lâcha l'œuf qu'il tenait au-dessus du plat et n'attendit pas une seconde de plus pour ramener Gina sur lui et l'embrasser fougueusement.

13
RÉGLER LES AFFAIRES EN COURS

Le lendemain vers midi, Gina fut réveillée par un bruit de couvercles et de casseroles. Elle était blottie contre Jean sa tête sur son épaule. Un grand sourire lui illumina le visage. C'était donc vrai ! Elle posa sa main sur le cœur de Jean. Il battait doucement, régulièrement. Un homme l'aimait ! En se redressant, Gina s'étira et à cet instant, la magie de cette proximité se dissipa. En effet, elle venait de voir le compte à rebours s'égrainer sur son poignet. Le temps filait à une vitesse ! Elle devait mettre de l'ordre avant de quitter ce monde.

Gina marcha sur la pointe des pieds jusqu'à la salle de bains. Le carrelage la fit sursauter en émettant un bip relayé par l'affichage de son poids sur le miroir du lavabo. Trente-huit kilos deux cent soixante. Une alerte lumineuse clignotait, comme si elle avait besoin d'une machine pour savoir qu'elle était trop maigre. Elle posa ses mains sur ses seins, ils étaient plus petits, plus flasques aussi. « De toute façon, il ne me reste que huit jours pleins… Haut les cœurs ! On va les utiliser ces putains de deux cent dix heures ! » se dit-elle en se douchant rapidement.

Arrivant en peignoir dans la cuisine, Gina proposa à

Manuella de l'aider. Celle-ci la regarda comme un extra-terrestre, croyant ensuite à une plaisanterie. Comprenant qu'il n'en était rien elle s'exclama :

— ¡ *Dios Mios* ! ¡ *Aïe* ! ¿ *Estas loca ?*[26] Vous voulez me faire licencier ? Contentez-vous de manger ! fit-elle en lui servant une platée.

— C'est quoi ? Ça sent très bon !

— *Gracias. Chili Con Carne* "végétarien" pour madame… "*Con carne*", « Meuh » ! rit-elle. Mangez ! Monsieur Jean va arriver ?

— Il dort, répondit Gina en se régalant.

— La nuit a été *muy caliente*… ¡ *Si !*[27]

Gina rougit et baissa la tête jusqu'à son assiette sous le regard amusé de la gouvernante qui lui dit qu'elle allait lui chercher des vêtements propres et repassés.

*
* *

Sur la route qui la menait au bar, Gina observa à travers la vitre du taxi de curieuses files de gens sur les trottoirs. Au bout de la quatrième en deux kilomètres, elle demanda au chauffeur de quoi il retournait. L'homme répondit que ces cordons de police se multipliaient ces derniers temps et que, quand on recevait une alerte sur son assistant, il fallait tout lâcher pour s'y rendre. Il en ignorait la raison, mais les agents scannaient les puces. Gina ne s'attarda pas sur le sujet.

---

[26] Mon dieu ! Ah ! Tu es folle ?

[27] Très chaude… Oui !

Il était tôt pour rendre visite à ses collègue. Elle tapa à la porte et Joe apparut de l'autre côté. Son sourire immédiat en dit long sur sa joie de la retrouver. Il lui demanda de ses nouvelles et lui glissa un mot sur la salle de sport.

— Le boss a fermé ton club avant-hier. Il l'a loué à une fille pour faire un salon de massages. Désolé Gigi.

— Je peux le voir ?

— Ce n'est pas une bonne idée… OK ! Si tu insistes… Patron, Gigi voudrait vous parler, fit-il dans son oreillette… Il arrive.

L'homme taciturne marcha droit sur elle comme pour la frapper. Il avança la main jusqu'à son visage et, ne décelant à son grand étonnement aucun mouvement de recul, il l'attrapa par la mâchoire avant de le faire tourner à gauche puis à droite.

— Ils ne t'ont pas abîmée. Jolie robe. Tu as perdu du poids et des seins, fit-il en les soupesant. Tu es consciente que tu ne peux plus travailler ici ? Ce n'est pas que ça m'enchante... Notre chiffre d'affaires a bien baissé, depuis ton "absence".

— Je suis désolée, pour tout. La carte d'identité…

— Tu me prends pour un con ? Tu crois que je ne sais pas faire la différence entre une gamine de seize ans et une fille majeure ?!

— Vous saviez ?

— Tu aurais fait quoi ? Le trottoir ?! C'était mieux pour toi ici. Et Joe, si tu répètes ça, je te tue.

Joe fit mine de ne rien avoir entendu, masquant difficilement un sourire. Gina s'excusa encore et l'informa qu'aucune charge n'était maintenue contre lui.

— Boss ? Le type de l'autre jour !

— Oui. Il y a un gars qui voulait que je lui dise où tu vivais. Un ancien client. Il m'a donné son numéro pour toi. Joe, c'est derrière le bar. Le mec semblait perturbé. Jonas ?

— Oui, c'est ça, Boss ! Je l'ai !

Gina devint livide. Joe s'en inquiéta.

— Je peux appeler d'ici ?

— Vas-y. Après, tu te tires et tu ne reviens jamais, fit son patron avant de la serrer dans ses bras et de repartir dans son bureau. Joe ! Bosse un peu, je ne te paie pas à rien foutre, merde !

Le téléphone sonna en mode vidéo.

— Allô ? Jonas ?

— Gigi !

— Oui ? Pourquoi ?

— Tu ne te rappelles pas de moi, de mon visage ?

— Non… On se connaissait avant ?

— Pas grave. Il faut que tu saches qu'ils t'ont… Comment t'annoncer ça ? On a presque le même âge… Ils t'ont implanté une bombe à retardement. Il ne te reste que huit jours et quelques heures à vivre…

— Je sais, fit-elle tristement. Vous pouvez m'aider ?

— Non, je ne peux rien. Je prends déjà un gros risque en te le disant ; et aussi en me procurant l'information.

— Pourquoi avoir laissé votre numéro, alors ?

— Je n'ai jamais eu accès au *switcher*, sinon je me serais débrouillé. Je voulais juste que tu puisses en profiter.

Navré. On ne peut rien contre ça, désolé.

— Merci. Enfin, je crois.

— Attends ! Une dernière chose… Le cosmonaute a pris cher de ta part. Je voulais que tu le saches. Ce sont des pourris. J'ai démissionné après toi, je ne supportais plus.

Jonas raccrocha l'air contrit. Gina resta figée. Au fond d'elle, un espoir venait de se briser. Joe l'attrapa par l'épaule et posa un baiser sur son front.

— Dis à Fi que j'ai été honorée d'être son élève et ravie d'être son amie. Excuse-moi auprès d'elle.

— Promis.

— Adieu Joe.

— Salut Gigi.

Gina prit un taxi en direction de l'hôpital central. Elle devait voir Alan et lui expliquer.

*
* *

Gina chercha Alan partout dans son service. Il n'y était pas alors qu'il avait pointé. Une infirmière la renseigna enfin. Il se trouvait à la maternité.

— Bonjour Alan, murmura-t-elle en arrivant derrière lui et en posant sa main sur son épaule gauche.

— Oh ! Gina ! Tu vas mieux ?! répondit-il doucement en mimant un frappadingue en référence à son dédoublement de personnalité.

— Oui, non, c'est une longue histoire.

— Quelle joie !

— Alan, que fais-tu devant ces nourrissons ? Cela te manquerait-il ?

— Oh, ça ? Non, non ! Vraiment… Je me réfugie ici pour réfléchir. Tu savais que les accoucheurs étaient obligés de les implanter à la naissance depuis presque cinq ans ?

— Je l'ignorais.

Gina détourna son regard de ces bébés innocents, en sécurité dans les couveuses numériques, et invita Alan à en faire autant d'une main sur son avant-bras.

— Comme tout le monde… Consigne du « Gouvernement Central »… Bientôt, les cartes d'identité disparaîtront définitivement, même pour les mineurs. Nous serons tous irrémédiablement sous contrôle.

— Bref, ce n'est pas de cela que je suis venue te parler. Il y a un endroit tranquille dans le bâtiment ? Tu as de l'aluminium ?

— Plus besoin ! Je progresse, dit-il fièrement en montrant la cicatrice à côté de son oreille. Plus de *earphone* pour moi !

Alan la fit entrer en salle de réunion et posa son téléphone au guichet.

Gina prit son courage à deux mains et se lança :

— Alan, je vais mourir.

— Hein ?! Mais non !

— Si, je t'assure. Ils m'ont implanté une puce tueuse. Il ne me reste que quelques jours, huit plus quelques heures, si tout va bien. Regarde.

Alan lut le compteur du bracelet : « h-206 ». Il se mit à

rougir de colère.

— Je vais t'enlever ce truc, je prépare un bloc !

— Tu ne peux pas. C'est militaire et très sensible…

— Alors quoi ?! On te laisse mourir ?

— Est-ce que tu peux m'en faire une radio pour qu'on localise son emplacement exact ?

— Qui : « on » ?

— Alan… S'il te plaît, ne complique pas les choses.

— Moi ?! Compliquer les choses ! Tu traînes avec des types louches ; tu te fais arrêter ; on t'annonce, tu débarques ; là, tu te casses avec un gars que tu connais à peine… Et je complique les choses ! On aura tout entendu ! Tu le fréquentais en même temps que moi ? osa-t-il.

— Non ! Bien sûr que non ! Ce jour-là, je voulais le tuer pour ce qu'il m'avait fait et revenir à la maison ensuite… hésita Gina.

— Mais… attendit Alan.

— Mais, il s'avère qu'il n'avait rien à voir avec tout ça et qu'il a tout mis en œuvre pour que je sorte…

— Et maintenant… Vous êtes ensemble… Très fort ! Et pour couronner le tout, tu viens me demander de l'aide !

Alan était blessé dans son amour-propre. Pourtant, il ne ressentait pas cette trahison douloureuse que l'on peut éprouver quand l'adultère pointe le bout de son nez dans une relation de couple. Son énervement passa immédiatement dès l'instant où il comprit qu'il ne l'avait jamais aimée comme une petite amie, mais plutôt comme une petite sœur ou un animal que l'on a sauvé et qui vous en est reconnaissant.

— Oui, une dernière fois. On a trouvé quatre vagues de meurtres par puces. La plus récente s'étendait sur toute la planète. Nous remontons la piste. Il me faut du temps. Je t'en supplie.

— N'exagère pas ! On va aller aux urgences dentaires, ce sera plus discret. Tu me feras décidément toujours faire ce qui te chante…

Gina lui exprima sa gratitude et lui dit à quel point son accueil et sa générosité avaient compté pour elle. Dans un déluge de phrases, elle le remercia et s'excusa pour la manière dont leur histoire se terminait. Elle lui assura que telle n'était pas son intention à la base. Quand les portes de l'ascenseur s'ouvrirent, Gina constata qu'ils se rendaient au scanner. Elle ne posa pas de questions. Alan se dirigea vers l'opérateur et lui chuchota quelques mots. Le collègue répondit par la négative. Alan argumenta encore. Ils étaient seuls dans la pièce. Il fallait à Alan une contrepartie qu'il ne possédait visiblement pas. Gina savait comment les hommes fonctionnaient. Cette société leur avait appris à réagir aux stimuli. Même les plus intelligents devaient satisfaire leurs pulsions. Il ne s'agissait plus de s'élever ou de s'empêcher, il fallait consommer l'instant et tout le reste. Elle se déshabilla entièrement, moins confiante qu'elle l'aurait été deux mois auparavant, et se mit devant eux.

— Je fais quoi maintenant ?

— Heu… C'est-à-dire que… Je vous reconnais… La fille de la vidéo du 1er janvier ! Vous avez maigri…

— Je sais.

— Le bracelet.

— Je le garde.

— Alors, on ne verra rien sur cet avant-bras. OK, fit-il en constatant l'indifférence de la célèbre stripteaseuse. Je vous préfère avec les cheveux longs et rouges.

— Je sais. Dites, quand vous aurez fini de me faire perdre mon temps…

— Mettez-vous sur la table, mains au-dessus de la tête et ne bougez plus.

— Tu ne lui fais pas enfiler une blouse ? s'indigna Alan.

— Tu veux que ça reste discret ? Un scan complet par-dessus le marché ! ironisa-t-il en ne quittant pas Gina des yeux. Pas d'injection de produit de contraste, je suppose…

— Tu supposes bien.

Alan ne tenta pas de négocier et regarda son collègue sangler Gina, l'œil lubrique. Il lui fallait savoir si les tortures, qu'il devinait à présent en la voyant nue, n'avaient pas causé de dommages internes.

Une alarme puissante et désagréable résonna puis la machine commença à avancer. Coincée dans le tunnel, ligotée, Gina essaya de se calmer. Cet examen réveillait une claustrophobie qu'elle ne voulait pas laisser gagner. Alan prit le micro et lui dit qu'il n'y en avait que pour dix minutes au maximum. Il affirma qu'il était normal de se sentir oppressé. Alan constata, peiné, des traces de cal fibreux sur son humérus gauche. Il demanda à son collègue de s'attarder sur le cou et la cage thoracique. L'opérateur lui confirma aussi qu'à part des côtes fêlées, les organes internes étaient sains. Il lui enregistra l'intégralité des images de coupes sur carte numérique, accepta d'en faire une seconde copie et effaça immédiatement après les données originales de l'ordinateur. Il remplit une case sur un tableau blanc en inscrivant « test OK » en plus de la date et de l'heure. Il se rinça l'œil une dernière fois en admirant Gina qui se rhabillait.

— Qu'est-ce que ça dit ? s'inquiéta Gina en quittant la pièce.

— Tu as des côtes fêlées. Mais que t'ont-ils fait subir, Gina ?

— Je sais, je l'avais senti, éluda-t-elle.

— Mais la bonne nouvelle c'est que tu n'as rien de plus grave. Ta petite fracture au bras se répare et tes organes vont bien.

— Dommage qu'il ne me reste qu'un peu plus d'une semaine… remarqua Gina, amusée par la formulation.

— Ah oui… Ça…

— Ça… Ce léger détail…

— Ne t'inquiète pas. Je vais trouver un moyen, je te le promets. Tiens, pour tes amis, fit-il en tendant une des deux cartes. Si vous n'arrivez pas à désamorcer ce truc, reviens me voir.

— On ne va pas se revoir, tu t'en doutes bien, Alan. C'est mieux pour ta carrière, ta vie, tout ça... Dis-leur que tu m'as quittée, que l'Argentine m'avait changée.

— Tu es au courant… Je ne savais pas quoi prétexter… Ne t'occupe pas de ça, tout ceci n'est rien… Reviens avant que le temps soit écoulé, je t'en prie. Fais-moi confiance, je trouverai.

Dans l'ascenseur, Alan regarda l'écran du bracelet et y lut « h-205 ». Il restait peu, si peu. Il dévisagea Gina qui semblait impassible.

— Tu n'as pas l'air de t'en faire.

— Je suis morte le 16 mars… Ils ont tué tout ce qui constituait ma vie. Ils m'ont dépossédée de tout. Mon nom, mon corps, ma virginité, mes espoirs. Ils ont tout pris, jusqu'à mon humanité.

— Tu as Jean ? Il t'aime et tu l'aimes.

— Ce ne sera jamais plus comme avant, comme avec toi, comme avec… ma mère, conclut-elle en voyant les portes s'ouvrir. Alan, merci pour tout. Prends soin de toi.

Gina se précipita dehors. La boucle était bouclée, elle ne devait plus d'excuses à personnes. Elisabeth et Kate se passeraient très bien d'explications, elles avaient d'ailleurs certainement déjà trouvé une autre attraction exotique.

Alan la regarda s'en aller, ses cheveux bruns s'agitant au-dessus de ses épaules. Il eut un pincement au cœur en la revoyant à l'âge de neuf ans de retour de l'école, son cartable sur le dos.

*
* *

Jean tournait dans la maison depuis des heures, attendant que Gina rentre pour l'engueuler de ne pas l'avoir réveillé et emmené avec elle. Quand elle poussa enfin la porte, tous ses griefs s'évanouirent et il se précipita sur elle pour l'embrasser. Alors que ses pieds ne touchaient plus le sol, Gina se libéra deux secondes de la bouche de Jean.

— Repose-moi, j'ai des côtes fêlées.

Jean s'exécuta et en profita pour regarder le bracelet. « h-205 », l'écran passa à « h-204 ».

— Non, mais tu peux continuer à m'embrasser, je n'ai rien aux lèvres. Tu sais quoi, il nous reste deux heures à tuer, j'ai une idée de ce qu'on pourrait en faire, fit-elle pour détourner son attention. Tiens ! Bonjour Stéphanie ! Je vous emprunte Jean !

— Je vous fais porter le repas, si je comprends bien. Ne vous en faites pas pour moi… Je mangerai toute seule… Ou avec Manuella, si elle veut bien, s'amusa-t-elle.

Ils coururent dans les escaliers jusque dans la chambre. Là, Gina ne daigna pas expliquer où elle était. Elle lui demanda seulement de tâcher de s'occuper d'elle et du moment présent. C'était tout ce qui comptait.

Nus sous les draps, ils dînèrent douillettement adossés à de gros oreillers, un plateau sur les cuisses. Jean proposa de nouveau un voyage en France. Devant son refus, il soumit l'idée des plages mexicaines. Ils partiraient en *jet*. Gina accepta, à condition que l'équipe soit d'accord. Cette petite victoire sembla suffire à Jean.

*
* *

Pix serra Gina dans ses bras. Il lui fit un topo de leur lamentable nuit de travail infructueux. Une seule information importante leur était parvenue : les contrôles de police se multipliaient partout dans le monde. Ils scannaient les puces. Ceux qui n'avaient pas une 6G étaient fortement incités à s'en faire poser une dans les plus brefs délais par un message du GC sur leur téléphone. Tout en affirmant que le Gouvernement Central participait au complot, Gina confia à Big Mike la carte des données du scanner.

Le verdict tomba, il y avait à peine deux millimètres entre l'implant et la carotide. Trop juste pour qu'eux puissent tenter quoi que ce soit. Les rayons X montraient aussi l'engin avec quelques zones de transparence, mais rien de significatif ou d'utilisable. Gina baissa la tête, si eux ne pouvaient pas pirater ce truc, elle était foutue. Lénina vint la soutenir, car Jean était occupé avec Neo. Les heures passèrent sans un seul angle d'attaque. Newton Morgan semblait intouchable. Aucun moyen de l'aborder s'il ne l'avait pas préalablement décidé. Jean souleva deux questions importantes :

— Ce type n'est pas bête, mais il n'a pas l'air brillant non plus. Il ne doit pas être le cerveau de cette histoire. Il n'a pas les ressources nécessaires. Qui le finance ? Comment fait-il pour garder son job en ayant une activité antagoniste avec celle de la Fondation ?

— Tu veux dire que la Fondation serait une couverture ? comprit Pix.

— Oui et qu'il est là où il doit être. Il faut savoir lequel des mécènes est derrière tout ça… En attendant que vous ayez avancé là-dessus, Gina et moi, nous partons en *jet* au Mexique. Vous n'aurez qu'à nous envoyer un message pour nous dire de revenir quand vous aurez quelque chose de sérieux. La priorité, c'est de désamorcer cette bombe. Le reste, je m'en fous.

— C'est vrai que ta mère et toi n'êtes pas équipés d'implants premier prix… remarqua François qui passait à cet instant. Vous pouvez m'emmener avec vous ?

— Il n'y a que deux places sur une moto.

— Merci Gina ! Je voulais dire dans l'avion.

— Tu nous quittes ? Tu en es certain ? s'enquit Pix.

— Lénina, tu viens avec nous ?

Elle sembla tomber de haut.

— Tu prépares ta sortie depuis hier sans m'en parler ?! C'est ça ?

François resta silencieux sans afficher la moindre honte. Lénina prit sur elle et préféra s'en aller dans sa chambre, un recoin froid tout juste aménagé, suivie de Gina qui espérait pouvoir la réconforter.

— Vous partez quand ? conclut François.

Jean donna rendez-vous à François dans les trois heures à l'aéroport de San Carlos, direction Puerto Vallarta.

14
LES PARENTHÈSES SONT FAITES POUR ÊTRE REFERMÉES

Gina se réveillait en sursaut chaque nuit, le monstre blanc venait lui rendre visite dans ses cauchemars même ici, à l'intérieur de ce bungalow sur pilotis planté sur le sable, à la sortie de ce village de pêcheurs isolé. De la fenêtre et de la porte toujours ouverte, elle voyait l'océan. Chaque fois, elle s'était levée discrètement pour aller se promener sur la plage déserte. La lune éclairait ses pas, tout était calme et serein. Elle commençait à accepter son sort, la haine et la colère s'éloignaient ne laissant que le regret de devoir quitter Jean.

Ce matin-là, Jean remarqua du sable sur le drap et il comprit. Il pouvait lui offrir la plus belle des évasions, elle serait toujours en prison. Jean retrouva Gina assise sur les marches du perron, face à l'océan. Il leur restait cent dix-huit heures.

— Tiens, fit-il en lui tendant un bol de mangues, bananes et noix de coco.
— Merci. Tu as vu, je suis presque comme avant, je n'ai plus qu'un kilo et demi à reprendre. Je serai de nouveau comme sur scène, le jour où tu m'as découverte

nue pour la première fois, fit-elle enjouée.

— Tu fais des cauchemars et tu n'arrives pas à te rendormir ?

Comme elle se demandait comment il le savait, Jean lui montra les grains de sable sur le drap-housse.

— L'océan m'apaise. J'aime aussi te regarder dormir. On dirait un enfant bien heureux, tu ronfles un tout petit peu, c'est mignon. J'adore être ici.

— Mais tu veux qu'on rentre…

— J'ai aimé passer ces heures avec toi, j'ai adoré nos escapades… Mais, je suis désolée, j'ai l'impression…

— De perdre ton temps ? fit mine de comprendre Jean.

— Non, de ne pas l'utiliser comme il faudrait. Si tu me donnais la vue sur l'océan à quelques minutes de l'équipe, j'y resterai jusqu'à… elle hésita… jusqu'à ma mort.

Jean prit son téléphone et appela pour qu'on lui prépare le *jet*. Il s'éloigna, marcha jusqu'au rivage, toujours en pleine conversation. Cela dura dix minutes trente-cinq. « Du temps de vie gaspillé », pensa Gina qui ne parvenait pas à savoir s'il était fâché ou non. Il remballa leurs affaires et l'emmena en voiture à l'aéroport à plus d'une heure de la cabane. Sans un mot, ils embarquèrent et Jean passa le reste du vol sur son ordinateur à gérer les urgences qui s'étaient déclarées dans son entreprise en son absence.

Trois heures et quarante-cinq minutes plus tard, ils atterrirent et Jean prit le volant de son véhicule jusqu'à Seacliff, là où seuls vivaient les membres les plus influents de la communauté. Gina observait ce paysage sans comprendre ce qu'ils faisaient dans ce quartier. Il arrêta la voiture devant une maison rose bonbon de quatre étages. Il lui annonça : « Te voici chez toi pour les cinq jours à venir. » Elle n'en croyait pas ses yeux ! Un majordome sortit par le garage de gauche et les invita à s'y garer. Gina le salua quand il lui ouvrit la portière. Jean lui demanda si tout était prêt, l'homme grisonnant confirma. Jean lui confia une carte magnétique et les clefs de sa moto avant de le congédier. Ils passèrent le salon pour se rendre directement à l'extérieur. Le Golden Gate Bridge, Baker Beach et le Pacifique ponctuaient cette vue panoramique. Ils descendirent les escaliers sur vingt mètres de dénivelé et arrivèrent sur une plage privée. Là, une table de jardin, une théière et un canapé les attendaient.

— Nous ne serons pas trop loin de « l'équipe » comme ça. J'espère que tu es heureuse. Un ami me la prête en son absence.

Gina l'embrassa, elle ne savait pas comment le remercier. Ils profitèrent, blottis l'un contre l'autre, de la vue jusqu'au coucher du soleil qui leur offrit un aperçu du paradis. Le couple regagna la villa pour manger. Alors que Gina mettait au four la pizza qu'elle venait de préparer, Jean reçut un appel qui le perturba. Il s'éloigna et s'enferma dans la pièce à côté.

Gina ne put s'empêcher d'aller écouter à la porte. « Comment le savez-vous ? Morgan, mon entreprise n'est pas à vendre ! Comment ça ? Laissez ma mère en dehors de ça ! Vous me menacez encore ? Je sais que c'est vous qui avez donné l'ordre de me faire tabasser ! Ce sont des méthodes de voyous ! » Gina constata que soudainement, le ton avait changé. Jean s'était radouci et elle n'entendait plus rien.

Jean sortit de la pièce totalement désemparé, mais ne voulut rien lui dire. Il n'avait plus faim, mais incita Gina à manger sa part. Il appela sa mère et la supplia de l'écouter pour une fois dans sa vie. Il lui ordonna de quitter immédiatement le pays en *jet* pour se réfugier là où elle savait. L'attitude de Jean était à la fois inquiétante et lénifiante. Sa manière de prendre les choses en mains la rassurait.

Ils enfourchèrent la moto et se rendirent au vieux port, en ce lieu où aucune oreille indiscrète ne pourrait entendre son plan. Il réunit tout le monde autour de la table et révéla le contenu de sa conversation avec Newton Morgan. Il était allé jusqu'à menacer sa mère s'il n'acceptait pas de le rencontrer pour signer le contrat de cession de son entreprise.

— Ils offrent quoi ?

— Plus que ce qu'elle ne vaut. J'ai refusé. Là, il m'a parlé de Gina. Il est au courant pour le compte à rebours. Il dit que si j'entérine la vente, il désactivera l'implant. Il sait qu'il me tient. Je ne peux plus rejeter sa proposition. À nous d'en profiter.

— Ouais ! Mais ça veut dire qu'il roule avec Baum… souligna Big Mike.

— Ou le directeur du camp… fit remarquer Neo. Et ça, c'est pas bon pour nous.

— Oui, ou les deux… vous avez d'autres platitudes à nous balancer, s'agaça Lénina. Ce qui compte c'est de le neutraliser avant qu'il s'en prenne à Gina.

— Nous devons le piéger, l'obliger à nous révéler ce qu'il sait. Je dois le rencontrer après-demain, le temps pour moi de préparer la passation de pouvoirs, poursuivit Jean.

Pix se frotta le menton et les commissures des lèvres.

— Le délai est trop court, on ne peut rien mettre en place en si peu d'heures… Il nous faut au moins de quoi communiquer entre nous. Et le lieu de rendez-vous ?

— Il ne me l'a pas dit, mais on pourrait peut-être faire ça au manoir. Nous disposons d'une ancienne chambre froide où vous pourriez vous cacher… Je ne veux pas qu'il prenne le contrôle de ma boîte.

— C'est tout ce qui compte pour toi ? s'offusqua Lénina.

— Arrête ! Je sais que vous ferez ce qu'il faudra pour protéger Gina ! Morgan peut-il télécommander l'implant pour qu'il explose ?

— L'ordre d'activation ne vient pas du switcher, mais d'un ordinateur connecté au satellite 6G, expliqua Big Mike. Il s'agit d'une impulsion.

— Si Gina est isolée le temps de cette impulsion, elle ne risque rien, jusqu'à la prochaine, ajouta Neo.

— Combien de temps dure l'impulsion ?

— Ça, c'est la question qui vaut une vie… conclut-il.

Jean demanda à Neo s'il pouvait brouiller le signal. Il n'en était pas certain, pas avec ses ressources actuelles. Ce n'était pas une réponse satisfaisante et Jean proposa à Neo de venir avec lui dans la Silicon Valley, car dans son entreprise, il aurait les moyens de ses ambitions.

Ils abandonnèrent Gina et les autres.

*
* *

Jean montra tout de suite à Neo la salle des serveurs

du département recherche fondamentale et appliquée de l'entreprise. Il s'y brancha immédiatement via son port crânien. Jean n'osa pas demander comment cela fonctionnait. Cette technologie interdite depuis des années le fascinait. Au bout de quelques minutes seulement, Neo en réclama encore. Il y avait bien les plans des premiers bracelets, mais il les avait peut-être déjà absorbés… Pourtant, Jean préféra l'orienter sur les nanotechnologies développées ici de manière secrète.

Neo se mit au travail. Tout ou presque se passait dans ses cerveaux. Il sauvegardait juste sur un ordinateur les étapes importantes et validées de sorte que Jean pouvait lire ce que le prodige transhumain préparait. Au début, cela n'avait ni queue ni tête. Cependant, petit à petit, Jean comprenait où cela allait les mener. Ils voyaient le temps filer. Déjà, les rares employés finissaient leur journée. Les vigiles entraient dans la danse. Au petit matin, Jean fut réveillé d'un bond par un coup de téléphone.

— Vous avez réfléchi ?

— Votre commanditaire sera là ?

— Non, il ne le souhaite pas. Pour lui, vous n'êtes qu'un détail.

— Ajoutez la désactivation de l'implant à votre offre et l'affaire sera conclue.

— Vous n'êtes pas vraiment en position de négocier.

— Mais vous voulez que cela se passe dans le feutré d'un salon, sans vagues.

— Ce serait mieux pour tout le monde, effectivement. J'accède à votre demande. Vous quitterez donc les États-Unis, et ce définitivement.

— Entendu. Pas d'arnaques surtout, venez au manoir de mon père, avec ce qu'il faut, ce soir. C'est à Haight Ashbury…

— À midi. Je sais où vous habitez. Pas de traquenard ou je mets mes menaces à exécution.

Jean envoya un message à Pix avec l'antiquité qu'il lui avait confiée. Dans son bureau, Neo mettait la touche finale à son dispositif. Ils se retrouvèrent tous deux dans le même couloir. Jean donna l'heure du rendez-vous. Il ne fallait pas être brillant pour calculer qu'il ne restait que trois heures pour finaliser ce projet. Le propriétaire des lieux emmena son nouvel ami dans le Saint des Saints : la salle de développement. Les machines les plus évoluées, les ordinateurs les plus performants, tout était réuni en ce lieu pour donner corps aux délires des ingénieurs de *DRD*. *Ces derniers* les regardèrent d'un mauvais œil pénétrer dans leur sanctuaire. Jean fit évacuer la pièce et proposa à Neo de s'y mettre immédiatement. Les stocks étant gérés par informatique et disponibles par transport robotisé, Neo se connecta tout simplement à l'unité centrale et activa méthodiquement toutes les technologies nécessaires.

— Est-on certain que ça va fonctionner ?

— On ne le sera que quand il jouera du *switcher*.

— Et s'il veut nous doubler et déclencher l'autodestruction de l'implant ?

— Normalement, les nanites vont bloquer le signal et nous offrir la clef sur un plateau.

— Normalement ?

— On ne va pas se mentir ! À peine deux jours ! Pas de test ! Tu aurais mis six mois… Je te dis que ça va marcher. Il faut juste que tes robots se bougent le cul…

*
* *

C'était le jour J, il était huit heures du matin, Gina n'avait toujours pas de nouvelles de Jean. Son bracelet indiquait « h-70 », un tiers de son temps s'était évaporé. Jean leur avait laissé l'accès au manoir, l'équipe installait le matériel d'enregistrement pour filmer la négociation, mais Neo et lui restaient injoignables. La veille, Gina était même retournée seule à la maison de la falaise espérant, à tort, y retrouver Jean.

Elle aurait voulu être avec les gens qu'elle aimait, ne pas perdre de ce temps précieux qui lui était compté. Sauf que voilà, Jean priorisait le sien et Alan sauvait des vies. Le constat était amer. Il ne lui restait en fait que deux êtres sur terre. Une grande tristesse l'avait envahie alors qu'elle prenait un thé sur la terrasse face à l'océan.

Un problème était-il survenu chez *DRD* ? Ils l'ignoraient et le secrétariat jouait très bien son rôle de filtre en prétendant que le patron était absent.

En sortant de la chambre froide, Pix reçut un mini message sur son vieux téléphone « midi ». Il était neuf heures douze du matin. Il fit demi-tour et annonça aux autres que le délai était encore raccourci. Le stress monta d'un cran. Tous s'activèrent pour dissimuler des micro caméras un peu partout dans les pièces afin de parer à tout mouvement. Ils testèrent le son, les sandwichs sur la table pliante, tout était pour le mieux.

Ce n'est qu'à midi moins dix que Jean et Neo franchirent la porte, essoufflés. Ils se précipitèrent dans la chambre froide et Neo se contenta d'attraper Gina par le bras et de la mettre devant lui pour lui coller une sorte de fin pansement couleur chair de cinq centimètres de diamètre. Il ne lui expliqua rien. Il lui conseilla juste de passer un autre haut, avec un col cette fois, afin de masquer son dispositif. Gina cavala dans les escaliers pour en trouver un. Neo demanda s'ils étaient autonomes, Pix confirma. La tension était palpable. Jean sortit, ferma la lourde porte à clef et se prépara psychologiquement à cette confrontation.

On sonna à l'id.phone. Midi moins cinq ! Une impolitesse voulue qui provoqua un moment de flottement chez Jean. Morgan tambourina.

— Vous êtes en avance, fit remarquer Jean en ouvrant.

— Vous aviez quelque chose de prévu ? répondit ironiquement Morgan. J'aime beaucoup ce quartier, avec ces maisons bariolées, la vôtre est classée monument historique, je suppose. Très joli, commenta-t-il en entrant dans le salon. Vous permettez ?

Morgan sortit un boîtier et opéra un tour sur lui-même en tendant l'appareil à bout de bras. Il détecta quelque chose vers les escaliers et s'arrêta net. Son visage se crispa jusqu'à ce qu'il voie Gina en haut des marches. Elle était toute de noir vêtue, un fin top moulant à col haut masquait son pansement.

— Le charme français a finalement eu raison de la petite stripteaseuse…

— Elle est beaucoup plus que ça. Asseyons-nous ici, si vous le voulez bien.

— Dans la cuisine, plutôt.

Il imposait sa volonté. Stratégie connue de Jean qui l'avait apprise de son père. Ils s'installèrent autour de l'îlot central. Morgan ne quittait pas Gina des yeux, son regard noir montant et redescendant sans cesse, la reluquant de face puis de dos. Gênée, elle se plaça derrière son homme, une main sur son épaule.

Morgan commença par sortir une tablette et la tendit à Jean qui lut à voix haute les premières lignes mentionnant les parties au contrat. Il ne le savait pas, mais dans la chambre froide, rien ne se passait comme prévu. Le son manquait à l'appel depuis l'arrivée de cet oiseau de malheur et tous leurs efforts n'y changeaient rien. Morgan tiqua, mais la question qui suivit lui expliqua habilement cette attitude :

— Qu'est-ce que la GOSF ? Qui me dit qu'ils ont les moyens d'honorer cet achat ?

— Ne vous occupez pas de ça. Nous allons faire le virement sur votre compte à l'instant où vous signerez ce document.

— Qui est derrière tout ça ? Pourquoi notre entreprise ?

— Cela ne vous apportera rien de le savoir. S'il vous plaît, je n'ai pas que ça à faire.

— Je veux comprendre, je suis un ingénieur, c'est une seconde nature. Vous avez l'appareil pour désactiver l'implant ?

— Oui, mais je sais que vous tenez beaucoup plus à elle qu'aux millions de ce contrat. Donc ce sera quand j'aurai vos empreintes sur l'acte.

Jean lut attentivement, Gina fixait Morgan sans un mot jusqu'à cet instant.

— C'est vous qui avez fait tuer ma mère ?

— Voyons, je ne suis qu'un homme d'affaires. Je ne m'occupe pas de gens comme vous… En dehors, bien sûr, du cadre de mes activités à la Fondation. À faire de telles insinuations, on se retrouve en prison, voire pire…

L'attaque, à peine déguisée, la mit hors d'elle. Elle lui demanda ce qu'il faisait avec les puces. L'erreur stratégique due à son caractère impulsif plus qu'à son jeune âge n'eut aucun effet sur Morgan, si ce n'est un petit rictus très agaçant au coin droit de ses lèvres. Jean posa sa main gauche sur celle de Gina pour la calmer. Il émit qu'il aurait souhaité garder une place au conseil d'administration, ce qui fut immédiatement écarté. Jean, la mort dans l'âme, signa ce contrat du stylet que lui avait fermement tendu Morgan.

Jean alluma à son tour sa tablette et se connecta à son compte. Il patienta pendant que Morgan effectuait le transfert.

— N'y voyez rien de personnel. Certaines technologies doivent rester dans les placards, voilà tout. L'intérêt supérieur prévaut simplement sur ceux des particuliers que nous sommes.

— Quelle technologie nous a valu d'attirer l'attention de ce commanditaire fortuné ? Qui est-ce, d'ailleurs ? Les Schild ; les Ros ; les Over ; les Burg, les Feller… Ah, les Feller. Pourquoi voulaient-ils stopper les projets de mon père ? Pourquoi ne pas lui avoir proposé ce contrat ?

Devant le mutisme de Newton Morgan, Jean tenta le tout pour le tout.

— C'est bien vous qui avez fait tuer mon père, n'est-ce pas ?

— Ne dites pas de bêtises ! Votre empreinte.

— Désactivez l'implant, je la déposerai ensuite.

— Je n'aime pas votre ton, Dupont.

Un bruit métallique résonna vers l'entrée. Morgan se leva dans l'instant, il regarda partout en criant à l'intrus, au piège, et en menaçant ces deux interlocuteurs. Il brandit son boîtier sans trouver de traces de puces dans le coin incriminé.

— Vous êtes avec des réfractaires ?! Qu'ils se montrent ! fit-il en sortant discrètement un flacon de la poche de sa veste.

Jean comprit qu'ils allaient perdre leur avantage et décida de passer à l'offensive en se précipitant sur Morgan qui recula d'un bond et l'aspergea avec une sorte de gel légèrement acide.

Jean s'écroula immédiatement, aussitôt secouru par Gina qui cria à l'aide. Les autres tentaient l'impossible pour enfoncer cette porte si solide. N'y pouvant rien, seule, elle s'attaqua à son tour à Morgan qui était en train de lui tourner le dos tout en sortant son assistant personnel, comme si elle n'existait pas. Gina lui donna un violent coup derrière les genoux pour le faire tomber et le mettre à sa hauteur. Elle se jeta sur lui, comme une furie, ses bras autour de son cou.

— Qu'est-ce que tu lui as fait ?! Ça ne te suffisait pas d'avoir fait tuer ma mère ?! Tu veux me prendre tous ceux que j'aime ?!

— Gina Harris, votre attitude belliqueuse est répréhensible. Monsieur, voulez-vous que nous appelions les forces de l'ordre pour faire cesser ces agissements et vous permettre de porter plainte ?

— Non ! Non ! répéta Newton en interrompant la

machine.

— J'ai besoin de votre confirmation, dit la voix synthétique de manière totalement monocorde.

Morgan se débarrassa d'un des deux bras de Gina et commença à le lui tordre. Il répondit à la domotique : « Oui, confirmation ! » Instinctivement, la rage au ventre, Gina planta ses dents au niveau de sa carotide pour le faire lâcher et peut-être même atteindre sa puce. Morgan hurla d'un cri roque et haineux. La voix redemanda une dernière fois. Il la projeta au sol devant lui et elle glissa contre le canapé.

— Ce n'est qu'une dispute, c'est arrangé… dit-il calmement, une main sur sa plaie.

Il chercha un torchon pour faire une compresse. Gina se releva, un peu sonnée, et se précipita sur lui au moment où lui-même ramassait son téléphone pour s'occuper définitivement d'elle. D'un coup de poing dans le plexus, Morgan mit fin à cette altercation. Le buste de Gina se souleva. Dans un mouvement accompagné d'un recul, ses pieds décollèrent du sol et son corps s'écroula sur le parquet. Elle avait enfin perdu connaissance, cette gamine était décidément très collante. Satisfait, il passa son appel :

— Détruisez l'implant. Maintenant.

Il raccrocha et observa Gina gisant, inanimée, attendant la réaction classique. Le cou de Gina fit le soubresaut caractéristique de l'explosion. Morgan se baissa pour vérifier son pouls. Il avançait ses doigts quand l'*id.phone* sonna. « Quoi encore ? » Morgan se précipita sur sa tablette et se jeta sur Jean. Coinçant sa compresse entre son épaule et son oreille, il attrapa ensuite la main de Jean. Dédaigneusement, il la posa sur la dernière page et enclencha la numérisation de son empreinte palmaire. On tapait sur la porte !

— Je détecte un problème. Je lance une alerte. Signes vitaux défaillants. Pronostic vital engagé.

Morgan ramassa ses affaires à la hâte et courut vers l'arrière de la maison. Prenant la porte de service, il s'enfuit en escaladant la clôture. Il traversa plus sereinement le jardin d'une autre propriété et en sortit calmement par un portillon en faisant venir sa voiture.

*
* *

Alan sonna puis, entendant du bruit, il tapa à la porte. Personne ne lui ouvrant, il décida d'essayer d'entrer. Réflexe archaïque qui ne le mena à rien puisque la domotique contrôlait tout. Il frappa encore en appelant Gina. Son assistant personnel signala une alerte « personne en danger » et la serrure se déverrouilla. Le battant poussé, inquiet, Alan aperçut deux corps gisant sur le sol. Il courut pour découvrir qu'il s'agissait de Jean et de Gina. Le laissant à son sort, il se pencha sur elle en baissant tout de suite son col.

— Qu'est-ce que c'est que ça encore ? fit-il en commençant à gratter le pansement couleur chair.
— Hummm… gémit Gina en écartant sa main… Non… fit-elle en ouvrant les yeux. Alan ! Comment… Où est Jean ?!

— Il est ici.

— Occupe-toi de lui ! Il a été aspergé par un spray et il est tombé, expliqua-t-elle en se précipitant sur son homme.

— Attention ! Ne le touche pas ! C'est peut-être contagieux ou encore actif ! avertit Alan en la retenant par le bras. Laisse-moi l'examiner, dit-il en enfilant ses gants. Oh là ! Son pouls est trop lent, remarqua-t-il inquiet avant de soulever sa paupière gauche. Ses pupilles se dilatent, il devrait être conscient. Appelez ambulance !

— Les secours arriveront dans moins de quatre minutes, dit la voix synthétique. Le défibrillateur est prêt.

— Non ! Il porte son bracelet, ce truc doit le maintenir en vie !

Alan avait déjà déboutonné la chemise de Jean.

— Je n'ai pas le choix, il va mourir. Enlève-le-lui si tu crois que ça risque de le griller.

— Je ne sais pas… Non, attends !

— Gina !

— OK ! Vas-y !

— On s'écarte ! Choquer. Il ne réagit pas ! Allez Jean ! On s'écarte ! Choquer… Choquer…

Gina tremblait de tout son être, elle priait Maitreya pour la première fois depuis l'école primaire. Enfin, Alan annonça une bonne nouvelle, son cœur était reparti. Au loin, on tambourinait toujours au sous-sol. Alan, sorti de cette urgence vitale, s'en soucia et envoya Gina ouvrir à l'équipe. Pix lui demanda immédiatement comment elle allait. Ils avaient vu toute la scène. Il s'accroupit à côté de Jean et voulut être rassuré, ce qu'Alan ne pouvait pas faire.

— Je ne sais pas ce qu'il a. Nous l'avons stabilisé, mais il a dû être empoisonné…

— Ce salaud de Morgan l'a aspergé ! Vous avez entendu comme il se sent supérieur ?

— Nous n'avions pas de son, il a dû brouiller le signal… Nous n'avons enregistré que de la vidéo, confia un Neo embarrassé. On n'a rien pu faire…

— Qu'est-ce que vous avez foutu ? Il a perçu du bruit et tout a foiré !

— C'est ma faute, avoua Lénina. Pardonne-moi, je voulais passer un micro filaire, j'ai fait tomber une plaque de métal… Et vous qu'est-ce que vous fichez ici ?

— Je venais sauver Gina de son implant.

— Normalement, je m'en suis occupé, affirma Neo.

— De le lui enlever ?

— Non de le désactiver.

Les urgentistes interrompirent cette bravade masculine en déboulant avec leur brancard. Alan se présenta et leur décrivit les symptômes ainsi que la cause et les soins déjà effectués. Il leur demanda de les emmener tous les deux.

*_**

Alan avait demandé qu'on place Jean en soins intensifs dans le quartier *VIP*. Gina se rongeait les sangs. Les nouvelles n'étaient pas bonnes. Il s'agissait d'un empoissonnement par une toxine inconnue d'une rare complexité. Les médecins craignaient le pire. C'est pour cette raison qu'ils venaient de le plonger dans un coma artificiel et avaient fait baisser sa température corporelle. Il leur fallait du temps. À cette annonce, une vitre la séparant de son bien-aimé, Gina regarda enfin son bracelet. Le compte à rebours avait disparu ! Neo avait réussi ! Voilà que les rôles étaient à présent inversés. Elle vivrait, lui mourrait.

— Il doit payer ! jura Gina.
— Que dis-tu ?
— Rien.
— Je vais t'enlever cette saleté du cou. Tu veux ?
— Je dois rester auprès de lui.
— Cela ne sert à rien. Il faut qu'on s'occupe de toi.

Gina suivit Alan à contrecœur. Dans les couloirs, alors qu'il l'entraînait par le bras, nombreux sont ceux qui se retournèrent sur leur passage. Ils entendirent des messes-basses et Gina perçut des regards désapprobateurs émanant de quelques infirmières. Malgré tout, sa démarche était sûre, son pas élancé et son menton relevé.

Alan pénétra dans une salle d'auscultation censée être vide. Il demanda à l'interne endormi sur la table d'examen de déguerpir. Il la reconnut immédiatement et fit mine de la questionner. Alan stoppa ses ardeurs juvéniles en confirmant son intuition par un « oui, la vidéo du 1er janvier ! Remettez-vous. Secret médical, vous vous rappelez… Là-haut, ils virent des gens pour moins que ça par les temps qui courent… »

Il n'était plus embarrassé.

Le champ de soins stérile en place, Alan sortit de sa poche un emballage en plastique contenant un curieux tube métallique muni d'une détente et de trois fils en son bout inférieur. Il le passa dans une solution désinfectante et incisa au scalpel la peau de Gina qui ne broncha pas.

— Tu n'as plus honte de moi parce qu'on n'est plus ensemble ?

— Qu'est-ce que tu racontes, je n'ai jamais…

— Alan…

— Peut-être un peu. Mais tu as failli mourir, ça change des choses… Laisse-moi me concentrer. Tu es certaine de ne pas vouloir d'anesthésique ? il insista devant son non de la tête : Ce n'est que local ! OK, tu vas souffrir.

Alan enfonça la gouge qu'il avait créée pour l'occasion, appuya de son doigt pour faire rentrer l'implant dedans, puis referma les fils d'une pression arrière sur le levier. Au moment de retirer le tout, la porte s'ouvrit violemment et Neo cria : « NON ! »

15
POUPÉE DE CIRE, POUPÉE DE FEU

« Offre exceptionnelle réservée à nos clients Platinium et Gold ! -30 % sur votre future compagne *BB Dolls* classe G ! Avec reprise de votre ancien modèle ! La classe G est la toute nouvelle gamme de *BB Dolls* personnalisable à volonté. Pour lui donner l'apparence de votre choix, rien de plus facile, paramétrez ses mensurations, sa couleur de peau et tout le reste sur notre site ! ou ENCORE PLUS SIMPLE téléchargez vos propres scans en qualité haute définition. Ainsi, vous serez toujours proche de vos proches ! »

Newton Morgan regardait cette publicité pour la troisième fois en trois soirs quand une idée germa dans sa tête et poussa très vite. Il appela Victor Icious en vidéo.

— Victor ! Comment allez-vous ?

— Newton ! Alors, cette désintégration s'est bien passée ?

— À vous de me le confirmer ! Aucune récidive ? Rassurez-moi ! plaisanta-t-il.

— Absolument aucune. Le sénateur est très content.

— Tant mieux ! Dites-moi ? Vous conservez les scans

des désintégrés ? Je veux dire après…

— Quelques jours seulement. Pourquoi ?

— J'ai besoin de ceux de 26662. C'est encore possible ?

— Puis-je savoir ce que vous comptez en faire ?

— Un projet personnel. Quelle compensation ?

— Invitez-moi à une de vos parties fines, nous serons quittes.

— Très bien ! J'attends votre retour. Force mon ami.

— Force à vous aussi.

Dès les fichiers reçus, Newton vérifia le montant de la reprise promotionnelle et les transféra sur le site de *BB Dolls*. Il était temps de remplacer Cynthia. Il valida sa commande avec une grande satisfaction. Newton ressentit toute l'impatience d'un gosse avant d'ouvrir ses cadeaux de Noël. Il toucha son cou encore endolori et fraîchement cicatrisé par dermopeeling. Pouvoir jouer avec une copie parfaite serait très amusant !

*
* *

Au hangar, c'était l'effervescence. Enfin, le piège avait fonctionné ! Pix n'avait pas cru Big Mike quand il lui avait dit que ça marcherait, mais il avait vraisemblablement eu tort. Neo remarqua que si le directeur du camp avait donné les scans à Morgan, cela signifiait qu'il avait arrêté le geste d'Alan à temps. L'implant ne s'était pas réactivé en sortant du corps de Gina. Grâce à lui, elle était donc très officiellement morte.

Gina n'était pas aussi ravie que ses camarades de cette dernière affirmation. Ils l'empêchaient de voir Jean précisément pour cette raison. Après-demain, à cette même heure, elle se vengerait. En attendant, elle devait continuer à s'entraîner si elle voulait battre Morgan. Cela faisait en effet trois jours qu'elle ne faisait qu'enchaîner sport, frappe sur un simulateur robotique de combat, repas copieux pour retrouver ses formes et cours de maintien. Ces derniers visaient à lui donner les comportements et manières de s'exprimer des androïdes de la marque plébiscitée par Newton Morgan. Imitant des postures et des intonations trouvées sur le Net, elle frôlait le mimétisme parfait. Elle avait la rage au cœur. Savoir Jean dans le coma alors qu'elle était sauve, elle ne parvenait pas à le digérer.

Alan, « le pauvre », ne pouvait rien pour elle ou lui, il s'en remettait à ses collègues. Son intervention chirurgicale, sauvée in extrémis par Neo, l'avait déjà libérée définitivement du joug de l'administration, mais en plus, ce dernier lui avait même configuré une puce haut de gamme. Ainsi, Gina ne serait plus importunée par les contrôles de police. Pour les forces de l'ordre et le centre de gestion des relations marchandes, pour les opérations de base, elle était à présent madame Jane Dupont. Lui restait à prendre le temps de changer de téléphone.

Lénina, quant à elle, était soulagée. Sa copine était vivante. En revanche, elle avait toujours de la peine à cause de François, son premier amour, qui l'avait quittée sans hésitation. Un sentiment d'abandon qui s'était évaporé momentanément lors de sa rencontre fugace avec Alan. Elle l'avait trouvé très beau. Depuis, elle ne cessait de demander à Gina de lui décrire son caractère, ses petites manies, etc. Gina s'en serait amusée si elle n'avait pas été si désespérée par la lenteur du diagnostic de Jean.

⁎

Alan s'était pris à admirer l'engagement de Gina dans son combat contre ce scandale des puces, comme il se le nommait intimement. Il commençait à en avoir assez d'être le gentil médecin, rangé, bien sous tous rapports. Lui, que faisait-il pour améliorer la société ? Cette question avait fini par le hanter. Sauver des vies, la plupart nanties, c'était bien, mais faire éclater la vérité au grand jour, c'était peut-être là la seule chose à faire.

Il avait décidé la veille et en secret de recueillir tous les témoignages de ses collègues. Sa recherche, il l'avait publiée dans un groupe fermé sur *Facebook* intitulé « puces, dissection, médecin et vérité ». Déjà, des centaines de messages lui parvenaient de partout sur la planète, comme si tous ces docteurs, ces chirurgiens, ces soignants attendaient un leader pour parler.

Alan profita de sa pause déjeuner pour faire les premières captures d'écrans de ces témoignages afin de se constituer un dossier. Il posta ensuite une demande concernant le manque de précisions. Il réclamait les dates exactes des faits décrits. Cela ne prendrait pas longtemps pour qu'on puisse prouver que les cas n'étaient pas si isolés que les services juridiques voulaient le faire croire.

⁎

« Cher monsieur Morgan,
Nous sommes heureux de vous annoncer que la livraison de votre *BB Dolls* en exemplaire unique arrivera en avance à l'adresse habituelle. Merci de nous

258

communiquer vos préférences concernant l'horaire souhaité. »

— Il faut que tu reprennes exactement la même forme que celle du site !

— Mais tu m'énerves ! Puisque je te dis que ça émane de leur site ! s'agaça Neo. Va plutôt t'occuper de préparer Gina, il la veut imberbe et avec les cheveux rouges, colle correctement la perruque s'il te plaît. Il ne doit se rendre compte de rien.

Quelques minutes plus tard, Newton Morgan autorisait une livraison entre deux et cinq heures de l'après-midi. Il précisait qu'il fallait lui reprendre le modèle qui répondait au prénom de Cynthia.

— Neo ? Qu'est-ce qu'on va bien pouvoir faire d'un machin pareil ? demanda Big Mike.

— J'ai ma petite idée, t'inquiète…

Gina entra dans la caisse habillée de son bikini patriotique, comme exigé par le client. Pix s'excusa et remplit les espaces vides de boudins de mousse avant de la refermer en vissant le couvercle. Le cœur de Gina commença à battre très fort, elle était en train de paniquer. Lénina lui parla doucement dans l'oreillette pour la rassurer. Ils soulevèrent le conteneur peint aux couleurs de la marque aux poupées et le charrièrent jusqu'à l'entrée du hangar où devaient les rejoindre les transporteurs officiels. Neo leur avait envoyé un ordre d'enlèvement adjoint à celui de l'expédition spéciale. Tout semblait se passer suivant le plan.

Les deux livreurs signèrent le bordereau tendu par

Lénina sans poser trop de questions quand elle leur précisa qu'il s'agissait d'un client excentrique. Elle gagna un peu de temps en leur demandant de rapporter l'autre androïde à cette même adresse et de n'en parler à personne sous peine d'être licenciés. Pendant ce temps, Pix et Neo se cachèrent sous leur camion.

Une fois dans l'appartement de Morgan, les employés dévissèrent le couvercle et découvrirent un modèle qu'ils ne connaissaient pas. Les deux touchèrent la peau et la trouvèrent parfaite. Ils commençaient à devenir graveleux quand le propriétaire des lieux débarqua. Penauds, ils s'excusèrent et, sans un mot de plus, sortirent cette superbe poupée curieusement légère de sa boîte. Gina développa des efforts surhumains pour rester gainée et impassible. Debout au milieu du salon, attendant que les livreurs s'en aillent par l'ascenseur de service avec l'ancienne, elle ne bougea pas. Immobile même quand Newton la caressa des épaules jusqu'aux seins. Il sentit alors ce faux cœur battre comme un vrai, s'y attarda quelques secondes et la palpa un peu partout avec délice et étonnement. Il vérifia la connectique dans sa perruque et nota qu'il lui faudrait faire une énième réclamation sur ce point précis.

— Ils devraient vraiment améliorer la qualité des cheveux ! fit-il remarquer. Ne répondez pas surtout, bande de babouins immondes !

Les portes de l'ascenseur s'étant enfin refermées, il actionna la commande de mise en route. On ne sentait même pas le mécanisme sous la peau. Décidément, c'était de mieux en mieux !

— Bonjour, Monsieur Morgan, je suis enchantée. Comment voulez-vous m'appeler ?

— Gina.

— Bonjour, je suis Gina. Pour vous plaire et vous servir.

— C'est incroyable ! Tu as presque la même voix qu'elle !

— Souhaitez-vous que je change d'intonation ou de tonalité ? joua Gina.

— Non, c'est très bien. Comment est-ce que je te programme ?

— La nouvelle interface instinctive et prédictive de *BB Dolls* est conçue pour rendre votre expérience inoubliable.

— Je dois retourner au travail pour régler quelques détails de dernière minute. Familiarise-toi avec les lieux. Connecte-toi avec Jenny pour apprendre mes habitudes. Je m'occuperai de toi ce soir.

— Passez une bonne journée, salua Gina de la main comme elle l'avait vu faire il y a longtemps dans un reportage consacré aux geishas.

Morgan s'en alla comme il était venu, en hélicodrone. Gina fit le tour de l'appartement de luxe, ouvrit tous les placards et les tiroirs. Elle trouva une robe à sa taille posée sur le lit et l'enfila. C'était un petit bout de tissu, trop court et très échancré au niveau du décolleté, une tenue foncièrement vulgaire pour une poupée sexuelle anatomiquement parfaite. Elle se dirigea ensuite nonchalamment vers l'autre androïde. Dans son oreillette, Neo lui disait qu'elle devait gagner du temps, car il n'avait toujours pas craqué le système de surveillance vidéo. Elle s'y connecta et fit semblant de se ranger dans le placard à côté de sa voisine en silicone.

Elle resta immobile jusqu'à ce qu'on lui donne le feu vert. « OK, tu peux y aller. » Immédiatement, Gina se précipita sur le panneau de contrôle des fenêtres et de l'ascenseur pour désactiver les sécurités et ainsi permettre à Pix et Neo d'entrer. Ils étaient en effet tous deux coincés dans le parking après avoir passé le trajet du hangar à l'immeuble sanglés sous le camion de livraison. Gina leur fit ouvrir les portes et les autorisa à monter, comme Cynthia devait le faire pour réceptionner les commandes de son propriétaire.

— Les caméras sont bloquées ?

— L'image est figée, tu es dans le placard et rien ne bouge, affirma Neo.

— Comment ça s'est passé ? Il y a cru ? demanda Pix inquiet.

— C'était chaud. Il m'a touchée, a posé ses mains glacées sur ma poitrine, j'ai dû me concentrer pour qu'il ne s'emballe pas. Et ça, sans montrer que je respirais ! Oui, il était ravi. Mais, ne perdons pas de temps ! Il faut trouver tout ce qui peut être en lien avec le complot des implants.

Ils cherchèrent plus de deux heures, retournant tout sur leur passage, sans succès.

— Ce n'est pas possible, ce type a forcément des supports informatiques chez lui, je veux dire à part cette tablette pourrie ! s'énerva Neo en la jetant sur le canapé.

— Interroge l'androïde, osa Gina.

— Pas con !

Il brancha son port crânien directement sur l'interface et pénétra dans la programmation de la machine. Il ajouta d'abord des options à son comportement qui lui permirent de la faire répondre à ses questions. Ils trouvèrent ainsi l'emplacement d'un coffre caché derrière un faux fond de placard.

Pix, appelé à la rescousse, parvint à déverrouiller la trappe. Il se décomposa. Neo arriva juste après et lui aussi changea de tête. Gina voulut comprendre pourquoi ce silence. Il s'agissait d'une antiquité à serrure mécanique que, naturellement, ils ne savaient pas ouvrir. Neo demanda à Jenny de lui donner la combinaison. Elle ne la connaissait pas. Il contacta Lénina et lui dévoila le protocole à mettre en œuvre afin de cracker l'unité centrale de Cynthia. Il espérait qu'elle pourrait leur répondre. Elle l'ignorait aussi. C'était un drame.

Gina comprit alors qu'elle n'avait plus le choix. Le plan B devenait une évidence. Elle obligea Pix et Neo à partir. Les portes de l'ascenseur se refermèrent et elle se retrouva seule dans cet appartement à questionner une machine sur les habitudes d'un type qu'elle haïssait plus que tout.

L'androïde se mit soudain en mouvement et commença à cuisiner. Gina l'imita et en profita pour manger quelques ingrédients sous le regard glacé de cette mécanique qui demanda si elle devait lui obéir comme à son maître. Gina, surprise, se gratta la tête avant de répondre qu'elle devait pour l'instant la considérer comme un robot. Elle ajouta que, le moment venu, elle deviendrait son unique propriétaire et qu'il lui faudrait n'écouter que ses ordres, n'accéder qu'à ses requêtes. Jenny reprit ses activités. Gina pria pour que les modifications apportées par Neo soient infaillibles.

Le four sonna et comme un ballet bien réglé, Newton Morgan se posa en hélicodrone sur le toit-terrasse, son téléphone sécurisé à l'oreille.

— Je vous l'affirme, nous serons prêts dans quelques heures… Vingt, tout au plus… Oui, les chiffres sont excellents, votre stratégie a été payante, toutes tranches d'âges confondues… Bien, Monsieur… J'attendrai vos instructions. Bonne soirée, à vous.

Morgan prit quelques secondes pour se remettre de ce coup de fil. Il avait réussi, mais cette fin de journée ayant été exécrable, il avait besoin de se détendre. Il contempla cette ville en sursis avant de passer au scanner rétinien et de rentrer chez lui. Sans un mot, il s'assit à table.

Gina imita Jenny et resta immobile derrière lui, ne bougeant que pour servir et desservir Monsieur. Morgan ordonna à Gina de se mettre devant lui et l'interrogea :

— Sais-tu danser ?

— Quel type de danse voulez-vous que j'interprète ?

— Je ne sais pas, comme dans les bars !

— Les choix disponibles correspondant à votre demande sont : cabaret et gogo-danseuse. Danses de salon : valse, tango…

— Non, arrête ta liste ! Tu n'as pas : striptease ?!

— Jeux coquins : striptease.

— Et essaie de parler plus comme une humaine. Musique ! fit-il en fixant, l'œil lubrique, sa machine qui commençait à se dandiner.

Jenny servit le dessert, un collier autour du cou, une corde pendant jusqu'à ses hanches, mais Newton l'écarta avec dédain. Il observait sa créature bouger langoureusement, jouer avec sa robe et lui dévoiler tour à tour des parties de son anatomie synthétique. Il s'impatientait, Gina le voyait, mais l'idée de se montrer nue devant lui la révulsait. Il lui ordonna de déchirer sa tenue. Pour un androïde, ce n'était pas un problème, mais pour elle… Gina tira et miraculeusement, elle parvint à la mettre en lambeaux. Elle continua à danser, utilisant une chaise comme accessoire et l'instant fatidique arriva où il lui enjoint de se dévêtir complètement pour lui. Gina retint sa hargne et son envie de le frapper et s'exécuta. Morgan prit son verre de vin et s'installa dans le canapé, bien décidé à découvrir son nouveau jouet. Il lui demanda d'adopter les postures les plus humiliantes au point qu'elle se posa la question « joue-t-il avec moi parce qu'il m'a démasquée ? »

Il coupa la musique d'un claquement de mains et Jenny lui servit immédiatement un bourbon. Il tira sur la laisse de Jenny qui s'agenouilla entre ses cuisses et commença son travail quotidien.

— Observe et apprend ! Demain, ce sera toi, j'aurai eu le temps de te configurer, expliqua-t-il à Gina tout en consultant ses dossiers.

Dans un élan d'anthropocentrisme et d'identification, Gina eut pitié de Jenny. Il fallait que la situation se débloque, elle imaginait déjà avec horreur devoir baiser avec ce type.

Nue, immobile, espérant ne pas transpirer, Gina attendit de longues minutes qu'il jouisse, que Jenny le nettoie servilement et qu'il se lève enfin. Il passa tout à côté d'elle, la frôla et lui mit la main aux fesses. Malgré son habitude, elle frémit presque imperceptiblement. Morgan continua son chemin, tablette sous le bras, et se dirigea vers le coffre. Elle le suivit aussitôt, pour en obtenir la combinaison. Ses pieds ne faisaient pas de bruit sur le carrelage et pourtant, il se retourna d'un coup ! Dans son regard, Gina lut qu'il avait compris !

Déjà, il se jetait sur elle en hurlant qu'elle allait crever. Surprise, Gina courut jusque dans le salon, crut pouvoir se réfugier derrière le canapé, espérant que la domotique sonnerait l'alerte. Elle ignorait ce que Newton Morgan faisait dans ce lieu de perdition lors de ses parties fines. Elle ne pouvait donc se douter que cette option avait été purement et simplement supprimée du programme. Gina saisit Jenny et la jeta sur lui en appelant à l'aide.

— Tu peux hurler tant que tu veux ! C'est insonorisé ! Si tu savais le nombre de filles comme toi dont ces murs ont étouffé les cris. Violées, battues, scarifiées… par les puissants de cette ville et d'ailleurs… Tous des amis à présent… affirma-t-il calmement comme un tigre se préparant à fondre sur sa proie, car Gina était bloquée dans un coin du salon.

Ces dernières allégations avaient ébranlé la femme en elle, réveillant un instinct maternel insoupçonné. La rage montait, sa chaleur l'envahissait. Elle devenait le prédateur.

—Je vais te tuer ! cria Gina en se jetant sur lui de toutes ses forces.

Elle lui asséna plusieurs coups de poing, se protégeant en relevant sa garde quand il répliquait. Lors de ses entraînements au hangar, elle avait compris que l'important n'était pas la force, mais la vitesse. Aussi, abattait-elle une pluie de crochets et de directs sur Morgan qui se vit débordé. Il lui attrapa les cheveux et tira pour la déséquilibrer. La colle de la perruque lâcha et il s'en trouva emporté en arrière. D'abord prise de douleur, touchant son crâne, Gina envoya un coup de pied dans l'estomac de Morgan qui s'écroula sur l'angle de la table basse. Le bruit fut sourd et il ne bougea plus.

— Non, non, non, non ! se plaignit Gina. Tu ne vas pas mourir sans m'avoir dit ce que je voulais entendre, salaud d'assassin !

Gina le retourna sans ménagement. Il vivait toujours. Elle ordonna à Jenny de le transporter jusqu'à la chambre, de le déshabiller et de l'attacher avec les menottes aux quatre barres verticales du lit à baldaquin métallique. Un verre d'eau et quelques claques plus tard, Morgan sortit de son sommeil. Gina s'était vêtue de blanc, elle portait un foulard immaculé sur le visage. Morgan tenta de se libérer, s'énerva en se rendant compte qu'il était nu et à la merci de cette « petite pute ».

— J'ai trouvé vos jouets… Ceux que vous utilisez sur ces « filles »… Intéressant, ce placard caché dans une cloison. Dommage de l'avoir montré à Jenny… On ne peut pas faire confiance aux machines…
— Tu vas faire quoi ? Demain matin, une armée débarquera ici, si je ne vais pas au bureau.
— Parce que tu comptes tenir jusqu'à demain matin ? Mes amis ont apporté quelques modifications à Jenny et pendant ton "absence" elle a changé de propriétaire. Tu comprends ce que ça veut dire ? Oui, je sais, tu as mal au crâne. Tu verras, ça va passer avec les autres douleurs, celles qui arrivent…

Gina avait adopté un ton très inquiétant, elle semblait prête à tout. Elle expliqua qu'il allait goûter aux plaisants soins qui lui avaient été prodigués au camp. Gina commença par l'électricité, sans rien demander. Il finit par hurler, souvent. Elle se força à le caresser entre chaque décharge, comme le monstre blanc l'avait fait avec elle. Il lui affirma qu'elle n'avait pas ce qu'il fallait pour aller au bout, qu'il ne risquait rien. Debout sur le lit, elle le frappa dans les côtes à coups de talons. Sous la douleur, il s'évanouit.

Gina demanda à Jenny d'attacher les menottes de ses poignets en haut du cadre du baldaquin pour qu'il soit à la verticale et qu'il ressente ce qu'elle avait éprouvé en craignant que ses épaules se déchirent sous son poids. Son corps faisait un X tout mou et pathétique.

Elle le réveilla avec une giclée d'eau, sans lui permettre de boire, avant d'électrocuter sa peau mouillée. Elle laissa le soin à Jenny de lui tripoter le sexe et l'anus « en récompense », ce que l'androïde s'appliqua méthodiquement à exécuter. Il la défiait encore. Elle le menaça avec un couteau, le fit courir de son cou jusqu'à ses testicules, appuyant suffisamment pour que le sang perle sous sa griffure. Il cria de rage. Elle devait le briser comme ils l'avaient cassée. Elle utilisa les pinces, les écarteurs, reconnaissant chaque instrument et sachant comment s'en servir. Sans jamais lui poser de questions.

Gina ordonna à Jenny, passée en mode « sadomaso dominant », de le fouetter. Ces pervers avaient poussé le vice à couper le bout des lanières de cuir dans le sens de la longueur afin qu'elles pénétrassent mieux dans les chairs de leurs victimes. Il y goûta à son tour. Gina demanda qu'elle lui torde les doigts à la limite de les fracturer. Et ce n'est qu'au bout de cinq ridicules heures seulement que le regard de Morgan changea, quand sa machine lui enfonça une lame dans la cuisse. Il avait compris qu'il n'était plus le maître à bord. Il s'était résigné, au moins en apparence.

Gina lui posa alors ses questions. Il refusa dans un

premier temps d'admettre sa participation à ce complot. Elle le frappa au visage et dans les côtes avant de se souvenir d'une discussion avec Fiona qui lui avait expliqué les choses de la vie, à sa façon : « Les hommes sont gouvernés par leur bite. C'est le truc le plus important pour eux. Si tu la traites comme la plus belle des merveilles, ils sont à tes pieds. » Qu'à cela ne tienne, Gina ordonna à Jenny de s'agenouiller, de mettre le sexe de son ancien propriétaire dans sa bouche et de le mordre pour lui faire mal.

— Salopes !, cria-t-il de douleur en renonçant immédiatement à gesticuler.

— Plus fort, Jenny. Il aime ça… Il nous insulte, il en veut encore…

— Non ! Non ! Non ! Pardon !

— Qu'est-ce que tu as fait à Jean ?

— Je l'ai empoisonné…

— Prends-moi pour une conne. Jenny, serre !

— Non ! J'ignore ce qu'il y avait dedans, je te jure ! Arrêtez...

— Qui le sait, alors ?! Serre !

— Haaahhh ! Je n'en sais rien, je le jure, relâche Jenny !

— Tu as oublié ? Elle n'obéit qu'à moi ! On va y revenir, peut-être que tu sais d'autres choses… Comme, par exemple, ce que vous trafiquez avec les puces.

— On ne « trafique » pas, on s'en sert. On les fait chauffer et elles explosent, lui donna-t-il à ronger, espérant gagner un peu de temps.

— Comment ?

Morgan hésita. Sur ordre, Jenny serra les dents.

— Aaahhh ! Non ! OK, OK ! On a mis en place
« Déluge », un programme…

Il prit quelques secondes pour souffler.

— À présent, il y a des antennes partout. Nous
pouvons entrer les numéros de série sélectionnés ou
carrément des lots.
— Un lot… Comme si c'était des cafetières…
Comment vous les choisissez ?
— Les dossiers des assurances maladie, l'état civil,
l'absence de revenus, l'isolement… On choisit des gens
qui ne sont rien…

Gina eut la nausée et posa LA question. Morgan reprit
confiance en lui, elle le lut dans son regard. Le pourquoi
lui donnait du pouvoir. Elle le calma tout de suite en lui
tailladant le ventre à l'aide d'un scalpel et en menaçant
ses testicules du même sort. Il était paniqué à l'idée de
perdre ses bourses passées, en quelques heures
d'interrogatoire, de flasques à petites et dures. Il craignait
à présent pour sa vie, mais il affirmait ne pas connaître la
finalité du plan. Depuis quelques minutes, Gina était
harcelée dans l'oreillette par les appels de Pix qui la
suppliait d'arrêter cette folie et cela commençait à
l'agacer sérieusement.

— Qui est derrière tout ça ? Feller ?

Morgan tourna la tête en signe de refus. Gina
approcha les pinces crocodiles de ses parties intimes et il
fit mine d'être fort. Gina les y fixa, il hurla sous la
pression. Ce qu'elle faisait la dégoûtait, mais à cet instant
précis, elle estimait ne pas avoir le choix. La vie de Jean

était dans la balance. Il avoua.

— C'est Feller qui tire les ficelles ! Laisse-moi, je t'en supplie.

— Moi aussi, j'ai supplié ! J'ai supplié pour que ma mère vive encore ; j'ai supplié pour qu'on arrête de me torturer ; j'ai supplié pour avoir du temps et maintenant je prie pour qu'on me rende Jean… Tu vois, dans les situations désespérées, on retrouve tous la foi. Numéro 26662, adorez-vous le dieu d'une des anciennes religions ?

— Quoi ?

— Adhérez-vous aux enseignements de Maitreya ?

— Qu'est-ce que tu me fais ?! paniqua-t-il, ne comprenant plus rien à cette conversation.

— Croyez-vous en Dieu ?

— Non ! Qu'est-ce que c'est que ce délire ?!

— Un homme peut-il poser les mains sur une femme sans la souiller ? finit de réciter Gina. Pas toi. Donne-moi la combinaison du coffre et dis-moi comment sauver Jean. C'est ta dernière chance pour que je te laisse tranquille.

— 24-15-33 ! Pour le poison, je n'en sais rien…

— Tu sais ce que j'ai compris quand j'étais détenue au camp ? Non ? D'abord, il faut cerner ce qu'est la torture… C'est un outil. Un moyen de briser la volonté et les espoirs des prisonniers. Une fois qu'on a tué ces deux choses en eux, qu'on a cassé ces deux gonds, les gens parlent. Eh bien, ce que j'ai compris… Je ne peux pas te dire quel jour ou quelle nuit s'était, ces notions n'existaient plus… C'est qu'on ne peut pas briser la volonté et les espoirs d'un fou. On ne peut plus alors faire sauter les gonds du coffre à secret… Comment croire une maboule, une aliénée ? C'est ça qui m'a sauvée… Toi, mon pauvre, tu es juste vicieux et tu périras inévitablement par le vice.

— Pardonne-moi ! mentit-il pour s'en sortir, pas tout à fait certain qu'elle n'était pas totalement dingue pour de vrai. Je te le jure ! Je ne sais pas ce que c'est comme poison ! Je t'en prie, pas là !

Gina tourna le variateur, doucement, tout doucement. Il vibrait de douleur, tous ses muscles étaient crispés.

— Arrête ! Va voir Feller ! Il sait tout ! Il aura l'antidote ! Stop ! Pitié !

— J'ai crié pitié, moi aussi. Par contre, moi, j'étais innocente…

Gina tourna encore un peu le bouton et une chose inattendue se produisit. Jenny, parcourue par ce courant, serra les dents jusqu'à fermer la mâchoire. Du sang gicla et Morgan poussa un hurlement aigu. Gina se précipita dans la salle de bain pour vomir dans les toilettes. Il pleurait, geignait, appelait au secours…

Alors que Gina se rinçait la bouche, Jenny arriva derrière elle, le morceau de pénis dans la main.

— Ce n'est pas normal. Dois-je appeler les secours comme l'humain le demande ?

— Je m'en occupe, dit-elle gentiment en revenant devant le lit.

— Salope, je vais te tuer, je te le jure ! cria Morgan qui faisait tout pour se détacher.

— Je ne serai jamais tranquille avec toi, n'est-ce pas ?

— C'est…

Morgan se ravisa, mais il était trop tard. Gina avait

compris que s'il restait en vie, il la traquerait et élimerait sans doute tous ceux qui croiseraient son chemin. C'était une bête, le mal. Elle prit le couteau le plus acéré et le pointa sur sa poitrine velue. Elle posa sa main gauche sur le pommeau du manche afin de se donner de la force et commença à appuyer, en baissant la tête. Morgan pissait le sang, mais un espoir naquit de son hésitation.

— Ce que tu ressens, c'est le dilemme du juste. Appelle les urgences, tire-toi et ne reviens jamais. Je ne te chercherai pas. Tu n'es pas une tueuse. Tu es une brave fille qui ne veut pas devenir comme moi. Comme on m'a forcé à être.
— Forcé…

Gina ordonna à Jenny de replacer la chose sanguinolente dans sa bouche et de s'agenouiller à l'endroit exact où elle était. Elle positionna le variateur au creux de sa main gauche de l'androïde et son pouce sur le bouton. Elle lui ordonna de toucher de sa dextre les pinces en tournant le rhéostat sur l'intensité maximale. Morgan hurla et perdit connaissance ; Jenny disjoncta. Elle sentait le brûlé.

Gina se mit à pleurer, mais elle se réprima. C'était un assassin après tout. Elle répondit enfin à Pix en lui disant de venir faire le ménage. Gina ouvrit le coffre qui contenait un tableau, un passeport diplomatique et une pile de dossiers papier. Qui avait encore les moyens d'imprimer ? Elle sortit le tout et reverrouilla la lourde porte.

Pix et Neo débarquèrent affolés dans l'appartement et découvrirent le carnage. Neo s'avança et toucha le cou de Morgan en tremblant.

— Il est mort.

— Tu as pété un câble ?!

— Tu te souviens de notre première rencontre ? Tu m'as demandé ce que j'étais prête à faire. Je l'ignorais à l'époque, mais voilà. Tout ce qu'il faudra pour sauver Jean.

— Je télécharge toutes ses données. Pix, il faut nettoyer ce bazar pendant que j'efface les images de surveillance. Et Gina, s'il te plaît, change-toi ! Tu es couverte de sang… Ne laissez rien, pas une trace.

Gina s'exécuta et mit ses affaires blanches maculées dans un sac. En attendant qu'ils aient fini de leur côté, elle feuilleta les différents rapports. Y étaient décrites des installations du projet « Déluge », des procédures ainsi que les preuves servant à faire chanter des pages entières de gens haut placés.

Pix trouva la carte de secours de démarrage de la voiture de Morgan. Il attrapa Gina et les bibelots cassés dans le tapis tâché et ils sortirent de là. Dans l'ascenseur, elle leur demanda s'ils avaient tout enregistré. Pix répondit sèchement que oui. Pourtant, il n'avait pas l'air satisfait. Ils sortirent du parking et roulèrent doucement. Neo expliqua à Gina que des aveux obtenus sous la torture, en dehors d'un CRR par un agent de la BAR, ne valaient rien devant la cour. Elle se tut face à cette injustice et fit signe de l'arrêter après l'embranchement, sur le trottoir. L'hôpital n'était pas très loin, elle marcha comme un zombie jusqu'à la chambre de Jean. Elle se coucha sur son lit et se blottit comme elle le pouvait contre lui. Il était froid, inerte. Gina se mit à pleurer, doucement, sans bruit.

Alerté par une amie infirmière, Alan débarqua dans le service et trouva Gina endormie à côté de Jean. Il était presque cinq heures du matin. Il la porta jusqu'au canapé de son bureau. Dans le couloir, il nota son changement de *look* pour un « *all black*[28] » osé : un pantalon taille basse en vinyle, un petit débardeur à col V et des cuissardes à talons en suédine, le tout avec un *Perfecto* en cuir… Qu'avait-elle encore inventé ? Il installa un coussin sous sa nuque et attendit qu'elle se réveille.

— Salut toi ?
— Alan ? Salut, fit-elle, ravie.
— C'est ton nouveau style ?
— C'est une longue histoire. Et en plus, j'ai choisi ce qu'il y avait de plus classe…
— J'aime bien. C'est très… Sexy.
— Tu es mignon, viens, que je te serre dans mes bras. Qu'est-ce que je fais ici ? demanda-t-elle après ce câlin.
— Tu ne peux pas dormir dans sa chambre, il est en soins intensifs…

Alan prit son courage à deux mains.

— Gina, pardon, mais je dois te dire quelque chose.
— Il va mourir ?

Le poids de la tristesse éraillait sa voix.

---

[28] *Look all black* : apparence vestimentaire « tout en noir » adoptée par les adolescents issus des classes élevées pour signifier leur mal-être et leur refus des conventions. Une passade tolérée par la société inspirée des rockeurs d'antan et reprise par les personnes de mauvaises mœurs.

— Oui, j'en ai bien peur.

— Combien de temps ? osa-t-elle demander.

— Ce n'est plus qu'une question d'heures avant que ses organes lâchent les uns derrière les autres. Il lui reste deux jours, trois maximum. Il faut que tu t'y prépares, conseilla Alan avec fatalisme.

16
LES ALTERNATIVES DU DIABLE

Gina avait du mal à se remettre de l'annonce d'Alan concernant Jean. Elle enfreignait la règle, mais à un peu moins de six heures du matin, il faisait encore nuit.

Des dockers la remarquèrent à sa descente du taxi. Ils la sifflèrent. Ses talons claquèrent sur le goudron et, vérifiant qu'elle n'était pas suivie, elle se précipita à la porte du hangar. Au bout de plusieurs minutes, Lénina vint lui ouvrir et la prit dans ses bras.

— Ils ne voulaient pas me faire entrer ?

— Ils ont du mal à digérer ce que tu as fait à ce type.

— Si ça peut vous rassurer, moi aussi… confessa Gina. Je ne me l'explique pas… J'étais hors de moi… Il a avoué fièrement avoir tué des filles dans cet appartement ! Il a admis ses crimes en sachant que personne ne pouvait rien contre lui du fait de ses soutiens… poursuivit-elle en marchant. J'ai vu rouge.

— Ne leur répète pas, mais je trouve que tu as bien fait. En plus, c'est le robot, pas toi…

— Si je pouvais m'en persuader…

Big Mike la salua de loin et lui apprit que la société qui avait racheté l'entreprise de Jean était une filiale d'une *holding*, elle-même détenue par une seconde puis une troisième structure-écran qui appartenait à Feller. La preuve qui leur manquait était donc dans son château de Pocantico Hills dans le comté de Westchester.

— Jean n'en a plus que pour quelques heures avant que ses organes ne se nécrosent. Alan dit qu'il sera mort dans deux jours. On doit s'y rendre au plus vite.

— C'est à l'autre bout du pays ! Tu veux faire quoi ? Détourner un avion de ligne ?! fit remarquer Pix qui nourrissait un fort ressentiment envers Gina.

— Pix, s'il te plaît… Si tu avais pu le faire à celui qui a tué ta femme ? répondit-elle abruptement.

Pix se tut et s'en alla.
Gina proposa d'utiliser le *jet* de Jean.

— Tu n'es pas au courant ? s'étonna Big Mike.

Devant le regard interrogatif de Gina, il lui affirma que le transfert sur le compte de Jean n'avait été qu'une étape pour la somme en question. La moitié avait été virée directement sur celui de Stéphanie et l'autre moitié sur le sien, à elle. Gina tomba des nues. On parlait de millions.

Elle appela immédiatement une compagnie d'avions privés et commanda le plus rapide disponible dans l'heure et demie. La standardiste débita le montant à partir de son téléphone, s'étonnant de l'identifiant inhabituel de ce dernier. Gina expliqua brièvement qu'elle venait de se faire dérober son assistant. Par ce mensonge, elle espérait éviter tout signalement aux autorités.

— Mais, on n'a pas de plan ! Comment veux-tu entrer ? demanda Lénina.

— Laisse-moi un moment pour finir de numériser les documents que Pix et Neo ont rapportés, je n'en ai plus pour très longtemps, tu en auras peut-être besoin comme monnaie d'échange.

— Je trouverai durant le vol.

— Je dois venir avec toi, affirma Neo en réapparaissant avec Cynthia après des heures d'isolement. Je connais les lieux, j'y ai mes entrées.

Gina se rappela cette histoire familiale qu'il n'avait pas terminée à cause de Pix. Elle acquiesça.

Ce fut au tour de Lénina de demander un billet pour New York. Pix cria non de la cuisine. Lénina l'y rejoignit et tenta de plaider sa cause, mais Pix lui confia qu'il n'avait plus confiance. Gina l'entendit et préféra ne rien ajouter. À regret, cette dernière se plia à cette décision et quitta la planque accompagnée de Neo et de Cynthia.

Ils embarquèrent à bord d'un *Gulfstream G950* dès leur arrivée sur le tarmac. L'appareil, un biréacteur *Rolls-Royce*, était capable de flirter avec la vitesse du son.

L'hôtesse ne fit aucune remarque sur la tenue de Gina ni sur la présence d'une androïde vêtue d'un jogging et chaussée de talons portant un gros sac de sport. Elle les prit pour des stars du rock ou de riches excentriques. Le salon passager était d'un blanc étincelant et d'une élégance que jamais Gina n'avait pu admirer auparavant. Sa nuit sans sommeil l'avait fatiguée et, dès qu'ils eurent décollé, elle demanda à passer en cabine pour se coucher.

— Soyez gentille de me commander un assistant

personnel digne de ce nom ainsi qu'un hélicoptère prêt à s'envoler à notre arrivée à New York. Fermez les rideaux des hublots et la porte en partant. Merci pour votre professionnalisme. Prenez-vous un pourboire.

— Bien madame. Merci madame.

L'endroit était somptueux, de cuir et de boiseries claires, le tissu des draps était magnifique. Gina regretta de ne pas partager cet instant avec Jean. Dans le noir et le silence le plus total, elle s'endormit au bout de quelques minutes de tergiversations avec elle-même. Elle le savait, elle n'avait rien à offrir en échange de la vie de Jean, mais peut-être Feller accepterait-il la sienne à la place. Cette idée l'avait apaisée.

Quatre heures trente plus tard, ils avaient traversé le pays d'ouest en est. L'hélicoptère les attendait. Ils passèrent de l'un à l'autre et Neo transmit l'adresse exacte au pilote. Sur la banquette, un assistant personnel pré-configuré satisfit Gina.

Après vingt minutes, alors qu'ils survolaient un parc magnifique, l'aviateur les informa qu'il recevait un message les menaçant de les abattre s'ils ne faisaient pas demi-tour ou s'ils ne s'identifiaient pas immédiatement. Gina n'avait jamais vu autant d'arbres. Il y avait même un lac ! Neo alluma son micro et demanda qu'il lui permette de répondre :

— Ici Son Duong Feller, dites à mon père que j'arrive.

— Vos identifiants, s'il vous plaît, Monsieur ?

Neo donna le code qu'il n'avait pas utilisé depuis qu'il s'était enfui d'ici six ans auparavant. Le pilote sembla soulagé et amorça sa descente. Gina n'en revenait pas. Elle céda à une peur instinctive qui se lut sur son visage. Neo changea de canal sur leurs deux casques pour ne pas être entendu.

— Je suis toujours le même.
— Tu es son fils ?
— C'est compliqué.
— Ce n'est pas « compliqué » ! Tu es son fils ou tu ne l'es pas…
— Je suis son bâtard, si tu veux tout savoir. C'est à lui que je dois tout ça, fit-il en montrant ses implants.
— Pourquoi ?
— Tu le lui demanderas. Regarde, il est là.

Gina scruta cet homme au loin, se préparant à risquer la vie de Jean sur un coup de poker.

— Attendez-nous ici. Je paierai ce qu'il faut.
— Bien, madame.
— Si l'un de nous deux fait ce signe, Gina passa sa main sous sa gorge de gauche à droite, vous décollez sans nous et avec Cynthia. Vous les ramenez, elle et le sac, à l'avion pour un trajet en sens inverse. Compris ?
— Cinq sur cinq.

Neo aida Gina à descendre de l'hélicoptère et ils se dirigèrent vers le lac où Feller profitait de cette belle journée.

Sans se retourner, il leur dit bonjour. Gina crut rêver. Ce vieux monsieur en costume lançait des pièces d'or pour faire des ricochets.

— Je peux essayer, demanda Neo.

— Fait. Je n'ai plus la même dextérité qu'avant.
— Avant, vous décochiez des palets d'argile.
— Avant, l'or avait de la valeur.

Neo en envoya une qui fit quatre rebonds.

— Ce sont des pièces qui viennent de France, elles ont un bon diamètre, mais sont tout de même un peu lourdes. Je dois t'avouer que cela ne m'amuse plus guère. Si nous rentrions. Gina, c'est ça ? Quelle tenue ! C'est à se damner !

Gina était complètement désarçonnée par la situation, elle n'avait pas pu dire un mot. Cela s'annonçait mal.

Ils entrèrent dans ce château majestueux, aux dorures étincelantes et aux meubles magnifiques. Ils traversèrent la salle de réception, prirent un ascenseur et montèrent de deux étages, jusqu'à son bureau. Gina évitait de regarder ce visage tendu presque inhumain et cette toison brune, trop drue pour être naturelle.

Sans prononcer un mot, John Feller fit se fermer les rideaux, s'allumer les lumières et le grand écran. Gina admira l'immense bibliothèque.

— Vous aimez lire ?
— Oui.
— Ah, elle parle. Vous êtes beaucoup plus belle qu'en vidéo.

Feller s'installa confortablement dans le fauteuil, à son bureau, et diffusa les images de télésurveillance de l'appartement de Morgan. Il affirma avoir apprécié son style, mais regretter le sacrifice de son exécuteur préféré.

— C'était un bon petit soldat, fidèle… Les forces de l'ordre ont conclu à des jeux érotico-sexuels qui ont mal tourné… Cela démontre une certaine présence d'esprit, pour une simple humaine, j'entends. J'ai enregistré ça en direct, avant que vos amis n'effacent tout sur place.

Dans sa "naïveté", intrinsèquement orientée vers le bien et finalement incapable de concevoir le mal, Gina ne put retenir une phrase d'étonnement.

— Vous avez tout vu, vous saviez et vous ne l'avez pas empêché ?

— Bien sûr que je savais. C'est mon devoir de tout savoir. Je sais qui vous êtes, pourquoi vous êtes en colère et aussi ce que vous venez chercher.

— Comment faites-vous…

— Pour tout savoir ? Cela tient à un réseau, des influences et…

— Au fait d'être un des rares transhumains encore vivants, interrompit Neo.

— Non, je voulais dire : comment faites-vous pour dormir la nuit ?

— Comme Son a dit. Mon monde est différent du vôtre… Le pouvoir des membres de ma caste repose sur notre capacité à procurer à ceux qui vous gouvernent, au choix ou en combinaison : argent, sexe, croyances valables. Souvent, cette fourniture s'accompagne de suivantes ou de chantage quand leur conscience se réveille. Le leur, de pouvoir, repose sur la force, l'ignorance et la peur. Vous, les gens de votre engeance, vous subissez généralement sans rien dire.

— Mais pourquoi ? Pourquoi tuer ou laisser mourir des personnes qui vous servent ?

— Avez-vous déjà essayé de sortir de votre ville ? Je

veux dire, pour aller dans la campagne et rencontrer des paysans.

— Non, mais je ne vois pas le rapport.

— Non. Et pourquoi donc ?

— Je n'y ai jamais pensé… En fait, il y a tout ce qu'il faut en ville, s'agaça Gina qui ne voyait pas où il voulait en venir.

— « Jamais pensé » ? Pourquoi ? Parce qu'on vous a dressée depuis votre plus jeune âge à croire. « Tout » ce qu'il vous faut, vous dites ? En êtes-vous certaine ou est-ce encore un conditionnement ? Une prison sans murs… Ce nécessaire est produit où et comment ? Pourquoi la viande est-elle si chère ? En vérité, je vous le dis, personne ne vit plus en zone rurale, à part dans le Nord. Les campagnes sont mortes, les lacs asséchés, sauf dans les régions encore tempérées, bien sûr. Celles-ci continuaient à produire de quoi manger, mais les rendements sont sur le point de s'effondrer à cause de l'appauvrissement des sols… Sans parler des graines modifiées qui sont, comme vous le savez peut-être, gourmandes en eaux ainsi qu'en engrais. L'engrais… Pourquoi l'humusation ?

— Pour faire pousser des arbres ! répondit Gina immédiatement, comme une enfant pleine de certitudes apprises en vérités absolues.

— Pour faire pousser notre nourriture ! s'exclama-t-il de manière très lyrique.

John Feller expliqua qu'ils avaient tué les sols avec leurs pesticides, éradiqué la biodiversité avec leurs OGM et que les rendements s'étaient effondrés une première fois, il y a treize ans de cela. En élève dissipé, Neo avait ouvert un livre et l'avait feuilleté en quelques minutes, le temps pour lui de le lire en accéléré. Face à ce problème, les pouvoirs publics avaient opté pour plus de produits chimiques, mais cela n'avait rien donné. C'est alors qu'un Frère avait émis l'idée de transformer les corps en engrais durant un sommet international. Gina fit remarquer une incohérence en partant de l'observation selon laquelle, en milieu urbain, là où il y avait le plus de cadavres, on inhumait les morts dans la grande majorité des cas.

— Ils mentent. Pourquoi pensez-vous que les agents des pompes funèbres soient assermentés ? Ils envoient toutes les dépouilles en dehors des agglomérations.

— Mais j'ai une urne ! Celle de mon père.

— Dieu que cette candeur est rafraîchissante ! Une urne remplie de cendres issues des incinérateurs d'ordures de la ville. Et, si c'est toujours d'usage, agrémentées de quelques cheveux pour faire plus vrai.

— Je ne peux pas le croire !

— Tu vois, Son…

— Neo.

— Peu importe. Tu vois : la dénégation de classe…

Neo s'était assis près du guéridon avec une pile de livres à étudier et attendait sagement son heure.

— Et alors, s'impatienta Gina.

— Alors ? Alors, le climat s'est réchauffé, les sols se sont appauvris. L'eau, devenue rare, a été privatisée. Contre mon gré, soit dit en passant. Mais, que voulez-vous ? Le Marché apparaissait comme la solution à tous les problèmes… J'ai donc investi avant que cela prenne de l'ampleur.

— Il n'aurait pas fallu passer à côté, remarqua Neo.

— Résultat : très vite, seules les villes pouvaient se la

payer. Elles ont alors grossi… Son prix a été multiplié par dix en vingt ans. Pour compenser et ne pas freiner l'économie, l'électricité est restée peu chère. D'ailleurs, heureusement que les chercheurs japonais ont réussi à mettre au point la production verte d'hydrogène à base d'α-FeO(OH) parce que sans ça, nous aurions dû abandonner l'idée d'exploiter cette énergie et cela aurait été plus compliqué de maintenir ce paradigme.

— Évidemment, en pénurie d'eau… intervint Neo avant d'ajouter : Parce que pour avoir le H, il faut le H_2O.

— J'avais compris, s'offusqua Gina.

— Cette ressource est devenue le nouveau pétrole, l'or bleu. Les agriculteurs n'ont pas pu suivre. Ceux qui ne se sont pas suicidés ont vendu leur exploitation pour une bouchée de pain aux gestionnaires d'eau, aux semenciers, aux banques et aux assurances, à moi. Les mêmes qui les avaient ruinés. Mais ce système, mis en place par des hommes comme moi pour faire de l'argent, ne sort plus de bénéfices… Il est arrivé au bout de ce qu'il pouvait faire. On n'a pas réussi à taxer l'air. La masse se paupérise, les ressources s'amenuisent. La monnaie virtuelle, les pièces d'or et les vieux billets, tout ça ne se mange pas. Les mensonges de l'État – pardon du Gouvernement – Central ne vont bientôt plus tenir face à la réalité.

— Pourquoi les puces et pas une guerre ?

— Vous êtes trop jeune, trop idéaliste. Je suis désolé pour votre mère, vraiment, mais vous n'avez pas encore compris ? Prendrez-vous du vin ?

— Quoi ? fit-elle en disant non de la tête.

— Qu'il ne s'agit plus seulement (que) de quelques millions en moins.

— Les *Guidestones* ?

— Son ? Neo ? Pourquoi me parle-t-elle des *Guidestones* ? C'était une blague pour amuser la galerie... Nous gérions depuis des générations, mais l'Ordre est allé trop loin avec la deuxième Guerre Mondiale. L'opinion publique ne voulait plus voir de morts. Les pandémies n'ont pas été efficaces. Le peu de sacs blancs sur les trottoirs révoltait la populace ainsi que les bien-pensants médiatiques... On s'est mis à faire la guerre avec des drones ! Imaginez : la guerre des drones... C'était devenu une affaire de « *gamers* ». Lamentable.

Feller se reprit, coupant net sa digression :

— Nous nous sommes laissés déborder... Voilà tout. Et ce n'est plus qu'une question de semaines. La prochaine récolte planétaire sera désastreuse et les émeutes vont éclater.

— Ça ne peut pas être à ce point...

— Le déni ne vous fera pas manger, Gina, ni vous ni vos amis. C'est une vérité insoutenable à entendre pour vous autres, je le sais. À cause des conséquences et des moyens à mettre en œuvre pour y parvenir, mais le véritable problème, c'est le nombre. Il faut réduire la population mondiale. Il vaut mieux pour la planète que cinq cents millions vivent comme des rois plutôt que neuf milliards et demi crèvent la faim tout en épuisant définitivement les ressources. Son, je ne vais pas me justifier ou négocier. Ton amie m'agace à présent, on en fait vite le tour.

— Détrompez-vous. Elle peut être surprenante.

— Elle vient ici, en dépensant de l'argent qui n'est pas le sien, et elle questionne... Qu'a-t-elle à offrir, après tout, pour espérer sauver les vies du Français et du docteur ?

Le sang de Gina se glaça dans ses veines.

*
* *

Alan s'était enfermé dans sa chambre pour enregistrer sa vidéo. Il avait mis Siria en veille et s'essayait à cet art nouveau pour lui depuis plus d'une heure. Il sentait enfin se développer en lui la fibre de l'orateur. Alan était conscient qu'il prenait des risques, pourtant l'envie de faire sa part restait plus forte que la peur de briser sa carrière. En blouse blanche, il recommença :

« Enregistrement. Je suis Alan Adevar, je suis chirurgien et je vais vous parler d'un complot que, partout dans le monde, le corps médical vous cache.

Mon ex-petite amie a été assassinée parce qu'elle a voulu chercher la vérité sur la mort de sa mère. Une première fois déjà, ils l'ont enfermée dans le Camp de Rétention et de Rééducation de Bishop. Ils l'ont torturée, brisée et lui ont fait subir les pires sévices pour qu'elle avoue être une terroriste. Heureusement, le sénateur Baum a réussi à la faire sortir vivante de cet enfer. Mais regardez ! fit-il en montrant des radios. Malgré la reconnaissance de son innocence, ils lui ont injecté un implant explosif HE007. Ils l'ont tout de même condamnée à mort ! Tout ça, parce qu'elle voulait seulement dire au grand jour ce que de nombreux médecins à travers le monde ont observé sans oser le dire de peur de perdre leur emploi. Les puces d'entrée de gamme que le gouvernement impose désormais même aux nourrissons ne sont pas sûres. Elles surchauffent et finissent par exploser. Plus de quatre cents collègues confirment ces faits et nous totalisons déjà plus de dix mille morts. Je vous montre quelques témoigna… »

Alan entendit un grand bruit derrière lui. Sa fenêtre vola en éclat et une grenade l'aveugla. Désorienté, il paniqua et voulut fuir, mais un violent choc le plaqua au sol.

*
* *

— Alan ? Que vient-il faire dans cette histoire ? Laissez-le tranquille ! Je vous donnerai tout ce que l'on a ! C'est dans l'hélicoptère !

— Faites entrer, dit-il pour la forme puisqu'il aurait pu le commander par la pensée.

Gina et Neo se retournèrent. Des hommes en noir portaient Cynthia, immobile, et le sac de sport.

— Vous parliez de ça ? Refermez derrière vous, ordonna-t-il à ses sbires. Vous avez certainement eu le temps de faire des copies numériques. Je me trompe ? Regardez plutôt.

L'écran diffusa l'arrestation d'Alan. Les images provenaient d'une caméra embarquée. À première vue, il ne s'agissait pas de policiers de la BAR, Gina gardait leur uniforme gravé dans sa mémoire. Ils étaient militaires ou peut-être mercenaires. On y voyait Alan se filmer, une explosion, de la fumée et un violent plaquage au sol suivi d'un menottage en règle.

Feller expliqua qu'Alan avait monté un groupe sur les réseaux sociaux, amassé des données sensibles et qu'il s'apprêtait à les diffuser. Il argua qu'en plus, son information principale était fausse puisque les puces n'étaient pas défectueuses. Feller ironisa sur cette annonce, sorte de bravade pour la sauver, qui aurait pu semer la panique inutilement. Il but son verre de vin et le posa sur son bureau.

— Je vous rends tout votre argent si vous le laissez partir ! supplia Gina.

Feller eut un court rire moqueur et expliqua que s'il l'avait voulu, il l'aurait récupéré en se servant, tout simplement. Il la regarda droit dans les yeux, son visage de momie totalement inexpressif. Gina resta pétrifiée. Elle proposa de se sacrifier en échange. Il tenta d'en sourire.

— Si je vous donnais le choix entre sauver des milliards d'humains sauf les deux hommes de votre vie et en sauver cinq cents millions et ces deux-là ? C'est une vraie question, réfléchissez… Prenez votre temps, vous n'êtes équipée que d'un cerveau biologique.

Gina se retrouva emportée dans un tourbillon de pensées. Elle savait que Jean n'en avait que pour quelques heures ; elle voyait bien qu'elle perdait la partie ; elle s'inquiétait pour Alan. Un choix cornélien s'imposait à elle : vendre son âme au diable ou tenter vainement, peut-être, de contrecarrer ses plans. Elle demeura figée, ressemblant alors étrangement à un androïde jusqu'à ce que Neo intervienne.

— J'ai quelque chose à échanger. Quelque chose qui vaut plus que ces deux vies, si misérables à vos yeux.

— Quoi donc ?

— Donnez l'antidote à Jean et je vous le dirai. Je suis certain qu'un de vos sbires est à l'hôpital en ce moment même, attendant les ordres.

— Tu bluffes ?

— Vous êtes joueur, c'est même la seule chose qui vous procure encore un quelconque plaisir.

— Comment oses-tu ? Sans tes implants, tu ne serais qu'un bâtard handicapé moteur chétif ! Je t'ai rendu la vie !

— Vous tenez ? demanda Neo en ignorant totalement cette attaque.

— Voilà ! Ordre a été donné, s'agaça-t-il. Regarde. Mais, cela prendra du temps, nous pourrions en profiter pour souper.

Il n'était pourtant que 17 h 30 et la table de la petite salle à manger était déjà dressée. Feller les invita à prendre place. Gina gardait les yeux rivés sur l'écran depuis qu'il était apparu comme par magie de derrière un tableau. Les médecins s'occupaient de Jean. Les serviteurs apportèrent des hors-d'œuvre et des entrées communs à tous, mais des plats de résistance différents pour chaque convive, comme si tout avait été prévu d'avance. Pour Gina, ils avaient déposé une assiette de dinde accompagnée de haricots verts, d'une crème de champignons et de *duchoes*. Elle se demanda, troublée, comment il pouvait être au courant de son repas de Noël. Neo avait eu droit à une tourte et des frites. Feller semblait avoir tout anticipé, même la venue de son fils. Incitée à faire honneur à ce repas, elle ne s'en inquiétait pas moins pour Lénina, Big Mike et Pix. Mais que faire face à un tel homme ? En était-il encore un, d'ailleurs ?

Gina suivait avec attention tous les soins que les médecins prodiguaient à Jean. Elle fut rassurée de constater qu'ils avaient remplacé la couverture réfrigérante par une chauffante. Cela faisait trois quarts d'heure qu'ils s'occupaient énergiquement de lui quand subitement, ils cessèrent toute activité autour de son lit. Gina laissa tomber ses couverts, se leva et se rapprocha de l'écran.

— Pourquoi s'arrêtent-ils ? demanda-t-elle.

Elle toucha la surface en plastique, caressant les pixels de Jean, priant pour qu'il se remette enfin.

Le dessert fut servi, une tarte aux pommes pour elle, un entremets au chocolat pour Neo. Gina ne pouvait se décoller de cette image.

— Cela ne le fera pas revenir plus vite. Vous avez encore au moins dix minutes à attendre, remarqua Feller. Veuillez vous joindre à nous que nous terminions ce repas de famille.

— De famille ?

— Nommez cela comme vous le souhaitez, mais respectez la bienséance, s'il vous plaît. Vous n'avez pas été éduquée chez les loups, que je sache…

Gina plia sans ajouter un mot, finit sa tarte et but son thé. Soudain, son attention se fixa. Gina se leva à nouveau et s'approcha du mur. Jean venait d'ouvrir les yeux. Il tentait de se redresser. Ses médecins prenaient ses constantes, ils avaient l'air soulagés ! Lui semblait agité.

Gina saisit son téléphone et appela. À l'écran, elle vit Jean décrocher et le retrouva immédiatement sur son assistant personnel :

— Gina, c'est toi ?

— Oui

— Que tu es belle… Tu vas bien ?!

— Tu t'inquiètes pour moi alors que tu as failli mourir ?

— Tu avais l'air si triste cette nuit, j'ai cru qu'un grand malheur était survenu, expliqua-t-il.

— Tu me sentais.

— Non, je t'entendais. Si j'avais pu ouvrir les yeux… J'ai vécu dans le noir si longtemps… J'ai cru devenir fou. Où es-tu ? Viens vite me voir.

— Je règle un problème et j'arrive.

— Morgan ?

— Non. Lui, c'est géré. Il n'embêtera plus personne, plus grave.

— Qu'as-tu fait ?

— Ne t'occupe pas de ça, demanda-t-elle avec tristesse.

— Comment as-tu fait pour trouver l'antidote ?

— C'est une longue histoire, l'essentiel est que tu ailles mieux. Je dois te laisser, repose-toi. Je t'aime.

— Je t'aime aussi, reviens vite.

— Entoure ton cou d'aluminium immédiatement, chuchota-t-elle. Je t'aime.

Gina raccrocha et ne releva pas la remarque sarcastique de Feller.

— Les scientifiques nous disent que la planète peut nourrir douze milliards d'habitants. Vous affirmez que non.

— Ils le prétendaient effectivement. Ils oubliaient

juste de dire que la nourriture, ce n'est pas tout. Un humain ne se contente pas de manger... Une fois qu'il a l'essentiel, le vital, il en veut toujours plus. Et la planète ne peut pas donner plus que ce qu'elle a. Vous avez le choix : tenter de dénoncer ce projet et condamner l'humanité ou sauver cette dernière en n'en conservant que cinq cents millions d'âmes.

— Vous voulez sauver la planète et l'humanité ou est-ce un leurre ?

— Explique-toi, fils.

— Un tel génocide est un rite de sang qui nourrirait un égrégore pour des siècles. Selon certaines croyances, il permettrait de révéler la lumière à travers la nuit... Certains pourraient même espérer devenir éternels.

— Tu divagues.

Gina n'avait rien compris à ce charabia. Neo demanda la libération d'Alan, mais son père refusa. C'était le moment de dévoiler son jeu. Il fit amener Cynthia et l'alluma. Elle se mit à parler avec la voix de Neo ainsi que ses mots. Gina ne saisissait pas où il voulait en venir, ce qui n'était visiblement pas le cas de John Feller qui se leva et s'approcha de cette chose avec curiosité.

— Tu aurais réussi ?

— Oui. J'ai aujourd'hui la capacité de transférer le cerveau d'un transhumain dans un androïde.

— Comment ?! Mes laboratoires ont échoué !

— Sont-ils transhumains ? Ils ne comprennent même pas comment nous fonctionnons... Je travaille là-dessus depuis que...

— Que je t'ai laissé partir pour t'amuser.

— Vous voyez ça ainsi ?! Peu importe. Vous avez à présent ce pour quoi vous m'avez modifié à l'époque.

Vous pouvez devenir immortel.

L'annonce clarifia la situation pour Gina qui observait de loin ce dialogue inquiétant entre deux surhommes qui perdaient chaque minute un peu plus à ses yeux leur humanité depuis l'entrée en scène de Cynthia.

— Bien sûr, ne vous arrêtez pas à l'apparence de ce robot, vous pourrez avoir cent fois mieux.
— Si tu dis vrai…
— C'est garanti. Posez-lui des questions.

John Feller interrogea la carcasse de Cynthia et son cerveau de Neo répondit sans commettre aucune erreur malgré les pièges tendus. Son regard de mort-vivant s'illumina pour la première fois.

— Tu me l'offres contre la vie de ce docteur ?
— Je vous offre cette technologie contre ça et l'abandon de votre plan mortifère.
— Je pourrais la prendre sans ton accord.
— Je pourrais la détruire dans la seconde, affirma-t-il glorieusement en sortant un détonateur de sa poche. J'y ai déposé un cadeau, le HE007 de Gina, modifié.

Feller chargea en une fraction de seconde les données sur l'implant militaire en question et comprit. L'heure des négociations avait sonné. Il proposa la libération d'Alan et de quoi vivre comme des rois. Neo ne céda pas. Feller augmenta la mise. Neo refusa. Feller s'énerva.

— Égrégore ou pas, ce que je vous ai dit est la vérité. Le nombre est Le Problème. Ma dernière offre : le docteur, une belle vie pour tes amis et toi, et un milliard.

— Quatre.

— Deux.

— Je rêve où vous êtes en train de négocier la mort de milliards d'êtres humains comme on fait un pile ou face ?

— Ne te mêle pas de ça, Gina ! Nous n'avons qu'une option, crois-moi… Le chiffre est la seule variable ajustable dans cette équation.

Gina se sentit bête et inutile. Elle songea à poignarder Feller avec un des couteaux encore sur la table.

— Deux. C'est déjà ça. Nous n'avons qu'une parole, conclut Neo.

— Qu'une parole chez les Feller. Comment fait-on ?

— Donne l'ordre de libérer Alan. On veut voir les images.

Feller fit basculer de nouveau la vidéo sur l'écran de la salle à manger.

*
* *

Alan était assis, menotté et cagoulé à l'arrière d'un fourgon depuis de longues minutes. Il paniquait à l'idée de se retrouver à Bishop. Il ne pouvait s'empêcher d'imaginer les tortures ou les sévices qu'on lui ferait inévitablement subir là-bas. À travers les mailles du tissu, il ne voyait que des rayons lumineux obscurcis par les ombres des hommes qui avaient fait irruption dans sa maison. Ils s'étaient moqués de lui à cause de ses cris de jeune fille effarouchée lors de l'arrestation.

À cet instant, ils parlaient tranquillement de femmes

et de voitures, comme si la situation était tout à fait normale. Qui étaient-ils ? Comment avaient-ils su ? Où l'emmenaient-ils ?

— Les gars ?
— Ta gueule ! hurlèrent-ils en cœur.
— Vous pouvez m'expliquer ? se risqua-t-il.

Ils lui mirent un coup de crosse dans le ventre pour le faire taire.

Alan n'avait pas réussi à retenir tous les virages, comme dans les films. Il était perdu.

Soudain, le fourgon freina. Alan fut attiré sur le côté, poussant un de ses ravisseurs vers l'avant du véhicule.

— Tu peux répéter, demanda un des mercenaires. Et on aura quand même le solde ? OK.

La cagoule d'Alan lui fut arrachée et on lui ordonna de sourire à la caméra fixée sur le plastron du gars en face de lui. Les portes arrière s'ouvrirent alors qu'on lui enlevait ses menottes. Alan avait l'air terrorisé, mais il sourit quand même. Un type armé lui fit signe du bout de son canon de déguerpir. Alan n'osa pas bouger.

— On te dit que tu es libre. Tiens, ton téléphone ! fit-il en le lui lançant.
— Qu'est-ce qui se passe ? Je suis où ?
— On nous demande de te relâcher, c'est tout. C'est ton jour de chance, mon petit père. Profite.

[*]

Gina souffla. Alan était enfin libre. Il serait bientôt en sécurité. Elle se dirigea vers l'immense fenêtre donnant sur le parc et l'appela.

— Gina ? C'était toi ?
— Alan, écoute-moi ! ordonna-t-elle en chuchotant.
— Je ne t'entends pas bien.
— Fuis et ne te retourne pas ! Et surtout, tu ne parles plus des puces ! Cherche de l'aluminium, beaucoup d'aluminium, enroulez vos cous avec, toi et tes amis. Priez pour que ça suffise. Il faut que tu te rendes à l'hôpital, s'il te plaît. Jean est sorti du coma, il va mieux. Je t'en supplie, je sais que c'est beaucoup te demander, mais passe le prendre et mettez-vous dans la chambre froide.
— Tu me fais peur, qu'est-ce que c'est que ce bordel ?
— Je t'expliquerai ! En attendant, tire-toi !

Feller, Neo et Cynthia avaient disparu. Gina courut jusqu'au bureau en fulminant. Comment Neo avait-il pu accepter ces conditions ignobles ? La planète allait devenir un charnier à ciel ouvert. C'était affreux. Elle poussa les portes de toutes ses forces et arriva au moment où Neo connectait Feller à l'unité centrale de Cynthia.

— Vous faites « *Erase* » et « *Load* » et c'est parti.
— Non ! cria Gina.
— C'est trop tard, affirma Neo sans joie.

Dans l'instant, Feller s'écroula. Gina resta immobile sans comprendre ce qui venait de se passer.

— Tu ne pensais tout de même pas que j'allais le

laisser gagner et tuer des milliards de gens ?!

— Tu as fait quoi ?

— Je lui ai grillé le cerveau, expliqua-t-il laconiquement. C'est fini.

— Tu l'as assassiné ? s'étonna Gina.

— Non, c'est Cynthia, comme toi avec Jenny. À moins que tu refuses que nous relativisions mes actes autant que les tiens…

— Non ! Mais… Tu…

— « Mais... Tu… » Quoi ? Tu nous as débarrassés d'un monstre ? Hitler, à côté, ça aurait été du pipi de chat… Il a fait trop de mal autour de lui. Ma mère est morte de chagrin parce qu'il lui a fait croire que ma chute d'un arbre quand j'étais gosse m'avait été fatale. Il en a profité pour me faire ça, en secret ! fit-il en montrant ses implants. Ce mec était un salaud. Nous avons rendu service à l'humanité.

Gina reçut un appel vidéo de Lénina. Elle semblait paniquée.

— Gina ! On a épluché les documents ! On a trouvé des codes que Morgan utilisait pour se connecter aux sites sensibles. On est rentré ! Ça commence maintenant ! C'est affreux !

— Qu'est-ce que…

— Ils sont en train d'activer leurs antennes à travers le monde. Il nous reste trois minutes ! Parce que dans cinq, il va y avoir des millions de morts !

— Tu es loin du compte Lénina ! s'exclama Neo. Ce connard avait dû mettre une sécurité ! Je suis trop con, j'aurais pu y penser !

— Qu'est-ce qu'on fait ?!

— Essayez de couper le courant partout où vous le

pourrez !

— Tu es taré ! Comment veux-tu... s'inquiéta Big Mike, debout derrière Lénina.

— Bouge-toi, contacte les autres sur le *Dark*[29] !

— OK, et toi ?

— Je vais tenter d'arrêter tout ça ! On reste connectés.

Neo s'assit au bureau de son père et ne parvint pas à faire sortir l'ordinateur du meuble. Il s'énerva sous le coup du stress. Gina se mit à côté de lui en tenant la main de Feller et la posa sur la surface vitrée. Elle venait de tirer le corps sur cinq mètres. La trappe s'ouvrit laissant apparaître la dalle de verre. Neo pianota très rapidement sur le clavier virtuel, fit glisser des dossiers du bout des doigts sur l'écran.

— Pourquoi tu ne te branches pas ?

— Il est piégé ! J'ai trouvé le fichier ! Je dois le pirater !

— Qu'est-ce que je peux faire ?

— Prie pour que j'y arrive à temps.

Les données défilaient, des lignes de codages s'écrivaient à une vitesse folle. Le temps semblait s'accélérer. Neo râlait.

— Retire-lui sa puce !

— Quoi ?!

---

[29] *Dark* : Pour *Dark Web*, face cachée d'Internet accessible aux seuls initiés regroupant le pire comme le meilleur des internautes (chercheurs de vérité ; pirates ; bandits ; trafiquants et réseaux de toutes natures) leur permettant de passer sous les radars du pouvoir en place.

— Fais ce que je te dis.

Gina saisit un coupe-papier et tâtonna avant de trancher. Sa peau était dure comme du cuir tanné. Elle parvient enfin à la transpercer et à extraire l'implant. Trop stressée par la situation, son dégoût ne dura pas.

— J'en fais quoi ?
— On a tous les hackers disponibles sur le coup, mais ça ne va pas suffire, on n'a pas assez de temps ! cria Lénina. Dans vingt secondes, c'est engagé.
— Insère-la dans mon plug ! dit-il en tendant le bras gauche. Vite ! Merci. J'y suis presque.
— Trop tard ! affirma Big Mike.
— Non ! On peut couper le signal, les puces n'ont pas eu le temps de chauffer !
— On ne sait même pas quand ça devient irréversible ! remarqua Big Mike avec défaitisme.
— Ça vaut le coup d'essayer ! encouragea Gina en posant sa main sur l'épaule de Neo. Tu vas y arriver.

Neo s'acharna sur l'ordinateur de Feller, franchit tous les pare-feu et s'introduisit au cœur du système et tapa d'un doigt décidé sur la touche « *Enter* ».

Un silence de mort régnait à présent dans la pièce. Neo mit ses mains devant sa bouche, l'extrémité de ses majeurs touchant le bout de son nez. Il n'y croyait pas.

Les faisant sursauter, Lénina demanda :

— Alors ?!
— J'ai écrasé le programme.
— Ouais ! s'exclamèrent Gina et Lénina.
— Ne vous réjouissez pas trop vite les filles, prévint-

il.

Pix apparut derrière Lénina et s'inquiéta à voix haute de cette dernière phrase. Lui-même doutait qu'ils aient été assez rapides. Quelques sites avaient bien été piratés et privés d'électricité, mais le gros du dispositif était resté fonctionnel de trop longues secondes après le début de l'émission continue de la fréquence mortelle.

— Tu crois qu'il était trop tard ? se tourmenta Pix.
— On le saura très vite.

17
UN NOUVEAU DÉPART

François avait réussi à regagner Paris en avion privé grâce à quelques services rendus à un ancien trafiquant de drogue mexicain reconverti dans l'immobilier depuis la fin de l'argent liquide. Il savourait sa chance d'être de retour au pays, mais sa joie ne serait vraiment totale que quand il arriverait enfin en Bretagne. C'est pour cette raison qu'il montait à cet instant, en pleine nuit, dans ce biplace *Cessna* d'un autre âge.

Le pilote, un briscard visiblement porté sur la boisson, le rassura :

— Tout se passera bien. Le vol jusqu'à Morlaix durera un peu plus de deux heures. Détendez-vous !

— Facile à dire !

— Nous resterons en basse altitude pour éviter les radars, affirma-t-il de son haleine alcoolisée.

— Pas trop quand même !

— On va vous dépuceler fissa ! fit-il en riant dans son micro. Qu'est-ce que vous cachez ? Drogue ? Secrets industriels ? Réfractaire ? OK ! Pas de questions…

L'avion décolla et s'éleva dans le ciel en quelques secondes, François en eut mal aux oreilles. Il faisait complètement noir, une couche de nuages masquait les étoiles et la lune. Sa flasque à la main, le pilote n'arrêta pas de parler pendant plus d'une heure. Il lui racontait ses histoires rances d'ancien combattant. François répondait laconiquement aux rares questions. Il ne pensait qu'à ce nouveau départ qui l'attendait. Le montage financier qu'il était parvenu à mettre en place lui avait permis d'acheter une ferme sans éveiller les soupçons. Les terres étaient encore cultivables et l'annonce affirmait que le puits disposait d'eau potable. François regarda l'horloge à aiguilles sur le tableau de bord. Il n'était plus qu'à quelques dizaines de minutes de son rêve survivaliste. Lénina et les gars de l'équipe lui manquaient un peu, mais il était persuadé qu'il trouverait aisément une belle compatriote pour vieillir avec lui. Cela effacerait tout.

« Vieillir quand d'autres, si nombreux, vont mourir », était-il en train de penser entre tristesse et contentement quand, d'un coup, le pilote se toucha le cou et laissa échapper un cri de douleur.

— Qu'est-ce qui vous arrive ?!
— J'sais pas ! Il y a un problème ! J'ai mal, bordel ! Ça me brûle ! Regardez ! Vous voyez quelque chose ?

Dans un effort désespéré, l'homme se tourna vers son passager. La lumière verdâtre du cockpit était insuffisante, mais François savait au fond de lui ce qui se passait. Il venait de perdre à la courte-paille.

— Je ne me sens pas…

Dans la seconde qui suivit, sa tête partit sur la gauche puis vers l'avant ! Son buste s'aplatit sur les commandes et le *Cessna* piqua du nez. Terrorisé, François repoussa le corps en arrière et se saisit des gouvernes. Il se surprit à prier pour que les simulateurs de vols sur lesquels il jouait enfant eussent été réalistes.

— Merde ! C'est pourtant comme ça qu'on remonte ! Connard d'ivrogne, t'étais ermite ou t'avais un cancer ?!

Il n'y comprenait rien, il tirait sur le manche, mais l'avion continuait à tomber inexorablement. Il avait décroché. Il essaya, tremblant, de lire les instruments. Anémomètre, variomètre, lequel était lequel ?! Sur un cadran, l'altimétrie lui sauta alors aux yeux !

— Non ! Non ! Non ! C'est pas bon !

Un violent impact immédiatement suivi d'une explosion marqua sa fin, en pleine nuit dans un champ perdu dans la campagne française, personne n'étant encore vivant pour s'en émouvoir à des kilomètres à la ronde.

*
* *

Jean et Alan n'avaient pas eu le temps de se réfugier où que ce soit. Alan avait vu mourir des milliers de personnes. Elles étaient tombées comme des poupées de chiffon.

Dans les rues, les véhicules accidentés bloquaient les accès aux centres de secours et empêchaient les forces de l'ordre de se déplacer. La population l'apprendrait bien plus tard, une fois que l'affaire serait déclassifiée, mais les effectifs des pompiers, médecins et militaires n'avaient pas été touchés.

Alan avait marché une bonne heure, il n'en revenait pas de cette vision d'apocalypse. Arrivé à l'hôpital, il avait serré dans ses bras toutes les infirmières encore en vie parce qu'elles avaient cru son message envoyé à toutes les équipes. Leur aluminium autour du cou, elles le remerciaient comme le sauveur qu'il était. Elles déambulaient, traumatisées par les cadavres qui partout jonchaient le sol, mais étaient vivantes et au travail.

Après toutes ces accolades, ses gestes amicaux et quelques effusions, Alan avait enfin pu rejoindre Jean dans sa chambre. Il s'était dévoué pour l'aider à s'habiller et pour le soutenir jusque sur le trottoir. Là, après quelques minutes d'un recueillement hébété, les deux avaient ramassé la moto d'un malheureux et s'étaient rendus au manoir, traversant comme ils purent ce chaos.

Aux informations, on parlait de millions de morts dans le pays. Les journalistes pointaient du doigt un défaut de fabrication des implants premier prix. Le monde était sous le choc. Des continents entiers étaient décimés. Inde, Afrique, Amérique du Sud avaient perdu la quasi-totalité de leurs habitants. Déjà, des images d'émeutes parvenaient dans les rédactions. Les plus pauvres encore vivants – par la grâce de Maitreya – se levaient, armes aux poings, pour dénoncer un génocide de masse. Tous ignoraient à qui ils devaient la chance d'être debout.

La promulgation de la loi martiale était en pleine négociation aux plus hauts niveaux. Les politiciens du Gouvernement Central tentaient de rassurer et promettaient que les responsables paieraient pour leurs crimes.

Gina poussa la porte du manoir avec appréhension. Cela faisait neuf heures qu'elle attendait ce moment. Le trajet avait été compliqué, la fin du voyage chaotique. Le réseau 6G ayant été mis hors service juste après le « soupçon d'attaque terroriste », elle ignorait si Jean et Alan étaient encore en vie.

Le battant s'immobilisa. La télévision débitait un flot continu de paroles. Elle avança d'un pas puis de deux. Elle n'arrivait pas à faire courir ses jambes malgré sa volonté de savoir enfin.

Gina passa la tête et aperçut Jean et Alan assis sur le canapé avec Lénina et Pix.

Une grande joie l'envahit, elle se précipita.

Jean et Alan se levèrent, côte à côte. Jean tendit les bras et Gina s'y réfugia. Puis, ce fut le tour de Lénina, de Pix et de nouveau celui de Jean. Cette terrible épreuve mondiale amplifiait l'affection qu'ils se portaient. Ils vivaient ces retrouvailles comme enveloppés par un immense bonheur.

Après quelques minutes blottie contre son bien-aimé, Gina perçut la tristesse d'Alan. Elle lui prit la main alors qu'il continuait à les observer tous les deux avec envie et une part d'angoisse. Trouver quelqu'un avec qui partager sa vie et ses idées serait plus difficile à présent. Comprenant ce qui le préoccupait, elle lui fit un clin d'œil en lui montrant discrètement Lénina. Alan ne saisit pas immédiatement. Chose faite, il exprima un non dubitatif de la tête.

— Tu crois ? Elle est un peu jeune.
— Lénina a presque mon âge. Elle sera majeure dans quelques jours et elle a le béguin pour toi… chuchota-t-elle.

Devant l'air énamouré de Lénina, il afficha un petit sourire.

— Je n'avais pas remarqué.

— Tu devrais la laisser se faire une place dans ton cœur. Vous verrez bien ce que l'avenir vous réserve. Tout est à reconstruire et vous méritez tous les deux d'être heureux. Alors pourquoi pas ensemble ?

— Merci…

— Je n'ai rien fait de spécial. Merci à toi, murmura-t-elle.

Gina regarda amoureusement Jean qui, en gentleman, ne s'était pas mêlé de cette conversation. Tandis qu'il la serrait toujours contre lui, une révélation soudaine la transcenda. Elle avait finalement eu beaucoup de chance.

— Je ne sais pas comment j'aurais survécu sans toi. Tu m'as fait tellement peur… affirma-t-elle bouleversée.

— Comme ça, tu vois ce que ça fait ! Que ça te serve de leçon ! Ne me quitte plus jamais, tu entends ? dit-il avec inclination.

— Promis, jura-t-elle tendrement.

Jean changea de tête pour une plus solennelle et posa un genou à terre. Sous les yeux étonnés de Gina, il sortit de la poche de son pantalon une petite boîte en velours noir.

— Gina Jane Harris, voulez-vous faire de moi le survivant le plus heureux de la terre ?

Gina retint des larmes de joie et s'éventa de ses mains.

— Oh ! Si j'avais su ! Je me serais changée !

Jean ouvrit l'écrin, la laissant découvrir un magnifique solitaire brillant de mille feux. Il attendait toujours la réponse de sa belle en cuissardes sous les regards attendris de la bande.

Était-il possible de vivre une telle félicité dans de telles circonstances ? Apparemment, parce qu'à cet instant précis, elle sentait tout ce malheur et toute cette souffrance s'évaporer.

Gina vibrait de tout son être. Les yeux de Jean exprimaient tant de bienveillance et de douceur. Elle se passa les doigts dans les cheveux pour se recoiffer un peu avant de prononcer ce mot qui lui brûlait les lèvres.

— Oui ! Évidemment que oui, mille fois oui !

FIN

CHAPITRAGE :

Références :

1984 de Orwell

Le Meilleur des mondes d'Aldous Huxley

« Le meilleur des mondes possibles » *Essais de Théodicée* de Leibniz

« Il n'y a point d'effet sans cause [...] remarquez bien que les nez ont été faits
pour porter des lunettes, aussi avons-nous des lunettes [...] tout est au
mieux. » *Candide* de Voltaire

« Donde estan los huevos del diablo » : phrase inspirée de la série télévisée
Dharma et Greg saison 1 (1997) pour laquelle j'ai eu un coup de cœur à
l'époque. Larry avait-il raison ?

À propos de l'auteur :

Jérôme Doe fête ses vingt ans d'écriture cette année. En l'an 2000, alors âgé de 25 ans, publiait de son premier essai.

D'abord intéressé par la métaphysique, la sociologie et la chose politique, il rédige trois ouvrages atypiques. Puis, inspiré par ses états d'âme, il succombe à l'attrait du genre romanesque en produisant trois tomes d'une romance intense. Il signe son premier vrai contrat en 2013 chez Harper Collins aux éditions HQN pour la publication de *BIOCALYPSE* (sorti en 2014 en numérique et en papier en 2019), fruit de trois années de recherches et de rédaction. C'est un pavé dans la mare qui préfigurait *La Légende du Gecko aux Yeux d'Or*, sorti en février 2018. Ce livre bouscule toutes nos certitudes politiques, économiques et sociales. Il continue sur sa lancée en nous offrant *EUROPILOOM*, roman-choc sorti en décembre 2018 qui nous fait vivre une potentialité haletante et émouvante dans l'enfer d'une dictature théocratique. En 2019, il explore d'autres horizons avec l'écriture de *EVE*, une aventure et une histoire d'amour sur fond d'Intelligence Artificielle.

Ce qui caractérise Jérôme Doe depuis plus d'une décennie c'est une soif de vérité. C'est pour cette raison que ses dernières œuvres sont très étayées par des recherches approfondies. La vie, la liberté, l'humain, la quête et la perte sont au cœur de ses écrits. Son style décomplexé et dynamique vise à offrir un regard différent sur le monde et ses orientations grâce à des récits originaux.

Jérôme Doe est un créateur d'histoires devenu ambassadeur d'un autre système qui contribue humblement à redonner du pouvoir au peuple en militant sur les réseaux sociaux, comme dans la réalité, en faveur de l'instauration d'une démocratie participative et éthique, contre les dérives du néo-libéralisme.

C.F

Retrouvez l'actualité, les vidéos et les photos de Jérôme Doe sur :

— *Facebook* : @jeromedoeofficiel

— *YouTube* : Jérôme Doe

— *Twitter* : @AuteurJeromeDOE

— *Instagram* : jerome.doe.officiel

TITRES DISPONIBLES DU MÊME AUTEUR :

— ***BIOCALYPSE*** (Éditions HQN, en numérique, JFE en livre)

Quel prix seriez-vous prêt à payer pour venger ceux que vous aimez ?

C'est la question qui vient hanter Kate Gordon après les meurtres odieux de son mari et de leur petite fille ; lorsqu'une mystérieuse organisation lui propose d'être le bras armé de sa vendetta personnelle. Entraînée malgré elle dans l'un des événements les plus tragiques de ce début de deuxième millénaire, la jeune femme ne tarde pas à se rendre compte qu'elle a signé un pacte avec le diable. Car pour BIOCALYPSE, le salut de la planète passe par la disparition de ses parasites humains.

Mais, dans la guerre tentaculaire que BIOCALYPSE a décidé d'intensifier, un militaire pugnace s'est invité. Robert Raven, commandant une unité secrète, a compris que la menace terroriste qu'il croyait combattre n'était pas celle que chacun montrait du doigt. Grâce à sa nouvelle identité et aux moyens alloués, assoiffé de vengeance, il parcourt le monde afin d'éradiquer ces fanatiques dont il ignore la puissance.

— *__La Légende du Gecko aux Yeux d'Or__* (JFE, numérique
et livre papier)

Gérald Droivrai avait eu une enfance très heureuse, d'ailleurs son
bonheur aurait été parfait s'il n'avait pas eu horreur de l'injustice.
Adolescent, Gérald comprit seul qu'il devait se donner un but. Il se
formerait, travaillerait énormément afin d'atteindre coûte que coûte
son objectif : « gagner beaucoup d'argent, porter des costumes sur
mesure et partir jeune à la retraite ». C'était sans compter sur les
facéties de la vie. En faculté, un jour, une heure, une pause dans un
emploi du temps chargé et une rencontre : Cécile. Belle et
indépendante, elle ne veut pas quitter sa ville du Sud. Diplômé,
amoureux, Gérald se résigne à rester à Montchaud.
Sa carrière devient rapidement chaotique et après quelques années,
ce choix entraînant deux échecs, il parvient enfin à se remettre sur
les rails du succès en décrochant un poste chez Finosa. Le jeune
homme aux dents longues intègre par la petite porte ce laboratoire
pharmaceutique mondialement connu grâce au coup de pouce
d'Alexandre Laurens qui joue vite le rôle de mentor. Laurens lui
offre sur un plateau doré sa vie rêvée, le guidant vers le sommet de
la hiérarchie. Mais cela aurait un prix, en plus des entorses à son
honnêteté. Il découvre alors les rouages cachés du monde.

— *EUROPILOOM* (JFE, numérique et livre papier)

Une dictature théocratique s'est propagée en quelques années seulement de la Fabulance jusque dans toute l'Europa.
Dans cette société soumise, Paul et Louis sont infiltrés depuis des jours, épaulés par Marie dans leur mission commandée.
La jeune femme idéaliste appartient au dernier groupe de résistance de Froicis. Elle doit leur éviter d'être capturés, car s'ils parviennent à leurs fins, ces deux espions atypiques changeront le destin de millions d'êtres humains.

Roman d'anticipation au rythme palpitant que le lecteur aura du mal à refermer avant le mot fin.
Une histoire originale, des personnages attachants, des rebondissements, tous les éléments pour passer un bon moment.

— *EVE* (JFE, numérique et livre papier)

Peter rêve de créer une réelle Intelligence Artificielle, dotée d'une âme et capable de réfléchir par elle-même. Un mystérieux commanditaire lui propose de financer ses recherches s'il parvient à s'associer avec Iulian, alias « le Pope », un hacker surdoué.

Dans le même temps, parmi les milliardaires survivalistes qui s'inquiètent de la tournure que prend le monde, certains se préparent au pire en investissant secrètement dans un projet grandiose ; ils recrutent Jean et Elena Solut afin de le mener à bien. Cathya, leur fille de huit ans, se retrouve expatriée et prisonnière d'un dôme de verre en Sibérie. Heureusement, dès le premier jour, elle y rencontre Sebastian, un enfant de son âge rebelle et attachant. En grandissant, ils nourrissent l'espoir de vivre leur vie ailleurs.

Alors que la menace tant redoutée s'amplifie avec l'annonce de la création de NEOM, ville totalement gérée par l'IA, les plus pessimistes se demandent le temps qu'il leur reste avant le grand cataclysme.
Y aura-t-il des élus ?
Et, si oui, qui seront-ils ?

GINA
SOFT KILL

ID 2020
SOFT KILL